棉被

田山花袋 著

岳远坤 主编 董春燕 译

重庆出版集团
重庆出版社

田山花袋 著

岳远坤 主编
董春燕 译

THE QUILT

人必须要顺其自然，然而这其中得有理想，有向往，而这正是人生意义之所在。

棉 被

MIANBEI

重庆出版集团
重庆出版社

图书在版编目(CIP)数据

棉被 / [日]田山花袋著;岳远坤主编;董春燕译. —重庆:重庆出版社,2022.12
ISBN 978-7-229-16081-4

Ⅰ.①棉… Ⅱ.①田… ②岳… ③董… Ⅲ.①中篇小说—小说集—日本—现代 Ⅳ.①I313.45

中国版本图书馆CIP数据核字(2021)第203462号

棉被
MIAN BEI

[日]田山花袋 著

岳远坤 主编 董春燕 译
责任编辑:魏雯 许宁
装帧设计:文子
责任校对:何建云

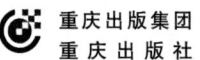重庆出版集团
重庆出版社 出版

重庆市南岸区南滨路162号1幢 邮政编码:400061 http://www.cqph.com
重庆出版社艺术设计有限公司 制版
成都国图广告印务有限公司 印刷
重庆出版集团图书发行有限公司 发行
E-MAIL:fxchu@cqph.com 邮购电话:023-61520646
全国新华书店经销

开本:890mm×1230mm 1/32 印张:11.125 字数:200千
2022年12月第1版 2022年12月第1次印刷
ISBN 978-7-229-16081-4
定价:59.80元

如有印装质量问题,请向本集团图书发行公司调换:023-61520678

版权所有 侵权必究

001	导读
001	棉被 たやまかたい○ふとん
083	乡村教师 たやまかたい○いなかきょうし
339	译后记

导 读

　　田山花袋，原名田山录弥，1872年1月22日出生于栃木县东南部的馆林市（位于今群马县）。录弥幼年丧父，少年时期起开始研习汉学，编撰汉诗集。与此同时他也爱好桂园派和歌及西洋文学。他自17岁起跟随松浦辰男学作和歌，19岁拜入尾崎红叶门下，接受江见水阴的指导并发表小说《瓜田》，翌年开始以"花袋"为号发表作品。24岁时花袋结识了同龄的岛崎藤村、国木田独步，并共同出版《抒情诗》，书中收录诗歌40篇。30岁时花袋受到法国作家莫泊桑的文风影响，其文风逐渐转向自然主义。这一年他发表中篇小说《重右卫门的最后》，因对男主人公生理缺陷的露骨描写而在文坛引起反响。1904年2月，田山花袋在文艺杂志《太阳》上发表了著名的文学宣言《露骨的描写》，吹响了日本自然主义文学的第一声号角。在宣言中，他高度评价易卜生、托尔斯泰、陀思妥耶夫斯基等西方小说家的作品，认为尾崎红叶、幸田露伴、坪内逍遥、森鸥外等老成文学的"技巧时代"已经过去，强调应当排除技巧和虚构、用露骨大胆的描写表现所思所想及事物本身。1906年，博文馆《文章世界》创刊，

34岁的花袋担任编辑主任一职。在他的影响下，原本以刊载实用文为目的的《文章世界》逐渐成为自然主义文学的据点。同年，岛崎藤村发表小说《破戒》，通过描写出身低微的主人公丑松从守戒到破戒的发展过程，反映了消除等级差别、主张人权解放和自由平等等近代观念与日本封建等级意识的纠葛，被尊为自然主义的旗手；而国木田独步创作的《独步集》及其续编也因清新、自由的文风而备受好评。花袋因此显得有些焦虑，他不像藤村那样关注社会问题，而独步那种淡淡的景物描写也非其专长。他在回忆录《东京三十年》中写道："我感到只有自己被落下了……什么也写不了。我半是失望，半是焦躁。"然而次年，他就以德国剧作家格哈特·豪普特曼作品《寂寞的人》为参照，以自己与门下女弟子的纠葛为原型写就《棉被》。在此之前，森鸥外的《舞姬》也是以自己的恋爱经历为蓝本创作的小说，讲述了作者本人使一个下层德国女子怀孕并将其抛弃的故事。然而写作手法却不及《棉被》那么具有冲击力。之后尾崎红叶的弟子小栗风叶也以"中年之恋"为着眼点，写出了《恋心萌醒》，却未能受到过多关注。

《棉被》在继承自然主义文学高度还原和描摹事物本来面目的宗旨基础上，融入了对人性和内心的大胆剖析，致力于展示自我最隐秘黑暗的部分，开创了更加自省、自审的文学形式。它以尊重真实的创作态度、大胆而又直白的描写、露骨剖析主人公情欲等特点，被誉为"自然主义的经典之作，私小说的开山之作"。

所谓"私小说"，并不单指自传性质的小说，而是直白地袒露个人私欲的告白小说。作者即是小说的主人公。私小说诞生于从法国传来的自然主义文学。而《棉被》将自然主义文学的定义缩小为了"作者赤裸裸地告白自己所犯罪恶并进行忏悔"。《棉被》发表之后，花袋在日本文坛风云一时，然而其"露骨描写"的写作风格却未被一般读者所接纳。之后，私小说进一步发展，全面展现内心欲望和个人的丑陋面。1919年，花袋的好友岛崎藤村根据自己与侄女之间的乱伦关系创作私小说《新生》，将私小说的发展带到一个新的高度。

《棉被》中的主人公作家竹中时雄像许多中年男子一样，三十五六岁，已为人夫，膝下三子，婚姻渐次平淡，事业停滞不前，生活缺乏激情，是一个整日在仅存的理想和现实生活间挣扎的平庸文人。在不期间，时雄遇到了同样热爱文学，对自己深深崇拜的女弟子芳子，仿佛从枯燥乏味的生活中被解救出来。夹杂着对年轻异性肉体的渴望，对志趣相投灵魂的欣赏，对得意弟子的自豪和对平庸疲惫生活的不甘，时雄内心的悸动和挣扎就此萌发。他一方面因传统道德和对妻子过往的爱恋而压抑自己的欲念，一方面又对有着相同志趣、年轻美貌的女弟子难以割舍，每天下班后能看到芳子的容颜，成为他最隐秘的喜悦和慰藉，琐碎无聊的生活也因为芳子的存在开始熠熠闪光。但是芳子的到来惹得妻子不开心，亲友间也出现了闲言碎语，他只好让芳子寄住在妻姐家。

然而，在时雄满足于这种暧昧的快乐时，芳子却因为接受了他新潮观念的教诲而变得大胆起来。同男性往来，并与同志社学生田中成为恋人。在那个时代，未婚男女同行都是一种逾矩的行为，但田中竟然背离资助人，抛弃学业，追随芳子来到东京。时雄在矛盾之中迫于无奈，以约定守贞为条件，认可了两人的感情。但芳子与田中的恋情越发失控，在得知两人发生了关系后，芳子的父亲将她带回了白雪皑皑的山中小镇。时雄一场梦黯然收场，唯以一袭旧被，回味佳人余香。

《棉被》中女主人公"横山芳子"的原型是花袋的女弟子冈田美知代。除了《棉被》，花袋在小说《缘》中也对其有所着墨。美知代出生在一个富商家庭，父亲做过县议员，母亲毕业于同志社女校。她本人在日本翻译文学史初期曾翻译过《汤姆叔叔的小屋》（1923年，诚文堂），在杂志和报纸上也发表了大量小说。因为《棉被》太过知名，给美知代以及小说中"田中秀夫"的原型永代静雄的人生带来了不小的影响。永代静雄后来曾担任《东京每夕新闻》的编辑局长及新闻研究所所长，但因为身为《棉被》的原型"没能成为一流的记者"，并且"据美知代说，他原本的志向是《读卖新闻》，却被正宗白鸟以《棉被》原型为由不予录用，受到很大打击"。（吉田精一编《近代名作原型事典》）。美知代因《棉被》披露的丑闻而受到世人指责，又因与静雄的结婚问题被逐出家门。后被花袋收为养女，和静雄得以成婚。然而历经结婚、离婚、复婚的两人最后还是以分手告终。分开后美知代作为《主妇之友》特派记者前往美国，与当地结识的男性结婚。太平洋战争爆发前，美知代回国，在广岛继续执笔直至终老。美知代与静雄的婚姻失败固然与静雄纵酒及生活贫寒脱不开关系，但《棉被》的发表给两人婚姻蒙上了阴影也是不争的事实。

1909年，花袋发表了自己的长篇代表作《乡村教师》，一举成为了与岛崎藤村齐名的自然主义代表作家。

这部作品是作者从战场归来后，到崎玉县羽生福建寺当住持的表兄太田玉名（小说中山形古城原型）处拜访时起意撰写的。当时他路经寺后墓地，一块书写着"小林秀三之墓"的新墓标赫然入目。后跟表兄闲话战场见闻时，突然想起方才所见的"小林秀三"的名字似乎曾有耳闻，细细打探之下才知是去前年投宿在寺里与自己曾有一面之缘的那个青年。有感于这个埋没于乡间、壮志未展便悄然离世的年轻生命，花袋心中涌起无限感慨。而后又在庙里看到小林秀三留下的从中学时代、小学教师时代直至离世前一年的数本日记，深受启发，这也为其撰写小说提供了鲜活的史料。而后花袋几经实地调研，终于写成这本描写明治时代青年理想与哀愁的《乡村教师》。

在日本北关东平原美丽的自然景色映衬下，踌躇满志的青年林清三因贫困而失意、失恋、沉沦，最后抛下双亲，凄凉离世。尽管主人公林清三的形象显得有些懦弱和多愁善感，却仍不失为近代日本文学作品中富有现实意义的佳作。在这部作品中，作者自身就是东京作家原杏花的原型，作家本人贫寒的家境、踏入文坛后的坎坷经历都让清三这个人物带有田山花袋本人的影子。评论家小田切进说，这是"主人公与作者的同化"，对小说的真实性给予了较高评价。

田山花袋在作品中尝试了"平面描写"这种新的写作手法，使作品有一种质朴的美感。所谓平面描写，是指不加任何主观意志，不采用任何技巧，只是将客观材料直接进行表述的方法。对表现对象进行描写时，并不介入到客观事物或人物的内部去，只是将看到的、听到的、接触到的现象进行平铺直叙，将事物的原貌展现在读者面前，让读者深思，这就是"平面描写"的主旨所在。在《乡村教师》里，作者始终用客观的态度审视全局，因此小说情节就像一幅淡淡的水墨画一样徐徐展开，给人以平明真实的感觉。读者通过作家平淡真实的描写，很容易就将自身带入作品中，引起共鸣。

除了《棉被》《乡村教师》，花袋之后还发表了描写家庭生活的三部曲《生》（1908年）、《妻》（1909年）、《缘》（1910年）。然而进入大正时代（1912—1926）以后，自然主义文学日益式微，新锐作家次第登场，花袋也渐渐被排斥到了主流文坛之外。

日本自然主义文学启蒙虽然受到法国的自然主义文学影响，然而与法国左拉等人提倡的自然主义文学的发展方向又有所不同。左拉的大部分作品都是对当时的法国社会进行的全面细致的揭露，作家始终把批判社会、打破陈规陋习、寻求自我解放作为文学创作的目标，着力于反映法国社会丑陋面及揭露资产阶级的腐朽与市民阶层的堕落等方面。而日本的自然主义虽然受到左拉等人的自然主义理论影响，但真正对日本自然主义发展产生关键影响的却是卢梭的《忏悔录》。其自白忏悔的形式深深影响了《破戒》《棉被》等小说的创作。因此日本的自然主义作品往往只是着眼于身边有限的个体身上，对生活实态进行白描。小说缺乏跌宕起伏的人物命运和精妙绝伦的情节设定，却在表现人物内心的痛苦挣扎以及与之相关的自然风物描写方面大费笔墨。这也是日本自然主义文学的局限性。而"私小说"更是以自我暴露为核心，袒露内心丑恶面，企图通过忏悔达到最终的救赎。小说里充满了主人公个人的内心独白，其他人物描述却显得单薄缺乏层次。所写内容也大多与情感和欲望相关，缺乏对社会现象的观察和表现。因此私小说在日本风靡一时后，因主题过于封闭，内容难有突破而渐渐没落。

除了小说，花袋的纪行文中亦有佳作，如《周游日本》《山水小话》等。此外花袋遍访日本境内温泉，写下数本温泉相关著作。他还参与编撰博文馆的《日本名胜地志》，监修过全十二卷的《新撰名胜地志》。编撰地理志的经历也被他写进了小说《棉被》中。1917年花袋发表文坛回忆录《东京三十年》，细细回忆了与岛崎藤村、柳田国男、国木田独步等的交往，以及从明治时代到大正时代激烈社会变革中产生的新思潮。此书在描写日本自然主义文学的兴衰、文坛动向的同时，也不失为一部展示东京数十年间风俗、文化、城市风貌变化的佳作。

晚年时花袋的心境逐渐向宗教靠拢，留下许多精神主义作品。1928年花袋因脑溢血住院，后罹患咽喉癌，于1930年5月13日在东京府代代藩町的家中去世，享年58岁。

——董春燕

（本书受2021年度四川外国语大学校级项目支持）

棉被

MIANBEI

如同离别那日那样
时雄打开东边窗户的
一扇防雨板
阳光就像流水般
泄了进来

一

　　正要从小石川的切支丹坂通往极乐水的缓坡往下走时，他心里想："至此我与她的关系就告一段落了。已经三十六岁，孩子也有了三个，还在惦记着那种事情，一想起来就觉得自己愚不可及。可是……可是……这真的就是事实吗？她把那么多的情感倾注在我身上，难道仅仅只是仰慕而不是爱恋吗？"

　　那么多封情意绵绵的书信——足以证明两人的关系非比寻常。因为有妻有子、有世俗眼光和师徒关系的存在才不至陷入到热恋之中。可是交谈时胸口的悸动，相见时的眼神，以及眼神背后分明潜藏着的可怕的风暴！只要遇到机会，埋藏在背后的风暴便会骤然得势，一举击破妻儿亲情、世俗道德和师徒关系的藩篱——至少这个男人对此深信不疑。然而，从这两三天发生的事情来看，却知她不过是在卖弄虚情。男人总觉得她欺骗了自己。也许正因为身为文学家，他才能如此从容客观地审视自己的心理。年轻女孩的心理并不易懂。那温暖而又令人欣喜的爱也许只是女性魅力的自然流露。美丽的眼神、温柔的态度都是无意识、无意义的，就如同自然界的花朵能够给予观者某种慰藉一样。退一步讲，即便女子爱恋自己，又能如何呢？自己是老师，她是学生；自己是有妻儿之身，她是正值妙龄的如花女子，两人之间无论如何也不可能有感情纠葛。不，再进一步讲，那封热情洋溢的信件，明里暗里都在倾诉着她的苦闷。当她把最后的情感向自己倾吐的时候，自己却像被某种自然的力量压迫着似的，没能替她解开这个谜团。出于女性拘谨的本性，她怎么可能做出更为直露的表白呢？也许正是因为这样的心理，她才会感到失望，进而引发了这次的事件吧。

"总之，时机已然错过。她已经是别人的人了！"

他一边走着，一边抓着头发声嘶力竭地大喊。

他穿着条纹哔叽料的西装，戴着麦秆草帽，挂着藤杖，略微前倾着身体缓缓走下坡去。时值九月中旬，虽然残暑难耐，但天空中早已弥漫着清凉的秋意，深蓝色的天空格外令人动情。鱼铺、酒肆、杂货店，对面是一座寺庙的大门和一排低矮的房屋，在久坚町的低洼地带，许多工厂的烟囱里都冒着黑色的浓烟。

在这许多的工厂之中，有一座西洋风格的房子。二楼的其中一间便是他每日午后要来的地方。十张榻榻米①大小的房屋中央，摆放着一张大大的桌子，一旁立着高高的西式书柜，里面放满了

---

① 一张榻榻米约合1.62平方米。

各种各样的地理书籍。他受一家图书公司的委托，正帮忙做地理书的编辑工作。让文学家编辑地理书！尽管他自称是因为对地理感兴趣才主动承担了这项工作，但毋庸置疑，他的内心并不甘愿如此。过时的文学创作经历，只写出短篇、迄今仍未得到机会全力以赴展示才华的烦闷，每月都收到青年杂志恶评的苦痛——尽管他认为终有一天自己会有所成就，但心中却仍旧为此感到愤愤不平。社会日益进步，电车使东京的交通焕然一新。女学生自成一派，自己谈恋爱时那样的旧式女子是想见也见不着了。青年更是如此，不管是谈论恋爱或是探讨文学，抑或发表政治言论，其态度已全然不同，他们和自己这代人是永远谈不到一块了。

每天如同机器一般走着同一条道路，进入同样的大门，穿过夹杂着印刷机房撼人声响和工人汗臭气息的狭窄通道，跟办公室的人们略微寒暄两句之后再咯噔咯噔地爬上狭长的楼梯，这才进入自己的工作间。这间屋子的东面和南面都有窗户，下午炽烈的阳光照射进来，着实酷热难耐。加之小学徒懒惰不曾打扫，桌上落了一层粗拉拉的白灰，让人有些不适。

他坐到椅子上抽了一支烟，随后站起身来，从书柜里取出厚厚的统计书、地图、旅游指南和地理书，默默地拿起笔接着昨天的部分写了起来。然而近两三天来，脑子里乱哄哄的，进展并不顺利。写下一行就停住笔想那件事情，再写一行，再停住，就这样写写停停。此间脑海里浮现出的思绪都是零乱的片段，激烈而迅猛、充满绝望的因子。

不知为何他忽然就联想起豪普特曼①的剧本《孤独的人》。在此之前他曾想把这部戏剧作为每日的功课教给她，想把约翰内斯福克拉特的心事与悲哀讲给她听。他读这部剧作是在三年前，那个时候他做梦也没想到这世上有她的存在，但从那时开始他已经感到寂寞了。他并非是想把自己比作约翰内斯，只是认为如果有像安娜一样的女人，陷入那种悲剧便是不可避免的了，因而对其报以深切同情。然而想到如今自己却连约翰内斯也做不了，便不由得一声长叹。

他到底还是没有教她《孤独的人》，却给她讲了屠格涅夫②的短篇《浮士德》。四张半榻榻米大小的书房在洋灯的照射下显得十分明亮，她年轻的内心充满了对五彩斑斓的爱情故事的憧憬，深情的眼眸更是饱含情意，神采奕奕。时髦的檐发③、栉簪、发

---

① 豪普特曼·G（1862—1946）：德国剧作家，诗人。

② 屠格涅夫：19世纪俄国批判现实主义作家。主要作品有长篇小说《罗亭》《贵族之家》《前夜》《父与子》《处女地》，中篇小说《阿霞》《初恋》等。

③ 檐发：明治末期出现的"束发"西式发型，刘海儿和鬓发均匀膨起，刘海儿向前突出的发型。

带——灯光映照着她的上半身。每当她将脸凑近书本，他便会闻到一种无可名状的香水味、肉体的馨香、女人香——讲到书中的主人公给昔日的恋人诵读《浮士德》的那一段时，他的声音也剧烈颤抖起来。

"可是，已经来不及了！"

想到这里，他再次揪起了头发。

二

他名叫竹中时雄。

三年前，妻子怀上了第三个孩子，而此时新婚的快乐已然消失殆尽。俗世繁忙的工作于他毫无意义，却也缺乏倾尽全力写出毕生大作的勇气。日常的生活——早上起床上班，下午四点回家，每天一成不变地看着妻子的脸吃饭、睡觉——对这样单调乏味的生活他早已深感厌倦。搬了新家也觉得无趣，和朋友聊天亦是乏味，博览外国小说也仍旧空虚。他甚至感到连庭院里树木的繁茂、雨的点滴、花开花谢等自然现象，也因平凡的生活而变得更加平淡无奇。他感到一种无处容身的寂寥。甚至走在街上看到年轻貌美的姑娘，他也会幻想与之展开一段新的恋情。

这不过是三十四五岁这个阶段的男人常有的苦闷。许多这个年纪的人去找下流的女人鬼混，说到底也只是为了排遣那种寂寞。这世上与妻子离婚的人中也以这个年龄段居多。

每天早上上班途中，他总会遇见一位美丽的女教师。他把与之的相遇作为每天唯一的消遣，并对其浮想联翩。倘若与她相恋，把她带到神乐坂附近的小酒馆，背着人偷欢如何……瞒着妻子，两人到近郊散步又会怎样……不，不仅如此，他甚至设想过当时身怀六甲的妻子忽遇难产而死，到时娶这个女教师续弦……能够若无其事地续弦吗？他一边走一边想着这些事儿。

正在这个时候，他收到一封署名横山芳子的女子寄来的充满崇拜之情的来信。她是神户女子学院的学生，出生于备中的新见町，是他作品的崇拜者。时雄的笔名叫竹中古城，因写辞藻华丽的美文小说而在社会上小有名气，迄今也收到过不少来自全国各地的崇拜者和仰慕者的来信。有请他修改文章的，有希望拜师的，对这些请求他无法一一回应。因此当他收到这个女子的来信时，也没有强烈的好奇心去回复。但陆续收到三封来自同一个人的热情洋溢的信件，即便是时雄也无法再置之不理了。据悉她年方十九，从书信的遣词造句来看，表现力精巧得令人吃惊。她在信中表达了自己恳切的希望：无论如何都想成为竹中的门生，一生从事文学事业。笔迹恣意流畅，应当是个相当新潮的姑娘。回复信件也依旧是在工厂二楼的那个房间，那天他写了两页每日例行的地理书便停下来，写了一封长及数尺①的回信寄给芳子。信里他历数作为女子从事文学工作的不妥，女人生理上须尽到做母亲义务的理由，以及以处女之身做文学家的危险等等，其间也掺杂几句叱责的文辞。这样一来对方就会失去好感放弃了吧，想到这里时雄笑了。随后他从书柜里找出冈山县的地图，研究起阿哲郡新见町的具体位置来。从山阳线沿着高粱川的溪谷往里十几里，这样的山坳里也有如此新潮的女子吗？时雄不由得感到亲近了些，仔细查看起那附近的地形和山川来。

本以为就此不会再有回信了，岂料第四天寄来了一封更厚的信。紫色墨水的细体字，在蓝色格子的洋纸上横着写了三页。信里反复请求时雄不要嫌弃她，无论如何都要收她作弟子。一旦征得父母同意，自己就会来到东京，进入适合的学校全身心地学习文学。时雄不由得被女子的志气打动了。即便在东京——即使是女校毕业的学生，也不甚了解文学的价值。而从信中的字句看，芳子似乎对文学十分熟知。时雄于是立马回信确立了师徒关系。

之后芳子多次寄来书信和文章。时雄认为这些文章虽仍有稚

---

① 尺：源于中国的尺牍。在此指折叠式的日本信纸。

嫩之处，但流畅而不矫揉造作，将来一定有所成就。一次次的书信来往使双方对彼此秉性越发了解，时雄开始期待着芳子的来信。他也曾想过让她寄张照片来，于是在信的一角写下一行小字，随后又黑黑地涂抹掉了。女人须要有姿色。姿色不佳的女人无论多有才气，男人也看不上眼。时雄在心里暗忖，总归是搞文学的女人，相貌一定不佳，但至少希望看得过去。

芳子征得父母同意，由父亲领着拜访时雄是在翌年二月，正巧是时雄第三个儿子出生的第七天。客厅旁边的房间就是妻子的产床，妻子从前来帮忙的姐姐嘴里听说了年轻女门生的美貌，懊恼不已。姐姐也担心时雄将如此年轻貌美的女子收为弟子的用意。时雄请芳子和父亲坐成一排，一一细述文学家的境遇和目标，并预先就芳子的结婚问题征询了父亲的看法。据闻，芳子家即便是在新见町也算得上是数一数二的大户，父母都是严谨的基督教徒，母亲更是虔诚，曾在同志社女子学校学习过。芳子的长兄留学英国，归国后做了某国立学校的教授。芳子从镇上小学一毕业立马去了神户，进入神户女子学校，过上了洋派的女校生活。基督教办的女子学校与其他女校相比，对文学的态度更加自由。虽然当时也有规定不能读《魔风恋风》①《金色夜

---

① 小杉天外的小说。讲述了女学生荻原初野和朋友夏本芳江的未婚夫夏本东吾的悲恋故事。

叉》①之类的作品，但但凡文部省没有干涉，只要不在教室，什么书都但读无妨。在学校附属的教会里，芳子懂得了祈祷的崇高、圣诞夜的乐趣、践行理想的滋味，成为了隐恶扬善主义者中的一员。对母亲的不舍，对故乡的眷恋，曾让刚来上学的芳子倍感艰辛，但不久以后就全然忘怀，开始体味女学生寄宿生活的无穷乐趣。不给做好吃的南瓜，女学生们就在饭钵里浇上酱油为难厨师；面对性格乖僻的舍监老太，她们说话做事便阳奉阴违。生活在这样的一群女学生中间，芳子怎么可能还像在家里养育的少女一样，单纯地看待事物呢？崇尚美丽、树立理想、虚荣心强——芳子在不知不觉间受到这些风气的影响，兼备了明治时期女学生所有的优缺点。

　　时雄孤独的生活在某种程度上也因此发生了改变。昔日的恋人——如今的妻子。曾经相爱的恋人，而今已悄然发生了变化。这四五年来教育勃兴，女子大学成立，檐发和绛紫色和服裙盛行，羞于与男子并肩而行的姑娘已经不见踪影。在这样的时代，固守在依旧梳着圆髻②、迈着鸭子一般的碎步、除了温顺和忠贞

---

　　① 著名作家尾崎红叶的杰作，也是其生平最后一部作品。小说以金钱和爱情的矛盾为中心，讲述了主人公贯一和阿宫的爱情故事。

　　② 女性的一种发型。放入椭圆的模型，结成圆形的发髻。已婚者梳结，江户时代中期以后十分盛行。

外别无长处的妻子身边，对于时雄而言，实在是悲哀之极。他渴望走在路上，牵着美丽时髦的妻子亲密地散步；探访友人时，身边年轻的妻子谈吐不凡，活跃氛围。而自己的妻子却连自己费尽心力写的小说也不曾一读，对丈夫的苦闷漠不关心，只一心育儿，他怎能不大呼孤独呢？他同《孤独的人》中的约翰内斯一样，不由得感到妻子的存在毫无意义。而今这种孤独被芳子打破了。被时髦、新潮、美丽的女门生如同仰慕世上的伟人一般"老师！老师！"地叫着，谁能不为之心动呢？

最初的一个多月，芳子寄居在时雄的家里。美妙的声音，娇艳的身姿，与他之前孤独寂寞的生活形成了鲜明的对比！芳子帮助才下产床的妻子织袜子、织围巾、缝衣服、逗小孩儿，这些充满生气的举止让时雄仿佛再次回到了新婚时期，每次靠近家门，胸口就会一阵悸动。一打开门，玄关处便出现了那张美丽的笑脸和婀娜多姿的身影。迄今为止的每个夜晚，妻子总是陪着孩子早早就睡下了，六张榻榻米大小的屋子里格外明亮的洋灯，反而徒添了几分寂寥。而今即便深夜回家，也能见到洋灯下穿针引线的那双白皙灵巧的手，以及膝盖上放着的彩色毛线团——牛込深处的篱笆墙院子充盈着欢声笑语。

然而不足一月，时雄就觉察到将这个可爱女弟子安置在家里的不妥之处了。柔顺的妻子虽然没有对此提出反对，也没有显露出那种意思，但神色愈发不好。无尽的笑声中充溢着无限的不安。时雄知道，妻子娘家的亲戚已经对这件事议论纷纷了。

时雄思虑再三后决定，让芳子寄住到妻子姐姐家——姐姐是军人的遗孀，靠抚恤金和缝纫维持生活——并让芳子从那儿去麴町的某个女子私塾上学。

三

从那时到这次的事件为止过去了一年半的光景。

在此期间芳子两度回家省亲。写了五部短篇小说、一部长篇小说，还有其他美文、新体诗数十篇。她在那间女子私塾中英语成绩优异，还在时雄的推荐下，从丸善书店购买了《屠格涅夫全集》。芳子第一次省亲是在暑假，第二次则是由于神经衰弱不时引发剧烈的痉挛，因而听取医生建议，暂时回到故乡的清净之处休养。

她寓居的房子位于麴町土手三番町，甲武电车通行的堤坝旁。芳子的书房就是那家的客厅，八张榻榻米大小的一个房间。房前有一条人来人往的街道，穿行不息的人流和小孩吵吵嚷嚷，十分喧嚣。貌似时雄书房里的西洋书柜的缩小版就放置在纸胎漆器的书桌旁，桌上摆放着镜子、胭脂盘、白粉瓶，再加一个装有溴化钾的大瓶子。据说这是在神经过敏而头痛难忍时喝的。书柜里有《红叶全集》《近松世话净琉璃①》、英语教科书等，新买的《屠格涅夫全集》格外显眼。这位未来的女作家刚从学校放学回家，便坐到书桌前，除了写文章，更多时候是在写信。她的男性友人显然不少，男性笔迹的书信也寄来许多。据说其中一个是高等师范的学生，还有一个是早稻田大学的学生，这两人时常过来玩耍。

在麹町土手三番町的一隅，如此新潮的女学生并不多见。时雄妻子的娘家就在市谷的外城墙那边，附近多是旧式商户家的女儿。因此，芳子从神户学来的时髦装扮格外引人注目。时雄经常听到妻子转述姐姐的话。

"姐姐今天又说啦，芳子小姐真的很叫人为难。男性朋友来玩倒也罢了，有时晚上还一起去拜不动明王，很晚才回来。芳子小姐肯定不会有那种事儿，但旁人的闲言碎语也叫人受不了。"

时雄听到这些话时总会袒护芳子："你们这些古板的女人是不会明白芳子的所作所为的。一男一女只要一起走路或是说话，就立马觉得可疑奇怪什么的。想这些事儿，说这些话本身就是老

---

① 净琉璃：日本传统音乐中的一种说唱故事，用三弦琴伴奏。

套的做法。现在的女性正在觉醒,所以想做的事就大胆去做吧。"

时雄对这番言论颇为得意,又去讲给芳子听。

"女性应该觉醒了。像以前的女人那样有依赖思想是不行的。正如苏德尔曼①笔下的玛格达所说,从父亲手里直接被转移到丈夫手里,这样没志气的女人是不行的。作为日本的新式妇女,必须自己思考、自己去做。"说了这些,又讲了易卜生②笔下娜拉、屠格涅夫笔下叶莲娜的故事,还说到俄罗斯、德国那些妇女既有独立意志又有丰富情感等等。最后还说"所谓的自我觉醒,包含了自省之意,过于强调意志和自我也是不行的。必须要有精神准备对自己的所作所为负起责任来。"

在芳子听来,时雄的这些教导别有深意,仰慕之情越发强烈。她认为比起基督教的教条,这些话更加自由,也更具权威性。

作为女学生,芳子的装扮有些过于华丽。戴着金戒指,系着美丽又时髦的衣带,亭亭玉立的身姿,足以吸引路人的目光。那张脸与其说是美丽,不妨说是生动——既有极美的表情,也会露出丑陋的表情。时雄常常想起四五年前的女性,表达情感极其呆

---

① 苏德尔曼:德国剧作家,小说家。

② 易卜生:挪威剧作家。现代散文剧的创始人。代表作为《玩偶之家》《人民公敌》等。

板，生气或是微笑，只有三四种表达情感的方式，而今善用表情表达情感的女性变多了。芳子就是其中一个。

芳子和时雄的关系，单纯作为师生未免太亲密了。有个女人观察了两人的神态举止后对时雄的妻子说："芳子小姐来了之后时雄先生好像换了一个人。两人说话时，神情中充满了渴求，可千万别大意啊。"在旁人看来，也许的确是那样。但两人果真有那么亲密吗？

年轻女子的心往往变幻莫测，容易高兴，也会瞬时消沉。会被细小的事打动，也会为不值一提的事痛心。那似爱非爱的温柔举止时常让时雄感到困惑。道义的力量、世俗的力量，一旦有机会，打破这些束缚比捅破窗户纸还容易。只是，这样的机会并不容易得到。

在时雄看来，这种机会在这一年间至少有过两次。一次是芳子含泪写来厚厚的一封信，说自己能力不足，无法报答老师的大恩，所以决定回到老家做个农妇，从此埋没于乡间；另一次是某个夜晚芳子独自看家时，时雄突然前去探访，就这两次。第一次时，时雄非常清楚地知道那封书信的含义。关于如何回信，就让时雄一夜难眠苦恼不已。他数次窥视妻子安稳的睡脸，责备自己麻痹了良心。于是隔天早上寄出的回信，全然一副严师的做派。第二次是两个多月后的一个春日的夜晚，时雄意外到访时，涂着粉、打扮得漂漂亮亮的芳子正孤零零地坐在火盆前。

"怎么了?"时雄问道。

"我在看家呢。"

"姐姐去哪儿了?"

"去四谷买东西去了。"

芳子一边说着,一边凝视着时雄的脸。她是多么娇艳动人啊。这富有力量的眼神使时雄的心禁不住怦怦直跳。虽然只三言两语聊了些家常话,但是彼此似乎都清楚,平凡的话语里有着更为不平凡的深意。当时,要是再一起聊上十五分钟,不知道会变得怎样呢?芳子目光灼灼,语气娇媚,态度也与往日不同。

"今晚打扮得很漂亮呢。"时雄故作轻松地说道。

"是呢,刚泡过澡。"

"因为粉特别白吧。"

"哎呀,老师!"芳子说完就笑了,斜着身子摆出一副娇媚之态。

时雄马上要回去了。芳子百般挽留,时雄只说必须回去,她只好恋恋不舍地在月光下送了他一程。芳子白皙的脸上笼罩着一种深邃的神秘。

进入四月以后,芳子因多病而脸色苍白,还患上了神经过敏症。喝了大量的溴化钾也依然无法安睡,深感困扰。无尽的欲望和生理本能肆无忌惮地诱惑着妙龄的芳子，她却多以药物支撑。

四月末芳子回了老家，九月回到东京，然后就发生了这次的事件。

这次的事件无关其他，不过是芳子有了恋人。并且她还在回京的途中，与恋人一同去了京都嵯峨游玩。因为玩了两天，以致出发和到京的时日不符。时雄在东京与备中素有书信往来，便追问芳子。芳子回答说她恋爱了，是神圣的恋爱。两人绝对没有犯那种过错，今后也一定会将这次恋爱进行到底。时雄作为芳子的老师，不得已作了这段爱情的见证人和月老。

芳子的恋人是同志社的学生、神户教会的才子——田中秀夫，时年二十一岁。

芳子当着老师的面对神灵起誓，这段爱情是神圣的。芳子流着泪说，老家的父母亲人认为，她作为一个学生，和男人偷偷跑去嵯峨游玩，已经算是精神的堕落了。可自己绝对不曾有过那种龌龊的行为。彼此意识到喜欢，是从京都分别之后的事。刚回到东京，她就收到了田中热情洋溢的书信。两人这才许下未来的承诺，绝对没有做过越矩之事。听到这些，时雄心里感到自己做了莫大的牺牲，只能为两人所谓的神圣爱情尽心竭力。

时雄苦闷不已。被人夺走自己的所爱，使他的心情十分低落。他原本没有想过把这个女门生变成自己的恋人。倘若有那种明确的想法，他定会毫不犹豫地抓住前两次已经唾手可得的机会。然而这个心爱的女弟子，这个给自己寂寞的生活平添姿彩、给予自己无尽力量的芳子，就这样突然地被人夺去，他又岂能容忍呢？虽然他在两次到来的机会面前犹豫了，但内心的最深处却期待着第三次、第四次机会，他隐隐地期盼着能有全新的命运与崭新的生活。

时雄感到苦闷，思绪紊乱。嫉妒、惋惜、悔恨的念头交织在一起，像旋风一样在他的头脑中盘旋。为人师表的道义感也夹杂其中，愈演愈烈。其中还掺杂着为心爱女子的幸福不惜牺牲自我的念头。晚饭时，他喝了许多酒，烂醉如泥之后才睡下了。

第二天是个下雨的周日，屋后树林里哗啦啦降下的大雨因时雄的落寞而显得格外寂寥。倾泻在老榉树上的长长的雨线，连绵不断地从无垠的天空中坠落下来。时雄没有读书的勇气，也没有拿笔的心思。时已入秋，他斜躺在靠背冰凉的藤椅上，望着长长的雨线，从这件事开始思考自己的前半生。他的人生中也有过几次类似的经历。因一步之差没能赶上命运的潮尖，只能被晾在圈外，饱尝寂寞、郁闷与苦涩。文学上如此，社会层面亦是如此。爱情、爱情、爱情！一想到自己至今仍被消极的命运所左右，就不禁深深地感到自己的懦弱与命运的不济。自己就像是屠格涅夫笔下的那位"多余的人"！他不由得在心中反复琢磨那位主人公无常的一生。

时雄感到寂寞难耐,从中午就嚷着喝酒。妻子准备得迟了些,他便唠唠叨叨;桌上的饭菜不合胃口,他就大发脾气,胡乱酗酒。一壶、两壶……酒壶的数量越来越多,时雄很快就烂醉如泥,不再对着妻子抱怨了。只有当酒壶中没酒时,才喊"酒!酒!"然后将端来的酒咕嘟咕嘟大口喝下。胆怯的婢女呆呆地看着,不明所以。最开始他还频频怜爱地抱起五岁的儿子抚摸、亲吻,不知何时孩子哭起来,他就生气地对着孩子屁股噼里啪啦一阵乱打。三个孩子感到害怕,远远地站着,不可思议地看着父亲那张陌生而通红的醉脸。时雄喝了近一升酒,醉倒在地,连打翻了饭桌也浑然不觉。随后,他用一种奇怪而缓慢的调子,吟诵起十多年前流行的幼稚的新体诗:

或许你认为

在门边徘徊的

只是那卷起巷口尘土的暴风雨;

比那暴风雨更加狂暴

比那尘土还要散乱的

爱情的尸骸

被拂晓的……

诗歌吟诵到一半，他忽然站了起来，身上依旧披着妻子给他盖的棉被，像小山一般往客厅走去。"去哪儿？您要去哪儿？"妻子担心不已，赶紧追了过去。他并不理会，披着棉被要进厕所。

妻子急了："孩子他爸！孩子他爸！喝醉了可不行啊。那里是厕所！"

站在厕所门边的妻子赶紧从身后扯住棉被，棉被旋即滑落在妻子手里。时雄好不容易摇摇晃晃地解完小便，突然咚的一声倒在厕所地上。妻子觉得脏，不断晃动他的身体想让他站起来，可是时雄一动也不动。即便如此，他却并没有睡着，红土似的脸上瞪着一双锐利的大眼睛，盯着窗外一直下个不停的大雨。

四

同往常一样，时雄一步一步地准时走回了位于牛达矢来町的家。

这三天，他一直同苦闷抗争。然而他生性有一种力量使自己不至于沉溺。虽然他常常因受这股力量的控制而感到懊恼，可是不知不觉间却仍然被它击败，被它所征服。因为这个缘故他总是被迫伫立在命运的圈外，尝尽苦涩的滋味。

世人都相信他是一个正直的人，一个值得信赖的人。这三天的苦闷，总算让他看清了前路。两人的关系告一段落了！从此以后，只须尽到老师的责任，一心为心爱的她谋求幸福。这是痛苦的，然而痛苦才是人生！时雄思考着这些问题，回到了家中。

刚打开门进屋，妻子就迎了上来。秋后余暑还在，时雄西装下的衬衫都被汗水湿透了。他换上浆洗过的白色和服单衣，坐到茶室的火盆前。妻子忽然想起了什么似的，从衣柜上面拿出一封信，递给时雄，"芳子小姐寄来的。"

时雄赶紧拆开了信封。看到厚厚的信纸，就知道一定是有关那件事的。他认真地读了起来。

信是用白话文写的，文笔极其流畅。

老师：

本想亲自到府上找您商量的，因事情太急，只好自作主张了。昨日四点田中发来电报，说六点抵达新桥车站，我简直惊讶极了。

正因为我相信田中君不是那种无缘无故就跑来的轻率的男子，所以更加忧心。老师，请您原谅。我准时去接他了。见到一问才知道，他看了我那封详述事情缘由的信后，非常担心。他说万一我因为这件事情被带回老家,他也会感到过意不去的,因此放下学业来到东京。他想要向老师您禀明所有事情,向您道歉,为我求情,希望一切能得到圆满的解决。为着这个目的他才急急忙忙地跑来了。我把跟老师说过的话、老师情深意切的教诲、以及老师会成为我们两人神圣爱情的见证人和保护者这样的话都一五一十地告诉了他。他被老师的情义所感动,流下了感激的泪水。

　　田中看过我那封惊慌失措的信后非常惊讶,他做好了充分的思想准备,并想好了万一遭到反对该如何应对。他说已经下定决心,万一真有那个情况,就去找那时同去嵯峨的朋友作证,证明我们两人之间绝无那种肮脏的关系。他会解释清楚,我们两人是在分别之后才互生爱慕的,并请老师帮我们向老家的父母逐一说明。前一阵子因为我的鲁莽,伤害了父母的感情,现在我又怎能说出这件事让他们操心呢?我们决定暂时保持沉默,彼此怀抱着希望,专心学习。等到时机成熟——或许五年,抑或十年后也未可知——我们再去坦诚一切。老师的话我都一一讲给他听了。虽然事情办完就该立马回去,但见到他十分疲惫的模样,实在难以启齿让他立刻返回。(请原谅我的懦弱)我会谨记老师的教诲——求学期间不得触及感情问题。我让他在旅店住下后,又忍不住对他说,好不容易来一趟,去游览一天吧。老师,请您原谅我吧。我们炙热的情感中，依然有理性的存在。不会做出之前在京都那样的，超出理智、招人误解的事。我发誓，绝对不做。最后请代我向夫人问好。

芳子敬上

阅读这封信件的过程中，时雄的内心如被烈火炙烤一般五味杂陈。那个叫田中的二十一岁的青年，现在就在东京。芳子去接的他，也不知道他们做了些什么。之前说过的话也许都是谎言吧。或许暑假在须磨遇到时就好上了，在京都所做之事也不过为了满足欲望而已。这次大概是难忍相思之苦才追着芳子来了东京，牵手了吧？拥抱了吗？不知道他们在无人看见的旅店二楼正做些什么？被玷污或是没被玷污就是瞬间的事。想到这里，时雄已经不堪忍受了。他在心里大喊"这也属于监护人的责任！"不能再放任不管了，不能给思想还不成熟的芳子这样的自由。必须监督她，保护她！"我们既有热情也有理性！""我们"是什么？为何不写"我"呢？为何要用复数呢？时雄的心里如同遭遇暴风雨般凌乱不堪。抵达时间是昨日六点，只要去姐姐家里打探一下，就知道昨晚他们是什么时候回去的了。那他们今天做了什么呢？现在呢？

妻子精心准备的晚餐中，有新鲜的金枪鱼刺身，还有加了蓝紫苏调料的冻豆腐。时雄却无心品尝，只是一杯接一杯地喝酒。

妻子哄睡了小儿子后，坐到了火盆前面，芳子的信就放在丈夫的身边。

"芳子小姐都说了些什么呀？"

时雄默然地把信丢给了她。妻子一边接过信，一边瞥了一眼丈夫的脸，她知道，这是暴风雨就快到来的前兆。

妻子读完信，把它重新折起来。

"他来了呢。"

"嗯。"

"会一直待在东京吗？"

"信里不是写着嘛，让他马上回去……"

"会回去吗？"

"那种事情谁知道呢！"

见丈夫语气强烈，妻子便闭嘴不再多言。过了一会儿，她又道：

"所以，真是很烦人呢。年轻女孩子，要当小说家……她本人那么想也就罢了，把她送来的父母也真是的……"

时雄本想回答说"可是，这样你就放心了吧"，终于还是没能说出口。

"算了，那个事儿怎么都行。反正你们也是不懂的……还是给我倒点酒吧!"

温顺的妻子拿起酒壶,把京瓷酒杯倒得满满的。

时雄不断地大口喝酒,好似不喝酒就无法排解心中的苦闷。喝到第三壶时,妻子担心地说道:"你最近有点不大对劲呢。"

"为什么这么说?"

"总是喝醉不是吗?"

"喝醉很奇怪吗?"

"是啊,你有什么上心的事吧?芳子小姐的事就随她好了。"

"胡说!"时雄大喝了一声。

妻子并不罢休,"可是,喝得太多会伤身体呀,适可而止吧。再到厕所去睡,你的块头那么大,我和阿鹤(女佣)可怎么搬得动啊。"

"行了,知道了,再来一瓶吧。"这一瓶又被他喝去了一半。好像醉得差不多了,脸也变成了紫铜色,眼神也有些发愣。他突然站起来,"拿腰带来!"

"您要去哪儿?"

"去三番町。"

"去姐姐那儿?"

"嗯。"

"还是别去了吧,太让人担心了。"

"没事。别人把女儿托付给我,我怎能不管,放任自流呢?那个男的到东京来,和她一起散步或做点别的什么,我岂能视而不见?把她放在田川①家也还是不放心,所以今天去,如果早的话,我就把芳子带回来。你把二楼打扫干净备着。"

"又让她住在家里吗?"

"当然。"

见妻子没有马上拿出腰带和和服,时雄说道:"好了,好了,不拿衣服的话,就这样去好了。"于是穿着白色和服单衣,外加一条脏兮兮的薄呢宽腰带,帽子也没戴就急匆匆地出门了。身后传来妻子的声音:"我这就拿……可真是拿你没办法。"

夏天的太阳快要落山了。家家户户都已吃过晚饭,面色白皙的年轻姑娘站在家门口,还有少年正在击打棒球。时雄遇到好几对留着稀疏胡须、官员模样的绅士领着梳着檐发的年轻妻子到神乐坂散步。激愤的心情和烂醉如泥的身体让他感觉晕乎乎的,周围的一切都像来自于另外一个世界。他感觉两旁的房子在抖动,地好像要陷下去,天也仿佛要塌下来似的。原本他的酒量就不好,加上胡乱狂饮,这下子酒劲全涌了上来。他忽然想起俄罗斯贱民喝醉了酒倒在路边睡觉的情形。还想起了曾和朋友说过的话——"俄罗斯人正因为这样才了不起啊,既然沉溺就必须沉溺

---

① 妻子姐姐家的姓氏。

到底！"他脱口而出："真是愚蠢！爱情里哪有师生之别啊。"

时雄沿着中根坂往上走，从士官学校的后门走到佐内坂上面的时候，天色已全然暗沉了下来。穿着白色和服单衣的人们络绎不绝。烟草铺前站着一位少妇。刨冰店的布帘随着傍晚的凉风徐徐摆动。时雄迷迷糊糊地看着这夏日的夜景，时而撞到电线柱子差点摔倒，时而掉进浅沟撞到膝盖。一个工人模样的男人骂道："醉鬼！走路看着点！"时雄突然像想起了什么似的，从坡上右拐，走进了市谷的八幡宫。寺院里一个人影也没有，十分寂静。高大的老榉树和松树，枝叶浓密，遮天蔽日，而左边角落里的一棵大珊瑚树也枝繁叶茂。各处的长夜灯相继点亮。时雄感到十分难受，一下子躲到了那棵珊瑚树的树荫下，在长着树根的地上躺了下来。亢奋的心理状态、奔放的情感还有悲哀的快感，都尽情释放着。时雄一边被强烈的嫉妒心所驱使，一边冷眼审视着自己的状态。

初恋那样的热情自然是不复存在了。与其盲目地听从命运的安排，不如冷静地评断自己的命运。炙热的主观情感和冷静的客观评断就像捻合在一起的丝线一样交织在一起，呈现出一种异样的心理状态。

悲伤，痛彻心扉的悲伤。这种悲伤既不是绚丽青春的悲伤，也不是单纯的男女爱恋的悲伤，而是隐藏在人生最深处的某种巨大的哀伤。流水易逝，繁花凋零，在盘踞于大自然的隐秘深处某种无法抵抗的力量面前，没有比人更脆弱，更悲惨的了。

眼泪顺着时雄满是胡须的脸庞簌簌地往下坠。

有件事忽地涌上心头，时雄站起身来走了出去。天色已尽黑。只有寺院里四处立着的玻璃罩灯还静静地散发着亮光，可以清楚地看见罩子表面的"常明灯"三个字。看到这三个字，他的心又被触动了。他不是也曾经带着深深的懊恼见到过这三个字吗？而今的妻子那时还是个梳着大大的裂桃式顶髻的姑娘，就住在寺院下面。他时常爬上八幡寺的高台，只因为想见见隐约琴音背后的真容。"若是得不到她，还不如去南洋的殖民地流浪"。那时的他常常怀抱着这种强烈的爱意，呆呆地看着牌坊、长长的石梯、神殿、写有俳句的灯笼以及"常明灯"这三个字陷入沉思。而此刻，寺院下面房屋依旧，只有电车的轰鸣声不时打破这里的寂静。妻子娘家的窗户，和昔日一样，闪烁着明亮的灯光。这是多么没有节操的想法啊。谁能想到仅仅过去了八年的岁月，竟然变成了这样呢。裂桃式顶髻变成了现在的圆髻，那时快乐的生活何时变得如此寂寥，我又为何会爱上别人呢？时雄深切地感受到了时间的可怕，而不可思议的是，他心里的事实却没有丝毫的动摇。

"尽管矛盾，但也别无他法了。那种矛盾、那种没有节操的想法，都是事实，无法改变了。事实！事实！"时雄在心里反复地想。

他像被某种难以忍受的自然力量压迫着似的，高大的身体再度躺倒在一旁的长凳上。蓦然看去，一轮暗淡的如同红铜般的大月亮，无声地挂在护城河边的松树上。那种颜色、那种形状、那种姿态，是那么的清冷孤寂。时雄觉得那种孤寂正好暗合自己此刻的心境，心里不免又涌上一种难以名状的哀伤。

酒醒时，夜露开始降临。

时雄走到土手三番町的姐姐家门口。

他往里看了一眼，芳子的房间没有灯光。看上去芳子还没有回来。时雄的心里又燃起了怒火。在这样的夜晚，这样漆黑的夜晚，芳子和爱慕着的男人，两个人！不知正在做些什么？竟然做出这般出格的事，所谓的神圣爱情呢？还辩解说没做龌龊的事！

时雄本想马上进去，又想着芳子还没回家进去也无济于事，于是径直从门前走了过去。每逢遇见擦肩而过的女子，他都会看看是否是芳子。他四处徘徊，河堤上，松树树荫下，街道拐角处，甚至连路人都用奇怪的眼神看着他。已经九点，快十点了。虽说是夏日的夜晚，也不该这么晚还待在外边。时雄想芳子一定已经回去了吧，于是折回姐姐家探看，却发现芳子仍旧没有回来。

他走进屋里。刚走到里边六张榻榻米的房间就径直问道："芳子是怎么回事啊？"

姐姐没有回答，反而对时雄和服上沾着那么多的泥点表示惊讶："怎么回事呀？时雄君！"经明亮的灯光一照，白色单衣上，肩膀、膝盖、腰部，到处都是泥点。

"没什么，不过是刚才摔了一跤。"

"但是不是连肩上也沾着了吗？你又喝醉了吧？"

"没有……"时雄勉强挤出笑容来掩饰。

随即又问道："芳子去哪儿了？"

"今天早上，说是和朋友到中野那边散散步就回来，应该快回来了吧。有什么事吗？"

"嗯，是有点……"停了停又问，"昨天回来得晚吗？"

"没有，说是去新桥接个朋友，四点过出门，八点左右就回来了。"

姐姐看着时雄的脸问道："发生什么事了吗？"

"没什么……可是姐姐，"时雄的声音变了，"说实话，把芳子交给姐姐，万一又发生之前京都那样的事就麻烦了，所以我想还是让芳子回我家住，严加看管。"

"是么，那好啊。芳子小姐是那么的聪明，我这种没受过教育的人……"

"不，不是那个意思。给她过多自由，反而会害了她，所以我想让她住家里，好好监督她。"

"那很好啊。说真的，芳子小姐这个人啊……无可挑剔，聪明伶俐，世上少有。只一件事不好，夜晚和男朋友散步什么的，还满不在乎。我常说，让她把这点改掉就好了。芳子小姐总是笑着说我这是死脑筋。因为常常和男人一起散步什么的，街角岗亭里的警察也觉得可疑，有一次便衣巡查还曾站在家门口呢。当然，没发生那种事儿，也不要紧，可是……"

"那是什么时候的事？"

"去年年末吧。"

"太新潮也麻烦啊。"时雄说。时钟的指针已经指到了十点半的位置，"究竟怎么回事？年纪轻轻的，这么晚还一个人在外面。"

"就快回来了啊。"

"这样的事已经好几次了吗？"

"不，很少有。因为是夏天的晚上，她一定以为天刚黑所以还在外面逛。"

姐姐说着，并没有停下手里的针线。她的前面放着一张大大的银杏木裁衣板，裁好的绸缎、线、剪刀之类的散乱地放在周围。明亮的灯光照在艳丽的衣料上。九月中旬的深夜，稍有些凉意。甲武的货运列车发出轰隆隆的声响，从屋后的堤坝下面穿行而过。

每次响起木屐声,时雄都会期待:"这次一定是芳子了!这次一定是芳子了!"十一点的钟敲过不久,从远处传来了轻盈而细碎的木屐声,打破了夜的宁静。

"这次肯定是芳子小姐回来了。"姐姐说道。

果然,脚步声在家门口停了下来,格子门嘎啦嘎啦地滑开了。

"是芳子小姐吧?"

"诶。"声音婉转娇媚。

梳着檐发的高挑倩影很快便从玄关走了进来,"哎呀,老师!"声音里充满了惊愕和困惑。

"实在太晚了……"芳子说着,走到客厅和起居室间的门槛处,半跪下来。她闪电般地看了一眼时雄的脸色,随即拿出个包裹着紫色绸巾的东西,默默地推到姐姐跟前。

"是什么啊……土特产吗?总是麻烦你呢。"

"哪里哪里,我也要吃的嘛。"芳子爽快地说道。她本想回里屋,却还是被迫坐到了灯光耀眼的起居室的一个角落里。美丽的身姿、时髦的檐发、华丽的法兰绒和服上端正地系着一条橄榄色的夏季专用腰带。她微微斜坐着,十分妩媚。时雄坐在对面,胸中感到一种无可名状的满足,先前的烦闷和苦痛顿时就忘却了一半。即使面对强大的情敌,只要将恋人据为己有,就会感到安心，这是恋爱中的人之常态。

"实在太晚了……"芳子有些无可奈何地解释道。

"听说你到中野散步去了？"时雄突然问道。

"是呢……"芳子又瞥了一眼时雄的脸。

姐姐准备沏茶，她打开特产包裹一看，竟是自己最喜欢的奶油泡芙，高兴得连赞美味。一时间大家的注意力都集中到了这个点心上。

过了一会儿，芳子问道："老师，您是在等我回来吗？"

"是呀，是呀，都等了差不多一个半小时了。"姐姐从旁说道。

此话一出，时雄便接着说明了来意——如果方便今晚就将芳子一起带回去，行李稍后再拿也没关系。芳子低头听着，点头表示同意。虽然她的心里感到一种压迫感，但去自己绝对信任的、对这段恋情也全心全意支持同情的老师家里住也并非是什么痛苦的事。倒不如说在这个旧式的家庭里同住早让她心生不快，她一直盼望着如果可以，能像最初一样住到老师家里。如果不是今天这种状况，她会非常高兴的，可是……

时雄恨不得立刻就问清楚芳子那个恋人的事情。现在，那个男人在什么地方？何时返回京都？这对于时雄而言实在是很重大的问题。但又不便在毫不知情的姐姐面前直接询问，因此他丝毫没有提及这件事，一座人等只聊了些家常。

时雄提到今晚就走,姐姐提醒说已经十二点了,还是明日为好。时雄就想着一个人回牛込,可又总觉得不放心,只好借口夜深了,在姐姐家住下,明早再一起回去。

　　芳子住在八张榻榻米大小的那间房里,时雄就在六张榻榻米的房间与姐姐并排而卧。不久,就听见姐姐轻轻的鼾声。时钟咚地敲了一声,已经一点了。芳子好像有些睡不着,房间里不时传来她长长的叹息声。甲武的货运列车轰隆隆地在深夜穿行而过。时雄也辗转难眠。

五

　　第二天早上,时雄带着芳子回家。只剩下两人时,时雄迫不及待地想问清昨晚的情形,但见芳子在身后低着头悄然跟随的样子,又觉得很可怜,于是把焦虑藏在心底,默默地走着。

　　走到佐内坂时,行人少了许多。时雄忽然转过身问道:"究竟是怎么回事?"

　　"您说什么?"芳子反问道,她的脸色有些难看。

　　"就是昨天的事儿,他还在呢?"

"今晚六点的快车回去。"

"那么，不去送送吗？"

"不了，没关系的。"

说到这里，两人都没再开口，默默地往前走。位于矢来町的时雄的家，二楼的三张榻榻米和六张榻榻米的房间之前一直用作杂物间，这次打扫干净后就成为了芳子的居所。由于长久以来一直作杂物间兼孩子们的游乐场地使用，灰尘堆积如山。用扫帚扫，用抹布擦，再将已经破损且带有雨渍的拉门重新糊裱以后，屋子变得意想不到地明亮起来。屋后酒井家墓地的大树枝繁叶茂，更给这个房间增添了一抹畅爽的绿色。久未打理的庭院杂草丛生，其间盛开的美丽的虞美人以及邻居的葡萄架也仿佛此时才跃入眼帘。时雄挑了一幅某个作家画的牵牛花挂在壁龛上，在悬挂式花瓶里插入了晚开的玫瑰。中午时分，行李到了。大木箱、柳条箱、信玄手提袋①、书柜、桌子、卧具，为了把这些运到二楼颇费了一番功夫。时雄为了帮忙，不得不向公司请了一天假。

将桌子置于南窗之下，书柜放其左侧，桌上整整齐齐地摆放着镜子、胭脂盘、瓶子之类的东西。时雄将大木箱、柳条箱放在壁橱的一侧，而将一套印花布的被褥放入另一侧时，一阵女人香

---

① 信玄手提袋：袋底放一块平板，袋口穿绳拉紧的手提包。日本明治中期开始流行。

袭来，让时雄有了一种异样的感觉。

下午两点左右，这间屋子总算整理完毕。

"怎么样？这里住着也不错吧。"时雄有些得意地笑着，"就在这里好好学习吧。现在去想那些实际的问题并为此烦心是毫无用处的。"

"嗯……"芳子低下了头。

"之后再仔细问你吧，现在你们两人都必须得专心学习才行啊。"

"嗯……"说着，芳子抬起了头，"老师，其实我们也是那么想的，我们彼此都想着现在要好好学习，充满希望地面对未来，也盼望得到父母的认可。"

"那就好。现在闹的动静太大，会引起别人和父母的误解，你们难能可贵而又恳切的希望反而无法实现。"

"所以，老师，我想要专心学习。田中也这样说过。他还常对我说一定要拜访老师并亲自道谢……"

"不用了……"

芳子在描述中使用了"我们"这样的复数，语气中也俨然一副有了婚嫁之约的样子，时雄对此感到不悦。才不过十九、二十的妙龄少女，竟说出这样的话来，时雄觉得很诧异。他再次感受到了时代的变迁。如今的女学生的气质已然与自己恋爱时期的少女不同了呢。当然，无论出于主张还是兴趣，时雄都是很欣赏这种女学生气质的。接受旧式教育的女子，到底做不了明治时代男人的妻子。时雄始终认为，女子也必须自立并努力培养自己的意志力。这些论调他在芳子面前也多次提到过。然而，亲见了这样洋派的做法，时雄又免不了蹙眉以对。

田中寄来了盖有国府津邮戳的明信片，说自己已经踏上了归途。明信片寄到的第二天就从三番町的姐姐家转了过来。芳子住在起居室的二楼，一叫她她便立马应声走下来。一日三餐，他们都聚在一起吃。晚上就围坐在明亮的洋灯旁，热切交谈，乐趣横生。芳子给时雄织袜子，不停地向他展露美丽的笑容。时雄完全地掌控了芳子，觉得既安心又满足。妻子自从知道芳子恋人的事后，也不再有危险和不安的念头。

与恋人的分离让芳子觉得很难受。如果可能，她希望两人能一起待在东京，时不时地见上一面，说说话。但是她知道，那是很难实现的事。芳子想，这两三年，直到男方从同志社毕业为止，除了偶尔鸿雁传书，自己只能一心扑在学习上。从下午开始，芳子又同以往一样，去麴町的某所英文补习班念书，而时雄则去小石川的出版社上班。

晚上，时雄常常将芳子叫到自己的书房里，聊聊文学、小说还有恋爱的事，并且告诫她今后需要注意的地方。时雄说话时的态度公平、率真，且富于同情心，绝对让人意想不到之前竟会烂醉如泥地横卧在厕所地面。虽说如此，时雄的态度却也并非是刻意装出来的。对时雄而言，在面对芳子的瞬间——为了讨其欢心，无论做出何等的牺牲都是值得的。

芳子也很信赖老师。她甚至想，等到合适的时机就把恋爱的事告诉父母，到时也许会发生新旧思想冲突的事，但只要能得到对自己恩泽深厚的老师的认可就已足够。

九月过去，十月来临。寂寥的秋风在屋后的树林里呜呜，天空的颜色显得越发深邃。阳光照射在清澈的空气中，夕阳将四周都晕染上了一层厚厚的金色。雨水不停地落在土豆苗的残叶上，蔬菜店里摆放起了松茸。篱笆上的虫鸣声因秋露而日益衰竭，院子里泡桐的树叶也已枯败凋落。上午的一个小时，九点到十点是解释屠格涅夫小说的时间。芳子在老师的炯炯目光之下，斜靠在桌上，倾听完《前夜》长长的故事。叶莲娜情感炽烈、意志坚定，其凄惨而又悲壮的结局深深地打动了芳子。芳子把叶莲娜的恋爱故事与自己对照，将自己置身于小说之中。没有机会和应该相爱的人相爱，却把一生交给根本不爱的人，这种恋爱的宿命，正如同芳子此时心境的写照。在须磨的海滨，不经意收到的一张百合花的明信片，最终竟带来这样的命运，这是芳子做梦都未曾想到过的。

芳子曾经面对雨天的树林、黑暗的树林、月光下的树林，反复思考此事。京都的夜行列车，嵯峨的月亮，在膳所游玩时，斜照在湖水上的夕阳是那么的美。还有旅馆中庭里的胡枝子花，绽放得像画一样。芳子觉得，那两日的游玩仿佛做梦一般。接着她又想起了爱上田中之前的事，须磨的海水浴、故乡的山中明月、生病之前的事，特别是当时的苦闷。芳子的脸颊不由得红了起来。

从遐想到无限遐想，这遐想不知何时变成了一封长信寄去了京都。京都也几乎每隔一天就会邮来一封厚厚的书信。两人有写不尽的深情——对于二人太过频繁的书信往来，时雄总是瞅准芳子不在的时候，以监督的名义，昧着良心，偷偷地在抽屉盒和信匣里翻找。他把搜出来的两三封男方的来信快速地读了又读。

书信里充满了恋人间的甜言蜜语，但时雄还煞费心机地想要找出更大的秘密。接吻的迹象、做爱的痕迹会不会就隐藏在某处呢？两人之间的关系会不会已经超出了神圣爱情的边界呢？然而从信中却没能获知他们恋爱的真实情形。

一个月过去了。

一日，时雄拿到了一封写给芳子的明信片。是用英语写的明信片。不经意看了一眼，但见信上写着，已经准备好一个月的生活费，不知道在东京是否可以找到谋生的工作之类的话，落款是京都田中。时雄内心翻腾起来。平静在一瞬间被打破了。

晚餐后,芳子被问及此事时露出一副困扰的表情。"老师,我真的很为难。田中说要到东京来,我曾三番两次劝阻。但他说通过这次的事,对于参与宗教工作、虚伪地生活已经厌倦透了,说什么都要来。"

"那他来东京,打算做什么呢?"

"说是干文学……"

"文学?什么文学?是说要写小说吗?"

"嗯,大概是吧……"

"愚蠢!"时雄大声喝道。

"我真的很为难呢。"

"难道不是你劝他这样做的吗?"

"不是。"芳子猛烈地摇头,"我怎么会做那种事……我劝他说现在这样很为难,至少也得等同志社毕业了来,他最初那样说的时候我就强烈地劝阻过他。但他说自己已经决定要这么做了,而今更是没有回头路可走。"

"为什么呢?"

"有一个名叫神津的神户的信徒,为了神户的教会,给田中出了学费。田中对他说,自己做不了宗教的工作,所以将来想从事文学。请求他应允自己去东京。可是对方却十分震怒,说要是那样的话就不管他了,悉听尊便。所以田中说自己已经做好了准备。真是让人很为难呢。"

"愚蠢！"时雄接着说，"你再劝他一次。说什么想写小说为生，这是不行的，完全是妄想，绝对的妄想！而且，如果田中来了这里，对于你的监护，我就很难办了，也没法再照顾你，所以请你严肃地阻止他！"

芳子显得愈发为难，"我会写信阻止他的，但书信和人也许会错过。"

"错过？这么说他已经来了？"时雄瞪大了眼睛。

"刚来的书信里说，即使去信他也可能会错过了。"

"刚来的信？刚才那封明信片之后又来的吗？"

芳子点了点头。

"这就难办了。所以说年轻的空想家是不行的。"

平静再一次被打破了。

六

隔了一天收到一封电报，写着今晚六点抵达新桥。拿着电报，芳子不知如何是好。因为时雄觉得不能让年轻姑娘晚上独自出门，所以没有允许芳子前去新桥迎接。

第二天，芳子去了恋人的住地，说是见面后无论如何都会规劝田中回到京都。田中住在车站前一个名为鹤屋的旅馆里。

时雄从出版社回来的时候，以为芳子不可能这么早回来，哪想芳子已经笑意盈盈地出现在了玄关。从芳子的嘴里得知，田中说既然到了这里，怎么也不愿再返回京都。芳子与其争辩，差点吵了起来，但他还是一意孤行。田中说自己的确是来京投靠老师的，但听了芳子说的，也觉得很有道理。他也明白老师在监管上的不便。可是事已至此无法回头，自己无论如何都会找到一条谋生之路，达到自己的目标，除此之外也别无他法。时雄对此感到不快。

他一度想"随他的便吧"，也曾想"任他去吧"。然而作为一名事件相关人员，他又怎么能完全脱得了干系呢。此后两三天，芳子完全没有去找过田中的迹象，也按学校的时间准时回家。可是芳子会不会谎称去学校而顺路去了恋人的住处呢？时雄一想到这里，心中就燃起了疑惑和妒意。

时雄很是懊恼。他的想法一天变了好几次。时而想着完全牺牲自己，竭力成全两人；时而又想，干脆把这些情况一五一十都通报给芳子家里，一举破坏掉两人的关系。然而哪种想法都不敢真正去做，这就是他现在的心态。

妻子忽然对时雄耳语道："孩子他爸，二楼，在做这个呢。"

说着便比画着用针线缝制衣服的样子，小声道，"一定是……给那个人的吧。藏青底碎白花纹的书生短外褂！她还买了长的白棉系带呢。"

"真的吗？"

"嗯。"妻子笑了。

时雄却笑不出来。

芳子红着脸说，"老师，我今天晚些回来。"

"是去他那儿吗？"时雄问道。

"不，朋友家有点事儿，去去就回。"

那天傍晚，时雄索性去了芳子恋人的住处拜访。

用演讲似的雄辩腔调做了一番空洞的辩解之后，这位中等个头、稍许肥胖、肤色白净、名叫田中的男子露出一副祈祷时的眼神，像谋求同情似的说道："其实，早就想跟老师您道歉了……"

时雄很激动，"但是，你既然明白了，那么去做不就行了么？我是考虑到你们的将来才这么说的。芳子是我的学生。职责所在，我不会允许她辍学的。既然你说无论如何都要留在东京，那么要么让芳子回老家，要么就把你们的关系禀明父母以求得许可，二中必选其一。相信你不会是那种为了自己，忍心让心上人埋没于深山的自私的人吧。你说过是因为这次的事件才讨厌从事宗教工作的，但那不过是一种想法而已。你且忍耐一下，只要回去京都，万事都会圆满解决，你们两人的关系，将来也是有希望的。"

"我都明白……"

"但做不到吗？"

"非常抱歉……我已经将制服、帽子都一并卖掉了，现在是想回也回不去了……"

"那么就让芳子回老家吗？"

田中沉默了。

"还是告诉家里人呢？"

田中还是沉默。

"我来东京，本来没想到跟这些事扯上关系。即使我住在这里，我们两人之间也不会有什么……"

"那是你的一面之词。如果真要那样，我就没法监管了。恋爱这东西，不知何时就会沉溺其中的。"

"我想，不会有那样的事。"

"能起誓吗？"

"只要静下心来学习，就不会有那样的事的。"

"所以真叫人为难。"

这样的对话——这样不得要领的对话，被不断重复，两人长时间地对峙着。时雄从将来的希望、男人的牺牲精神、事件的进展等方方面面，力劝田中回老家。时雄眼中的田中秀夫，既不是想象中那么清秀健壮，也看不出有什么天才资质。位于麹町三番町路的廉价旅社中，当时雄在有三面围墙的闷热房间里第一次与田中相对而坐时，首先感受到的是对方在基督教中养成的装模作样、与年纪不相符的老成以及惹人生厌的言谈举止。尽管田中一口京都腔，脸色白净，也多少有些温和。可时雄还是弄不明白，在那么多的青年之中，芳子怎么偏偏选中了这个男人。而最让时雄感到厌恶的是，他丝毫没有本性流露的率真，而是以各种理由对自己的错误和缺点进行辩解。然而这种印象实际上并不是直觉式地、清晰地浮现在时雄激动的大脑里的。当他看到房间角落里放着的小旅行包和皱巴巴的白色单层和服时，不由得想起自己富于憧憬的青年时代，想到田中也正为恋情而烦闷、苦恼，时雄也曾萌发过怜悯之心。

在这间闷热的房间里，两人面对面正襟危坐，谈了一个多小时。谈话最终也没有结果。时雄最后说了一句"你再重新考虑一下吧"，就告辞回家了。

时雄感到自己很可笑，他认为自己做了一件愚蠢的事情，不禁自嘲起来。他想起自己说的那些言不由衷的奉承话，为了掩饰自己内心深处的秘密，甚至说出要做保护者温情守护两人的爱情。还想起自己说的,要去托人帮田中找份廉价的翻译工作。他不禁骂自己是个懦弱的烂好人。

时雄一次又一次地想,干脆通知芳子的家里算了。但采取何种态度去告知也是一个大问题。正因为他相信自己掌握着两人爱情成败的关键,才深感责任重大。他既不能容忍自己为了不正当的嫉妒和爱情牺牲掉心爱女人的热恋,也不堪忍受把自己放在一个道德家的位置,成为自己口中的"温情的守护者"。同时他还害怕这件事被芳子家里知道以后,芳子会被父母带回老家。

第二天晚上,芳子来到时雄的书房,低垂着头,低声诉说了自己的请求。芳子说自己无论怎么劝说,田中都不愿回去。但如果告知了家里,可以想见父母一定不会同意,说不定立马就会来接自己回去。田中也是好一番周折才来到这里,两人的爱情也不似这世上别的男女恋爱那般浅薄,并发誓绝不会做龌龊的事情,也不会沉溺下去。文学是一条很艰难的道路,田中这样的人或许很难通过写小说成为大家,但既然要携手迈向未来,希望能够选择共同喜好的道路。芳子恳请时雄,让田中暂时留在东京。时雄无法冷酷地拒绝这一无奈的请求。一方面,他疑心芳子在京都嵯峨时的行为是否检点,一方面又相信她的辩解,认为两个年轻人之间应该没有那样的事。对照自己年轻时的经历,即便有神圣的精神恋爱,要发展到肉体关系也绝不容易。于是时雄说,如果不沉湎其中，就暂时保持现状好了。之后时雄就精神恋爱、肉体恋爱、恋爱和人生的关系、受过教育的新女性应当遵守的行为规范等，对芳子进行了切实详细而又真诚的训导。教导的主要题目有：古人告诫女子要保持操守，不止是社会道德的规范，更是为了保护女子的独立性；一旦把身体交给了男人，女子就完全失去了自由；西方女子正是因为明白此间种种，所以男女交往才不至于胡来；日本的新女性也必须那样去做云云……对新潮女性的话题谈得尤为深切。

芳子低着头倾听。

时雄乘兴问道："那么他到底靠什么生活呢？"

"应该是做了些准备来的，维持一个月左右应该没问题……"

"要是有什么合适的工作就好了。"时雄说道。

"实际上他是来投奔老师的，来这里也没个认识的人，所以很是失望。"

时雄笑了笑，"但是也太突然了，前天见面的时候我就那么想过，可是实在不好办哪。"

"又要请老师费心了……让老师操心真是很抱歉。"芳子很依赖似地说道，脸颊也红起来。

"别担心了，总会有办法的。"

芳子离开后，时雄的脸色顿时变得难看而严肃。他独自在心里问自己："我……我真的能够成全这段爱情吗？""年轻的鸟儿只能和年轻的鸟儿相配，自己已经没有能够吸引年轻鸟儿的美丽羽毛了。"想到这里，一种强烈的无可名状的寂寞感猛然袭上心头。"老婆和孩子——人们说这就是家庭的快乐所在，可这有什么意义呢？为了孩子而活的妻子或许还有生存的价值，而被孩子夺走了妻子、又被妻子夺去了孩子的丈夫怎能不感到寂寞呢？"时雄直愣愣地盯着洋灯想。

桌上有一本摊开的莫泊桑的《像死一般坚强》。

两三天后，时雄同往常一样准时从出版社回家，刚一坐到火盆前，妻子就小声地说道："今天来了呢。"

"谁啊？"

"二楼的……芳子小姐的相好。"妻子笑了。

"是嘛……"

"今天一点左右，门口有人叫门，我出去一看，是一个脸圆圆的、上身穿飞白碎花短外褂、下身穿白色条纹裤裙的书生。我本以为又是拿着书稿来的学生，可他说'请问横山先生是在这儿吗？'我觉得很奇怪，一问名字，说叫田中……哈，于是我想就是那个人了吧。很不讨人喜欢。芳子如果不找那样的人、那样的书生做恋人，一定会遇到更好的吧。芳子小姐好奇心太强了，就他那种样子，我看没希望。"

"后来呢?"

"芳子小姐应该很高兴吧,不过有些难为情的样子。我端茶上去的时候,芳子小姐正坐在桌子前面。那人就坐在她的对面,一直在说着什么。见到我,就突然停下来不说话了。我察觉不便,立马就下来了……总觉得奇怪呢……现在的年轻人真是敢作敢为呢,我那个时候被男人看一眼都会害羞得不行……"

"时代不同了嘛。"

"时代再怎么不同,我也觉得他们太新潮了。和堕落学生一个样。也可能只是外表相似,内心不同吧,可我总觉得怪怪的。"

"那种事就不要去管了,后来怎么样了?"

"阿鹤(女佣)说去帮她买,可是芳子说不用,自己出去买了糕饼和烤地瓜回来,招待他……连阿鹤都笑了,说是上去添热水的时候,两人正津津有味地吃着地瓜呢……"

时雄也不禁笑了起来。

妻子继续说道:"然后就很大声地说了好一阵子话。像在争论什么,芳子小姐也不甘示弱的样子。"

"那是什么时候回去的呢?"

"刚回去不久。"

"芳子现在在吗?"

"不在。她出门了,说是那个人不认识路,出去送送。"

时雄的脸色沉了下来。

吃晚饭的时候,芳子从后门回来了。像是跑得很急似的,喘着粗气。

"送到哪里去了?"妻子问道。

"神乐坂。"芳子答道,随即跟往常一样对时雄说了句,"您回来了。"就径直噔噔噔地上了二楼。本以为很快就会下来的,可是芳子却迟迟不见下来。"芳子小姐!芳子小姐!"妻子叫了三次,才听见长长的一句回复"诶——"人却仍然没有下来。直到阿鹤前去叫她,才终于走下楼来。她没有坐在准备好的饭桌前,而是靠近柱子,斜坐了下来。

"饭呢?"

"不想吃了,肚子很饱。"

"吃太多地瓜的缘故吧。"

"哎呀,夫人您真厉害,别再说啦。"芳子摆出一副怒目而视的样子。

妻子笑着说:"芳子小姐,有些怪怪的呢。"

"为什么呢?"她拉长了声音问道。

"没有什么为什么啊。"

"那就好,夫人。"说完芳子又瞪了一眼。

时雄默默地看着芳子的媚态,心里自是烦扰不堪,不快的情绪猛然袭来。芳子瞥了一眼时雄，一下子就看出了他的不快，随即换了一种态度。

"老师，今天田中来过了。"

"听说了。"

"他说本应当面跟您道谢的，改天再来拜访……让我代问您好……"

"是吗？"

时雄说完，突然站起来，走进了书房。

倘若芳子的恋人留在东京，即便把她安置在二楼监管起来，时雄也绝没有安心的时候。阻止两人见面是绝不可能的，当然也不可能禁止书信往来，即便芳子公然请示说"我今天要去趟田中那儿，晚一个小时回来"，时雄也不能说些什么。即便他很不喜欢田中来访，事到如今却也无法谢绝。不知何时，时雄已经被两人默认成了他们爱情"温情的守护者"。

时雄时常焦躁不安。有好几篇要写的稿子，书店也来催促，自己也想赚钱。可是怎么也无法静下心来提笔写作。他也曾勉强尝试着去写，可是却感到思绪紊乱。即便看书也只是看了一页便看不下去了。每当见到两人爱情甜蜜，心里便燃起一团火焰，把气撒在无辜的妻子身上，借酒消愁。或以晚饭不合胃口为由，踢翻饭桌。有时晚上十二点过才醉醺醺地回家。芳子对时雄这些粗暴、不着调的行为感到很是痛心，向夫人道歉："都怪我，让老师费心了！"芳子尽力不让人看到两人的书信往来，去田中那儿也是如此，三次中就有一次是逃课偷偷去的。时雄知道之后，更是烦恼倍增。

时已深秋，原野上刮起了寒风。屋后树林里的黄色银杏叶给黄昏的天空着上了美丽的颜色。篱笆小道上，卷曲的落叶被风吹得翻来覆去地沙沙作响。伯劳鸟的鸣叫听上去有些尖利刺耳。两个年轻人的恋情在这个时候也变得越来越引人侧目。时雄在监督的过程中，实在看不下去，便劝说芳子把这件事一五一十地告诉老家的父母。随后时雄也写了一封关于他们恋爱的长信寄给了芳子的父亲。即便是这个时候，时雄也努力地想要赢得芳子的感激。时雄欺骗了自己的心——将以上行为称之为悲壮的牺牲，成为了那个"温情的爱情守护者"。

备中的山里寄来了好几封信。

七

翌年一月，时雄因地理书的工作，正在上武边境的利根河畔出差。他是去年年底来到这里的，所以非常担心家里——特别是芳子的事。尽管如此，也不能就此把公务放下。一月二日，时雄回了一趟东京，那时他的次子正患牙病，被妻子和芳子殷勤地照顾着。从妻子口中得知，芳子越来越沉溺于爱情之中了。新年的前一晚，田中因生活难以为继，回不了旅馆，便在整晚运行的电车上过了一夜。妻子因两人来往过于频繁，也曾委婉提醒，却与芳子发生了口角。此外还有各种事情。听到这些，时雄觉得很是为难，在东京住了一晚便又回到了利根河畔。

现在是五日的夜晚。茫茫的夜空中悬挂着一轮带有晕轮的月亮，月光映照在河中央，泛起粼粼波光。时雄打开桌上的一封来信，认真地思考起那件事情。这封信是稍前旅馆的女佣送来的芳子的亲笔信。

老师：

我实在对不住您。老师对我的体谅，这份恩情我永生难忘。现在一想起您的关爱，我的眼泪就忍不住掉下来。

我的父母就是那样的。尽管老师您都那样跟他们说了，可他们还是顽固守旧，一点儿不能体谅我们的心情，我把事情都哭着告诉了他们，可他们还是不答应。一看母亲的信我就泣不成声，哪怕能稍许体谅一下我的心情也好呀。我现在才深切体会到，爱情原来是这么苦涩的东西。老师,我已经下定了决心,圣经里也写过女子要离开父母跟随丈夫——我决定跟随田中。

　　田中至今生活没有着落,先前准备的钱也已用尽,去年年末就过着落魄潦倒的悲惨生活。我再也不忍看不下去了。即使得不到家里的资助,我们两人也会一起努力在这个世上活下去。让老师您为我们担忧,真是对不起。您在监督上的担心也是理所当然的。尽管您为了我们那般地劝说我家里的父母,但他们只是一味地生气,不理睬我们,未免太过冷酷无情了。即便我被逐出家门,那也是没有办法的事。他们总是说我们堕落什么的,不肯认同我们,我们的爱情有那么随便吗?而且还说什么家庭门第,相信老师您也会体谅,我不是那种将爱情交由父母安排的旧式女性。

老师:

　　我已经下定决心。昨天我在上野图书馆看到一则广告,招募女实习生,我想去应聘。两个人都拼命工作的话,应当不至于挨饿。就这样住在老师您的家里,让老师和师母担心,实在抱歉。也请老师一定要原谅我做的决定!

芳子敬上

爱情的力量最终还是将两人拖入了深渊。时雄觉得不能再这样放任下去了。他想起自己为了博得芳子的欢心而采取的"温情保护者"的态度。在那封寄给备中芳子父亲的信中，他抱着无论如何都要征得对方同意的想法，竭力维护两人的恋情。时雄知道，芳子的父母是无论如何也不会答应的。自己其实也希望他们极力反对。果不其然，芳子的父母对此极为反对，甚至说，如果芳子不听劝告，就断绝亲子关系。两人确实为这段爱情付出了应有的代价。时雄一直为芳子解释，说他们的爱情并非是为了龌龊的目的，请芳子父母中的一个人一定要到东京来解决这件事情。但是芳子老家的父母说，既然身为监督者的时雄抱有这种态度，而他们是无论如何也不可能松口答应的，所以即使来了东京也没用，终究还是没有来。

时雄对着芳子的来信思考着。

两人的状况已经到了刻不容缓的地步。她说想要离开时雄的监督，两个人一起生活。时雄认为这种大胆的言论中，包含了许多值得警惕的因素。不，也许他们已经迈出了那一步也未可知。另一方面，时雄认为自己为了两人的爱情尽心竭力，他们却辜负了自己的好意，做出这样的决定，真是无情无义。时雄甚至很愤怒地想，任由他们去好了。

时雄为了平复自己激动的情绪，来到月影朦胧的利根川河堤上散步。月色朦胧的夜晚，虽仍是冬季，却有了些许暖意。河堤下，家家户户的窗户里灯火闪烁，平静而祥和。河面上笼着一层薄薄的雾气，往来船只的尾部发出吱嘎吱嘎的声响。下游有人大呼"哎——"，招呼渡船过河。浮桥上通过的车辆发出一阵轰鸣，随即又恢复了平静。时雄走在堤坝上思考着此间的种种事情。比起芳子的事，自己家里的寂寞更让他的内心感到痛苦。三十五六岁的男女最能体会到的生活的苦痛、事业上的烦恼、生理上的欲求不满等等，形成了一股巨大的力量压在时雄的心上。芳子是他平凡生活的希望之花和精神食粮。芳子的美丽，使时雄内心的荒原上有了鲜花绽放，锈迹斑斑的大钟也再次鸣响。芳子给时雄的生活带来了全新的活力。可是现在他却不得不再次回到寂寞荒凉的过去，回到以前波澜不惊的平庸生活中……比不满和嫉妒更炽烈的热泪不断沿着时雄的脸颊往下淌。

他认真地思考了芳子的爱情和她的一生。他用自己的经历作比照，想象两人同居后的倦怠、疲惫与冷酷。还联想到女子把身体交付给男人之后的悲惨境地。面对隐藏在自然界最深处的黑暗力量，他的心里不由得滋生出一种厌世的情绪。

时雄觉得必须认真地解决这件事了。他回想起自己过去的行为，是那么地不自然，不诚实。那天夜里，时雄满怀热情地给芳子备中老家的父母写了封书信。他将芳子的信件也卷入其中。信里细述了二人的近况，在信的最后，时雄写道：

"您作为父亲，鄙人作为老师，我想已经到时候和他们两个当事人坐下来，认真商议这件事了。您有您作为父亲的主张，芳子有芳子的自由，而鄙人也有作为老师的看法。因此，诚挚地希望您能在百忙之中抽出时间，来一趟东京。"

搁笔之后，时雄把信放进信封，写上了"协商备中县新见町横山兵藏先生"字样。他把信放在一旁，凝视了许久。时雄感到这是一封决定命运的信，他断然叫来了女佣把信交给了她。

一天两天，时雄想象着那封信被寄到备中山里边的情形。在那个四面环山的乡村小镇，镇中央有一栋高大的白墙建筑，邮差把信一送到那里，店里的伙计就会把信拿到里面屋去。身材高大、留有胡须的主人读起信来……命运的力量，一刻比一刻迫近。

八

十日，时雄回到了东京。

第二天，备中寄来了回信，说是芳子的父亲这两三天内就会启程了。

芳子和田中现在好像反而很是期待，并没有显出特别吃惊的样子。

芳子的父亲到了东京后，先到京桥投宿。而去时雄位于牛込的家拜访时，已是十六日上午的十一点左右了。时逢周日，时雄在家里。芳子的父亲穿着长礼服，戴着圆顶礼帽，因长途旅行而显得有些疲惫。

芳子那天去看医生了。三天前她患了感冒，有些发烧头痛。没过多久，芳子回来了。当她从后门漫不经心地往屋里走时，时雄的夫人对她说道："芳子小姐！芳子小姐！麻烦了，你父亲来了！"

"我父亲？"芳子也着实吓了一跳，上了二楼就没再下来。

里屋有人在叫芳子，于是时雄的夫人也在楼下叫了几声，可是没有回应。爬到二楼一看，芳子正趴在桌上。

"芳子小姐！"

没有回应。

走到近旁再叫了一声，芳子抬起头，脸色苍白。

"里屋那边在叫你呢。"

"可是，夫人，我哪有脸去见父亲呢。"芳子哭着说道。

"你不是很久没见到父亲了吗？总归要见面的。不用那么担心，没关系的。"

"但是，夫人……"

"真的没关系，勇敢一点，好好地把心里话讲给你父亲听。真的不要紧的。"

芳子终于走到了父亲跟前。一见到父亲那张满是胡须，威严中又带着几分慈祥的熟悉脸庞，芳子的眼泪就禁不住流了出来。父亲是个守旧顽固的老头儿，是个不理解年轻人想法的老头儿，同时也是个和蔼的父亲。母亲凡事都照顾得妥妥帖帖，可不知为何，比起母亲来，芳子更喜欢自己的父亲。芳子想，如果将自己如今的窘况告知父亲，哭诉这段爱情的真挚，父亲应该会被打动的。

"芳子，好久不见了。身体还好吧？"

"父亲……"芳子说不下去了。

"这次来的时候……"父亲对坐在一旁的时雄说道，"在佐野站和御殿场站之间，火车发生了故障，等了两个多小时。发动机爆裂了。"

"那真是……"

"火车在全速前进中，发出一声可怕的巨响，车身严重倾斜，缓缓向后滑行。我想发生什么事了？原来是发动机爆裂，两名司机当场死亡……"

"那真是太危险了。"

"等了两个小时才把从沼津过来的火车头装好。那期间我暗想,为了你这件事才这样大费周章地到东京来,途中万一有什么事,阿芳(转头看着女儿),你就对不起你哥哥了。"

芳子低着头没说话。

"那真是危险。不过没受伤也是万幸了。"

"这倒是的。"

父亲和时雄就那个发动机爆裂的事聊了一会儿,芳子忽然问道:"父亲,家里大家都好吧?"

"嗯,都很好。"

"妈妈也……"

"嗯,这次原本我很忙,说让你妈妈过来的。但最后还是觉得我比较合适……"

"哥哥也还好吧?"

"嗯,他最近沉稳了些。"

闲聊之中,午饭已经呈上来了。芳子回到了自己的房间。吃过饭,时雄一边喝茶,一边又说起了之前的那个问题。

"您是怎么都不赞成吗?"

"赞成也好,不赞成也罢,都不是问题。假如现在答应,两个人在一起了,男方二十二岁,还只是同志社三年级的学生……"

"的确如此，不过等您见了本人之后，再聊聊将来的约定……"

"不，我是不会约定什么的，我没见过他，也不很了解。但他让一个女学生在上京途中在外借宿，一朝就舍弃多年来有恩于自己的神户教会的恩人。这种男的，有什么可说的呢？此前，芳子寄给她母亲的信里写过，那个男的很辛苦，请多体谅，哪怕少给她点学费，也想请我们出钱帮助那个男的上早稻田……阿芳会不会被什么阴谋给骗了啊。"

"我想不会有那种事吧……"

"总觉得很奇怪。和芳子私定之后，立刻就厌恶了宗教爱上了文学，这种说法也很可笑吧。还立马追了过来，也不听您或其他人的劝告，即使衣食困难也还要留在东京，是有什么企图吧。"

"那也许是因为太沉湎于爱情之中吧，也可以善意地解释这些事。"

"即使这样，也谈不上同意不同意，订婚是件大事……必须调查那个人的身份，考虑和我们芳子的身份是否匹配，还要调查血统。当然本人才是最重要的。据您说，他才华过人……"

"不，也不能那么说。"

"人到底怎么样呢……"

"听说芳子的母亲更了解一些。"

"怎么会呢,只是在须磨的周日学校里见过一两次,我妻子也不是很了解。只是听说在神户时被认为有些才华,阿芳在女子学院时就知道他。而且传教、祈祷之类的事,比大人都做得好。"

"难怪说话时带有演讲腔,很空洞,那种令人生厌的眼睛往上翻的表情,原来就是祈祷时的表情啊。"时雄心里恍然大悟。他联想到田中就是用这种讨厌的表情迷惑年轻女孩的,心下更觉得厌恶。

"那么,究竟要怎么做呢?把芳子带回去吗?"

"既然这样……如果有可能的话,我还是想不带她回去。突然带女儿回村里边儿,太引人注目了,不大好。我和妻子都在村里做各种慈善活动,担任一些名誉职务,这事如果爆出来,将会很难堪……我想,就像您说的那样,尽量让那个男的回京都去吧,这一两年,女儿还是要麻烦您照顾照顾……"

"这样也好。"时雄说道。

关于两人的关系,他们也聊了一两句。时雄讲述了京都嵯峨的事以及那之后发生的事情,说两人之间只有神圣的精神恋爱,没有龌龊的关系。芳子的父亲听了之后,点了点头说道:"但是,现在还是必须得看作有那样的关系。"

父亲的心里现在满是对女儿的悔恨之情。农村人的虚荣心作祟,让女儿进了神户女子学院那样的新潮学校,同意她在学校寄宿；为了满足女儿的迫切愿望，让她到东京学习小说；因其多病，一味顺从没严加管束……种种事情都忽然涌上心头。

一个小时之后特意遣人去请的田中走进了这个房间。檐发装扮的芳子也在一旁低着头听他们的谈话。田中在父亲眼里原本就不怎么满意，当看到身着白色条纹裤裙和飞白碎花短外褂的学生模样的田中时，心里不由得燃起了轻蔑和憎恶之情。这种被夺走心爱之物的憎恶感和时雄曾经在客栈见到田中时的情感是何曾相似啊。

田中捋了捋裤裙的褶皱，坐得笔直，眼睛一直盯着两尺远处的榻榻米。他的态度与其说是恭敬，不如说在对抗。他看上去过于严肃，好像已经拥有了某种权利，可以自由地掌控芳子。

谈话进行得认真而又激烈。芳子的父亲虽然没有正面指责田中的无耻，可是言谈中不时夹杂着对他的辛辣讽刺。起初是时雄开的口，谈到一半时就主要是芳子的父亲和田中在说话了。父亲不愧是县议会议员，用词巧妙且抑扬顿挫，连擅长演讲的田中也时常插不上话。田中提起是否允许两人谈恋爱的事，芳子父亲推说那不是现在应该讨论的问题。让田中折返京都成为了讨论的焦点。

对于彼此相爱的两个人——特别是对田中来说，这样的分离是异常痛苦的。他完全失去了从事宗教工作的资格，家和故乡都回不去了，漂泊了两三个月好不容易在东京看到了一丝曙光，实在不忍心丢下这些离开……田中以此作为说辞，极力申辩自己不可能回去。

芳子的父亲也说得很恳切。

"事到如今你说回不去了，那一定是不能回去了。但是现在的情况是，如果你真爱一个女人，难道不能为她做点牺牲吗？回不了京都就回乡下。你说回乡下就实现不了自己的目标，我要说的正是这点，做点儿牺牲不行吗？"

田中低头不语，不肯轻易承诺。

先前一直默默听着两人谈话的时雄，看到田中太过固执，突然厉声道："我从刚才就一直在听，芳子的父亲都说到这个份儿上了，你还是不明白吗？他没有追究你的过错，没有责怪你的无耻，将来如果有缘的话，也许会同意你们恋爱。你年纪尚轻，芳子也还在念书。所以现在两个人暂时将这个悬而未决的恋爱问题搁置一边，姑且看看最后会怎么样，这样说你明白吗？现在的情况，是无论如何也不可能让你们在一起的。你们之中必须得有人离开东京。而离开东京，当然是你先离开比较妥当。如果问为什么，因为你是追着芳子才来到这里的。"

"我明白了。"田中回答道，"一切都是我不好，所以我必须得先离开。老师您刚才说，不是不认可这段恋情，但刚才伯父的话中，并没有满意的答复……"

"这话是什么意思？"时雄反问道。

"就是说没有真正给出承诺，觉得不满吧。"父亲插嘴道，"但是，这点刚才不是也说清楚了吗？现在这个情况，说不上允许、不允许。本身还在念书，无法独立，说什么两个人一起在这个世上立足，不太信得过呢。所以我想这三四年你们应该好好学习。如果你是认真的，就不会不明白我说的这些话。要是我瞒着你，说要把芳子嫁给别人，你也不会愿意吧。但是我对神灵起誓，在老师面前保证，这三年我绝不会主动将芳子嫁出去。人世间都是听从耶和华的旨意，罪孽深重的人只能等待他有力的审判。我不能说把芳子嫁给你，现在不能答应，是因为我认为这次的事，不符合神的旨意。三年之后，是不是符合神的旨意，我现在也无法预言。要是你真是认真而又诚实的话，我想一定会符合神的旨意的。"

"老人家多么通情达理啊。"时雄接着父亲的话说道，"三年，为你而等待。认为你值得信任，所以才给你三年的时间，这实在是莫大的恩惠了吧。如果他说，对一个勾引别人家女儿的家伙没什么可说的，就这样带着芳子回去，你也没有资格说一句怨恨的话。他说让你等三年，直到看见你的诚意为止，都不会把芳子嫁给别人，这其实是充满恩情的话。这个比说同意更情意深重。你难道不明白吗?"

田中低着头,皱起了眉,眼泪扑簌簌地沿着脸颊往下淌。

在座的人顿时变得鸦雀无声。

田中用拳头擦了擦涌出的泪水。时雄趁机说:"怎么样?给个答复吧。"

"我这种人怎样都行,埋没在乡下也没关系。"

田中说着又擦了擦眼泪。

"那可不行。你说那些气话也解决不了问题。就是为了打开心扉,消除彼此间的不满才有了这次的会面。你如果怎么都不肯回乡下,那只好让芳子回去了。"

"不能让两个人一起留在东京吗?"

"那不行。我没办法监督。为了你们两人的将来也不能那样。"

"那我就在乡下待着好了。"

"不,我回去。"芳子流着眼泪,声音有些颤抖,"我是女……女子,只要您能成功,我就算埋没在乡下也没关系。我回去。"

一座人等又陷入了沉默。

过了一会儿,时雄换了种语气说道:"话又说回来,你为什么不能回京都呢?把事情一五一十地告诉神户的恩人,为之前的鲁莽和草率道歉,回到同志社去不就行了吗?因为芳子的志向是文学，你也必须成为文学家，这没有必要。作为宗教家、神学家或是牧师，能够安身立命就行了。"

"我是成不了宗教家的。我不是那种善于对人说教的伟人……而且，让我颇为遗憾的是，经过三个月的辛苦努力，我好不容易在好朋友的关照下，找到了解决衣食住行的门路……我不甘心在乡下埋没。"

三个人又谈了起来。终于，谈话告一段落了。田中说自己今晚要和朋友商量，明天或者后天再给出确切的答复，就先行回去了。时钟已经指向了下午四点。冬日已近黄昏，之前照在房间一隅的阳光也不知何时消失了踪影。

房间里只剩下了芳子父亲和时雄两个人。

"我觉得这是个优柔寡断的男人。"芳子的父亲委婉地说道。

"很空洞，说话不得要领。如果能再打开点心扉，坦率地说出心里话就好了……"

"中国①的人做不到那样。他们气量很小，爱耍小花招，不知羞耻。关东东北一带的人就完全不同。坏就是坏，好就是好，照直了说，不是很好吗？但他们就不行。耍小花招，强词夺理，还哭哭啼啼的……"

"是有这样的问题。"

---

① 中国：这里指日本的中国地方。

"瞧着吧,明天一定给不了答复,一定会找个什么理由不回去。"

时雄的心里,突然对两人的关系怀疑起来。男方强烈的主张以及那种将芳子据为己有的态度,使时雄产生了这样的疑惑。

"那您是怎样看待他们两人之间的关系的呢?"时雄问芳子的父亲。

"这个嘛,我觉得两人之间已经发生了关系。"

"我想现在有必要去确认一下,让芳子解释解释那次嵯峨的旅行。因为芳子说过,他们的爱情是从嵯峨之后才开始的,应该有信件可以证明吧。"

"嗯,信就不必了吧……"

父亲虽然相信他们已经发生了关系,可又害怕这就是真的事实。

不巧,芳子这时正好端茶进来。

时雄叫住了她说,有书信能够证明吧。为了证明清白,时雄让芳子把嵯峨之行前后的书信都拿出来给他们看。

听到这些话,芳子的脸顷刻就红了。脸上显出极其为难的神情。

她低声说:"那时的信之前我都给烧掉了。"

"烧了?"

"嗯。"

芳子低下了头。

"烧了吗？不可能吧。"

芳子的脸越发红了。时雄难以抑制激动的情绪。事实以可怕的力量刺痛了他的心。

时雄站起来去了厕所。他的心里感到焦躁不安，头晕目眩。被欺骗的感觉，猛地涌上心头。一出厕所，就看见芳子惴惴不安地站在那儿——拉门的外面。

"老师——我真的都烧掉了。"

"撒谎！"时雄用叱责的口吻说道，随即猛地关上拉门进到了屋里。

九

芳子的父亲吃过晚饭后就回了旅店。那天夜里时雄非常烦闷。一想到自己受了欺骗，就恼怒万分。不，芳子的精神和肉体——她的全部都被一个学生夺走了，自己竟然还为了他们的爱情费尽心力——时雄一想到这里就觉得很气恼。要是那样——要是已经委身于那个男人了，就不值得我那么看重她处女的贞操。我当初也应该大胆出手，满足性欲就行了。这样一想，原本一直被自己捧到天上的美丽的芳子，在时雄眼里一下就成为了妓女似的，身体愚笨，美丽的举止和表情也变得粗俗起来。那天夜里，时雄烦闷至极，夜不能寐。种种情感像乌云一样掠过心头。时雄把手放在胸口思索着。他想，干脆就这样做吧。反正芳子都委身于田中被玷污了，不如就这样把田中赶回京都，利用芳子的弱点，供自己驱使……各种各样的想法都一一浮现在脑海里。芳子睡在二楼的时候，时雄也曾设想过，偷偷爬上二楼去，向她倾诉自己难以释怀的爱恋之情会怎样呢？也许她会端坐在那里规劝我吧，也许会大声叫人，又或许她会体谅我的伤心为我做出牺牲也未可知。要是她做出牺牲了，第二天早上会怎样呢？明媚的阳光照射进来的时候，一定不敢再看对方的脸。一定会饿着肚子躺到中午。这时，时雄想起了莫泊桑的短篇小说《父亲》。特别是书里写到少女委身于男子之后嚎啕大哭的场景，让时雄感触颇深，而今又想起了那个片段。这时，脑子里又出现了另一股力量，全力抵御这种阴暗的想象。除了烦闷还是烦闷，懊恼之外仍是懊恼，辗转反侧间时雄听见时钟敲过两点，三点。

芳子一定也在烦恼着。早上起床的时候她脸色苍白，早饭也只吃了一碗，好像躲避着不想跟时雄碰面。芳子的烦恼除了是因为那个秘密被发现了之外，更多的在于意识到了自己隐瞒那件事的过错。下午，芳子说想出去走走，时雄没同意。他自己也没去出版社，一直待在家里。一天就这样过去了。田中那边没有任何答复。

芳子推说没有胃口，午饭晚饭都没吃。家里笼罩着一种阴郁的氛围。时雄情绪不佳，芳子也很烦闷，妻子对此很是心痛，却不知是为何事。明明昨天的谈话看上去很圆满啊……妻子想，一碗饭都不吃，肚子一定饿得不行，于是便上二楼劝芳子吃饭。而时雄则在寂寥的薄暮中面带苦涩独自饮酒。不久妻子从楼上下来了。时雄询问楼上的情况，说是昏暗的房间里也没开盏灯，芳子把写了个开头的书信放在桌上就趴在那里了。信？给谁的信？时雄生气了。他想要向芳子宣告，即使写了那样的信也无济于事，于是噔噔噔地上了二楼。

屋里传来哀求的声音："老师，求求您啦！"芳子仍旧趴在桌上。"老师，求求您啦，再稍微等等吧。我写封信给您。"

时雄下了楼。不久，女佣受妻子指派去二楼开灯，下来的时候，带来一封信，交给了时雄。

时雄迫不及待地读了起来。

老师敬启：

我是个堕落的女学生。我利用了您对我的深厚情谊，欺骗了您。罪孽深重，无论怎么道歉都难以弥补。老师，请您可怜可怜我这个懦弱的人吧。您教导我的明治新女性的职责，我没有做到。我果然还是个守旧的女子，没有践行新思想的勇气。我和田中商量过，无论发生什么事情都不会把这件事告诉别人。做过的事已经无法挽回了，可是我们约好从现在开始谈一场纯洁的恋爱。但，一想到老师的烦恼皆是缘于我的不当行为，我就无法平静，今天一整天我都在为这件事感到痛心。老师，请您怜悯怜悯我这个可怜的女子吧。除了依仗老师，我已经无路可走了。

芳子敬上

时雄感到自己仿佛掉进了万丈深渊。他拿着信站了起来。内心的激愤让他无暇去解读芳子硬要做出这番忏悔的理由——坦白一切寻求依靠。他咚咚咚地踩着楼梯上了楼，严肃地坐到芳子趴着的书桌旁边。

"事已至此，无法挽回。我已经无能为力了。这封信还给你。关于这件事，我发誓对任何人都会守口如瓶。总而言之，你那么信赖我这个老师，不愧为新时代的日本女性。但事到如今，你回老家去才是最为妥当的。今天晚上——现在就马上去你父亲那里吧，然后把事情原委都告诉他，尽快回老家为好。"

于是两人吃过饭后，马上收拾好行李出了家门。芳子的心里充满了各种各样的情绪，不服、不平还有悲哀，却不敢违抗时雄严厉的命令。他们在市谷坐上了电车。两人相邻而坐，却都一言不发。在山下门站下了车之后，前往京桥的旅馆，父亲正巧在房间里。芳子把事情一五一十地告诉了父亲——父亲并没有特别生气，只是表现出极力想回避与芳子一同回老家的样子，可是除此之外也别无办法了。芳子既没有哭，也没有笑，似乎只是对不可思议的命运感到错愕。时雄说，能不能就当您不要这个女儿了，把芳子交给我吧。芳子的父亲回答说，除非她本人觉得舍弃父母也没关系，否则在一般情况下我是绝对不会那么做的。而芳子也没有下定决心——即使抛弃父母也拒绝回老家。于是，时雄把芳子交给她的父亲之后回家了。

十

田中第二天早上拜访了时雄。他不知大势已定，还在絮絮叨叨地解释着自己的情况不适合回老家。作为已经把心灵和肉体交付给了对方的恋人,自然是无论如何都不愿意离开的。

时雄的脸上有了得意之色。

"不,这个问题已经有结果了。芳子已经把什么都说了,我知道你们曾经欺骗了我。真是非常神圣的恋爱哪。"

田中的脸色顷刻大变。羞耻的念头、激昂的情绪以及绝望的苦闷一齐涌上心头。他不知道该说什么好。

"已经不得不这样了。"时雄继续说道。"我不能再管你们的恋爱了。不,我已经感到厌烦了。现在我已经把芳子交给了她的父亲监管。"

田中默默地坐着。在他苍白的脸上可以清楚地看见肌肉的颤动。忽然,他鞠了个躬走了出去,似乎觉得不能再这样待下去了。

上午十点左右,父亲陪着芳子过来。说是定好了今晚六点的神户快车回老家,大部分行李请时雄之后寄过去,这次只收拾随身的物品。芳子爬上了自己的二楼,开始整理行李。

时雄的内心依然很激动,却比先前畅快了些。隔着两百余里的山川,再也见不到那么美丽的脸庞了,一想到这里,时雄就感到一种无法言说的寂寞。但把心上人从竞争者手里转交到她父亲手里,让人多少有些愉悦。时雄索性和芳子的父亲快活地谈起了种种乐事。父亲就像寻常的乡绅一样,醉心于书画。他爱好雪舟、应举、容斋的画，喜欢山阳、竹田、海屋、茶山的书法，并收藏了许多他们的名作。话题自然就转移到这些书画上了。关于书画的普普通通的谈话，让这间屋子一时间变得热闹起来。

田中来了，说是想见时雄。于是把八张榻榻米与六张榻榻米中间的隔断门合上，两人在八张榻榻米的房间碰了面。芳子的父亲就留在了六张榻榻米的房间里。而芳子则待在二楼的一个房间。

"这是要回老家了吗？"

"嗯，总归是要回去的嘛。"

"芳子小姐也一起吗？"

"那是自然。"

"您能告诉我，是什么时候吗？"

"现在这种情况，我不能说。"

"那么，哪怕一会儿也行，能让我见见芳子吗？"

"那不行吧。"

"那么，她父亲在哪里投宿呢？我想问问地址门牌。"

"那个嘛，我也不知道该不该告诉你。"

田中无所适从，默默地坐了一会儿，就起身告辞了。

午餐的食案不久就摆放到了八张榻榻米的房间里。时雄的妻子特意备了些酒菜，说是为了给芳子父女饯行。分别之际，时雄也特意让三人坐在一起聚餐。可是芳子却推说实在没有胃口,妻子劝说了一番也还是不下来。时雄只好亲自上了二楼。

东面的窗户只打开了一扇,昏暗的房间里书呀、杂志呀、衣服呀、衣带呀、瓶子呀、柳条箱呀、木箱什么的散落得无处下脚。在呛鼻的灰尘味中,双眼哭得红肿的芳子正在收拾行李。这与三年前满怀着青春的希望来到东京时的情景相比,是何等的悲哀,何等的惨淡啊!没有写出一部好的作品,就这样回到老家,难道这就是自己的命运吗?想到这里,芳子感到悲痛不已。

"特意备下的饭,还是吃点吧。一段时间内也不能在一起吃饭了。"

"老师——"芳子哭了起来。

时雄心里也很难受。他不断地反省自己是否尽到了为人师表的责任与关心。他寂寞得想哭。在光线昏暗的房间里,在散乱的箱子与书籍之间,心爱的女子流着归乡之泪,而自己竟然无法用言语安慰。

下午三点,来了三辆车。车夫把放到玄关的柳条箱、木箱、信玄袋都搬到了车上。芳子穿着栗梅色的披风,头上插着白绸带的发簪,红肿着双眼。她紧紧地握着前来送别的时雄妻子的手说道:"夫人,再见了……我,一定还会再来的。一定来,不会不来的!"

"真的一定要来哦，过个一年半载，一定再来哦！"妻子说着，也握紧了芳子的手，眼里有泪水溢出来。女人心软，她的心里充满了对芳子的同情。

在冬日微寒的牛込公馆街，车子依序驶出，最前面的是芳子父亲的车，然后是芳子，最后是时雄。妻子和下人都依依不舍地目送车子离开。邻居家的太太看到这突然的出行不明所以，也站在后面看着。在屋后小路的拐角处，站着一名头戴褐色帽子的男子。芳子回头看了两三次。

车子经过麹町的马路开往日比谷时，时雄的心里浮现出当下女学生的模样。前面车上的芳子，梳着被称为二零三高地的发髻，系着白色绸带，微微有些弓背的身影，让他不禁想到，以同样的打扮，在同种情形下，连同行李一起被父亲带回老家的女学生一定有很多吧。芳子，就连这么意志坚强的芳子也不过是这种命运。教育家成天聒噪女性问题也不是没有道理的。时雄想到了芳子父亲的痛苦，想到了芳子的眼泪以及她今后荒凉的生活。路上的行人中，有人意味深长地目送着这满载行李的车上，由父亲和中年男子护送的如花似玉的女学生。

抵达京桥的旅馆之后，收拾好行李，结了账。这家旅馆正是三年前，芳子第一次由父亲陪着来京时住过的旅馆，时雄也曾到此看望两人。三个人都在心里比较着今昔的境遇，感慨万分，却又都避而不谈，不动声色。下午五点，他们来到了新桥车站，进入二等候车室等候。

候车室里人头攒动，混杂不堪。无论是即将远行的人还是前来送行的人，心里都感觉空落落的，响彻大厅的喧哗声，亦在旅客的心中回荡。悲哀和喜悦连同好奇心席卷了车站的每个角落。每时每刻都有人不断地涌进来，特别是六点钟的神户特快，乘客众多，二等候车室顷刻间已是摩肩接踵的光景。时雄从二楼的壶屋①买来两盒三明治递给芳子，车票和站台票也一并买了来。行李托运单也拿到了。现在只等上车的时间了。

三人不约而同地想，在这人群之中，会不会看到田中的身影呢？但他却没有现身。

铃声响了。人们接连涌向检票口。每个人的心里都渴望着早一点上车，因而焦虑着，混乱的景象非同一般。三个人好不容易从人群中挤了过去，来到宽敞的站台上，进了离得最近的二等车厢。

他们之后不断有旅客走进来。有打算躺着度过漫长旅途的商人，有像是要回吴市的军官，也有带着女伴、毫不掩饰地说着大阪方言、喋喋不休闲聊的人。芳子的父亲把一块白毛毯铺在座椅

---

① 壶屋：主建筑外独立修建的放置杂物等的建筑。也用于储藏室或是单间。

上，把小包放在一旁，和芳子并排坐了下来。灯光照进车里，芳子白皙的脸颊看上去好似浮雕一般。父亲走到窗边，再三对时雄的深情厚谊表示感谢，并就离开之后的事，嘱托了一番。时雄戴着褐色的礼帽，穿着带有鱼子纹家徽的外褂，伫立在车窗前。

发车的时刻一分一秒地临近了。时雄想着父女两人的这次旅程，思索着芳子的未来。他感到自己和芳子还有未尽的缘分。如果没有妻子，毫无疑问，自己一定会娶芳子。芳子应该也会很高兴地嫁给自己。那就是理想的生活、文学化的生活，创作过程中难耐的苦闷也会得到慰藉，荒凉的内心也能获得救赎吧。"为什么我不早些出生呢？如果我也出生在夫人您那个时候该多有意思啊……"时雄想起了芳子对妻子说的话。娶芳子为妻的机缘难道永远都等不到了吗？称芳子父亲为岳父的时刻永远也无法到来了吗？人生漫长，命运总是有种神奇的力量。不是处女——一度失贞，也许反而会成为有利条件，让芳子更容易成为年长多子的自己的妻子。命运、人生——时雄想起了曾经给芳子讲授过的屠格涅夫的小说《普宁和巴布林》。俄罗斯的优秀作家所描述的人生况味，现在再一次打动了他的心。

时雄的身后，有一群送行的人。在人群背后，柱子旁边，不知何时来了一个头戴旧礼帽的男子站在那里。芳子认出了他，内心很激动。父亲却感到不快。然而，呆呆地站立着沉浸在遐想之中的时雄,做梦也没想到那个男子就站在他的身后。

列车长吹响了发车的哨声。

列车开动了。

十一

寂寞空虚的生活再次回到了时雄的家里。妻子大声呵斥顽皮孩子的声音,在时雄听来,甚感不悦。

生活又重蹈覆辙,回到了三年前的样子。

第五天,芳子来信了。这次用的不是亲切的言文一致体,而是彬彬有礼的候文,上面写着:

"昨夜安抵,敬请安心。这次承您百忙中忧心挂念,甚感抱歉。理应多次致歉、谢恩,终是百感交集,最终的聚餐也未应允,敬请海涵。新桥离别后,每当我立于窗前,褐色礼帽移动的身影便历历在目。行至山北开始飘雪,湛井往前十五里的山路,总在念及悲伤的往事,切身感悟到一茶的名句'此处是归宿?积雪厚五尺。'家父本应亲自奉文道谢,然今日乃町上集日,难以脱身,虽为失礼,由我代为致谢。纵有千言万语,奈何心烦意乱，今日就此搁笔。"

时雄的思绪飘到了白雪皑皑的十五里山路，以及被积雪覆盖的山中小镇上。他爬上二楼，这里还保持着芳子离开时的样子。因太过思念和不舍，使他想要追忆些许佳人留下的倩影。这天，武藏野的寒风呼啸，屋后的古树发出潮水般的骇人声响。如同离别的那日一样，时雄打开东边窗户的一扇防雨板，阳光就像流水般泄了进来。桌子、书柜、瓶子、胭脂盘依旧保持着原样，让他不禁感到自己爱慕的人是否和往常一样去了学校呢。时雄打开书桌的抽屉，里面扔着一条沾有油渍的旧丝带。他拿起来闻了闻。过了一会儿他站起身来打开了隔扇，但见三个大大的柳条箱为了寄送方便，已经用结实的细麻绳捆绑了起来。而它的对面，叠放着芳子常用的棉被——嫩绿色蔓藤式花纹的被褥和缝着粗线的同色棉睡袍。时雄把它拽了出来。一股熟悉的发油味儿和汗味儿不知不觉间让时雄的心狂跳不已。睡袍领口处的天鹅绒上污渍最为明显，时雄将脸贴在上面，尽情地闻着那令人怀念的女人香。

性欲、悲哀和绝望忽然一齐袭上心头。时雄铺上被褥，盖上睡袍，把脸埋进又冷又脏的天鹅绒领口中哭了起来。

微暗的房间外狂风呼啸。

乡村教师

XIANGCUN JIAOSHI

渴望美好恋情
这也是一种理想
不像普通人一样
沉迷于恋情
这便有了力量

一

四日里①长路漫漫。建有青缟②集市的羽生镇便坐落其间。田地里盛开着紫云英,而从豪门大户垣墙内长出的八重樱则散落了一地。不时有露出红色和服衬裙的乡村姑娘经过。

清三乘坐人力车从羽生出发。他穿着母亲连夜赶制的棉质三徽③羽织④,外搭崭新的薄呢腰带。车夫将褪色的毛毯子搭在他的裤裙上,抬起车把就走。清三的内心激动不已。

全新的生活展现在他的面前。他想,无论怎样,新生活总是充满意义和希望的。五年的中学生活,一大早穿着小仓布制服,从行田赶三里路去熊谷上学的日子已经成为了过去。在毕业仪式后的庆祝宴席上,清三第一次领略到陪侍艺伎的娇媚,也听到了

---

① 日里。日本距离单位,一日里约等于3.927公里。为叙述方便,之后皆简化为"里"。

② 青缟。藏青棉布。素藏青色的平纹棉织物。

③ 三徽。即在和服的背后与两袖肘部各有一个家徽。

④ 羽织。穿在长和服外面的短衣服。翻领,在胸部系带。

素日总是板着脸的老师扯着粗哑的嗓子唱的不着调的歌曲。又过了一两个月，清三开始隐隐觉察到在校园里憧憬的人生跟真实的人生是不同的。首先从父母处就能感受到，同时从周围人对自己所说的话语中也可见端倪，平日里往来的朋友间的氛围也随之改变了。

他突然想起来。十几天前，和好友加藤郁治从熊谷步行回家的途中，聊到了文学、将来以及恋爱。两人谈起某个朋友和一个少女的关系。

"如此看来，他很痴情呀。"

"不只是痴情！"郁治笑着说。

"以前从没见他那个样子，以为没什么事儿。就是最近，他也在说'完全看透了'，我还以为他指的是为了爱情放弃所有希望不值得，所以算了呢，没想到正好相反！"

"是啊。"

"真是不可思议。"

"前不久，他寄来一封书信，说什么'卿等为吾感情之事助力良多，不胜感激。吾亦初品爱情苦涩，然今惟愿此情长久，以纯精神方式……'"

"以纯精神方式"这句使清三有所触动。郁治则一言不发地往前走。

郁治突然开了口："我有个大秘密瞒着你！"他的语调很轻松。

于是清三也笑着应道："我也有啊。"

两人忽又没了兴致，默默前行。

过了一会儿，郁治问道："你知道那个'尾花'吧?"

"知道啊。"

"你会爱上她吗?"

"哎呀。"清三笑了，"不知道会不会爱上，只是欣赏她的外在美。"

"那A呢?"

"没那种想法。"

郁治有些犹豫："那么Art呢?"

清三的心里有些激动。"那个嘛，我也不知道机会来了会怎样，但现在还没考虑那个事儿呢。"

说到这里，忽然又调笑道："如果你和Art好上了，那么我就会像对待小畑和N小姐那样，对待你和Art。"

"那我就朝那个方向努力吧。"郁治往前走了一步。

清三在车上想起了当时的情形，也想起自己那不同以往的心跳。他回忆起那晚趴在桌上写日记的情形。他在日记里写道："祝愿他幸福满满！幸福满满！神啊！神啊！愿这个朋友的爱情纯真美好，充满幸福！请用您的仁慈让他幸福美满！神啊！请求您，为了亲爱的朋友请求您！"

那之后大概过了十天，两个人从那女孩的家里出来，走在士族公馆幽静昏暗的夜路上。那天女孩不在，她去浦和参加师范学校的升学考试了。

"我想无论什么事，只要尽了力，就没有做不到的……然而我似乎生来就没有那样的资格。"

"没那回事儿。"

"但是……"

"不要说泄气话！"

"我要像你那样就好了……"

"你觉得我怎样？"

"我跟你们不同，不是谈恋爱的料。"

清三对郁治说了许多宽慰的话，在怜悯朋友的同时也在怜惜自己。

许多的面孔和往事在眼前一一浮现又消失。路边稀疏的行道树——赤杨、青面金刚冢、田地以及农家都随着车子的前进而迅速后移。一驾马车从身后疾驰而来，又卷起阵阵尘土扬长而去。

郁治的父亲曾是郡里的督学。那时郁治的两个妹妹——雪子十七岁，繁子十五岁。清三每天都去郁治家玩，雪子总是笑脸相迎。而繁子还是个孩子，读一些《少年世界》之类的书。

清三渐渐意识到，因为家境贫寒，他没法去东京游学。游手好闲也没意思，倒不如去小学找个出路。而他得到月俸十一日元①的羽生市弥勒小学的教职，则完全是郁治父亲的功劳。

路边有个小门，上面的牌子写着"井泉村公所"。清三下车后走了进去。

"有人吗？"话音刚落，从里面出来个五十来岁的伙计。

"请问助理先生在吗？"

"您是找岸野先生吧？"那伙计两眼惺忪地反问。

"嗯，是的。"

伙计接过名片和督学写的信转身进去了，过了一会儿把清三带到了接待室。说是接待室，却没有桌椅，六张普通榻榻米大小的房间中央放着个简陋的濑户火盆，显得空荡荡的。

村长助理是个身形矮胖的男人，穿着条纹羽织。他看过督学写来的信后说："哦，你就是林君啊，加藤君之前说过你的事。我替你写封介绍信吧。"他取来一方脏兮兮的砚台盒，思索良久，写了一封书信，收信人是三田谷村村长石野荣造先生。

"就请你把这封信带到弥勒的村公所吧。"

---

① 日元，日本货币单位。以下简称"元"。

二

距离弥勒大约有10町①的路程。

虽然叫作"三田谷村",农户却没集中在一个地方。这儿一户,那儿一户,杉树林背后有三四户,田野对面又有一户。不禁让从城里来的人看了生疑:这也算是乡村的群居生活么?然而再往里走,便能看到并立在道路两边的农户、脏兮兮的理发店、看似藏有暗娼的料理店以及孩子们聚会的粗点心铺。右手边还赫然出现一间平房式的小学,门前挂着的旧牌子上写着"三田谷村弥勒高等普通小学"。学校正在上课,学童的琅琅读书声中,不时夹杂着老师高亢尖厉的声音。阳光照在布满灰尘的玻璃窗上,透过窗户隐隐可以看见穿着制服并排而坐的学生、黑板和课桌。学生进出时拥挤不堪的换鞋处此刻却安然宁静,只有广场上一只白色斑点狗在慢吞吞地寻找食物。

礼堂那边隐隐传来风琴的声音。

---

① 町,距离的单位。1891(明治二十四年)年规定1.2公里为11町,1町约为109.09米。

人力车从校门前经过,这里有一家油纸伞店。店内散乱地摆放着油纸、带有水垢的碟子、线及各种工具。一个五十来岁的半老头子坐在中间忙着扎伞。房子周围晾着成排未干的油纸伞。清三停下车,向店主打听村公所的地址。

村公所并不在街道沿线的民居聚集处。民居的尽头,有像是古城遗址的堤坝和沟渠。堤坝上长满细竹和杂草,沟渠锈色的污水里倒映着栎树、栲树巨大的树影,色调更显暗沉清冷。清三打听到沿沟渠转弯大约一百来米就是村公所,于是付了二十钱①车费,离车步行。矮竹丛旁有一间茅草屋,略显陈旧的日式拉门上写着:小川荞麦乌冬料理店。房屋周围都是田地,青青的麦苗上云雀的叫声婉转轻盈。

清三早就听说弥勒有间叫作小川屋的料理店,学校教员常去那里聚餐设宴。听闻料理店还提供订餐,出借卧具。还说店里有位叫阿种的漂亮姑娘。幸得四下无人,清三停下脚步从低矮的垣墙往里瞧。院里栽着两三棵松树和一两棵挂叶的樱花树,黑色的拉门显得格外惹眼。垣墙的一角,阳光正洒在山茶和珊瑚树厚厚的绿叶上,山茶树的叶片间隐约残留着两三朵山茶花。

这一带有名的赤城落山风,到了四月已偃旗息鼓,此时的田野被红黄绿三色装点得炫彩夺目。横贯麦田的一条小路,直通对

---

① 钱。日本货币单位。一钱等于一日元的百分之一。

面那片又细又高的赤杨林，放眼望去，像是村公所的茅草屋顶隐匿其间，宛若一幅水彩画。

这里的接待室比井泉村公所的更为干净整洁。透过玻璃窗可以清楚看见公务员的办公室。桌上整齐地摆放着一摞文件，有户籍簿、收税册、申请书等。一个二十四五岁、留着分头过于清瘦的男人和一个约莫五十的秃头大爷正在奋笔疾书。一个留着胡子、助理模样的中年男人和一个土豪模样的肥胖村民正谈笑着什么，时不时将烟管敲得咚咚作响。

村长约四十五岁上下，满脸痘痕，头发也白了过半。说话间不时夹杂着武州口音，在这一带很常见。他读过井泉村助理的书信后将其卷了起来，歪着头道："这件事我从未听督学和助理提起过……"清三觉得不可思议，丈二和尚摸不着头脑，心里暗忖："这督学和岸野也太不负责了。"

村长想了想又说："也可能是内部调职。有个叫平田的老师评价不好，说是要换来着……你先去学校，和校长当面问问吧。"

傲慢的语气刺伤了年轻人的自尊。

"这不过是个一无所长的家伙，仗着有点钱就蛮横无理。"清三暗想。他从没想到自己的第一份教职，初入社会的全新旅程，竟然是以如此冷漠的场景展开。

一个小时后，他去学校见到了校长。对方正在上课，于是在教员办公室等了半小时。教员室里散乱地摆放着挂图、大算盘、书籍、植物标本等各种物件。一名女教师独自在角落里忙活，似乎在查阅着什么。她跟清三寒暄了几句后就不再开口。不久，铃声响了，学生们在走廊里排起长队，道别后又像小蜘蛛般在广场上四处散去。脚步声、号令声、学生四散而去的喧闹声响彻整个校园，彻底打破了刚才的宁静。

校长的西服上沾着白色粉笔灰。长脸、高个儿、体形偏瘦。言谈举止带有鲜明的师范毕业生的架势。自己要来的事，他是佯装不知还是真不知道，那时的清三也并不清楚校长的真实想法。

校长如此说道："完全不清楚这个事……不过既然加藤君这么说，岸野君也知道这事儿，早晚会下指令吧。请您再等等看……"还说，"待时机成熟，会尽快派人去打探，今晚虽有不便，也请在村公所留宿一宿。"

教员办公室不时有老师进出，年约五十的老教师平田和一身西装的年轻助教关老师一直站在走廊的柱子旁聊天，两人不时往这边张望。

铃声再次响起。校长和老师们都从教员室走了出去，学生们如潮水般涌进校园。女教员起身走出去时，瞪了清三一眼。

看来到了唱歌的时间，学生们都聚集到了礼堂。不久，安静的校园里响起了舒缓的风琴声。

三

村公所的夜晚清冷寂寥，清三被安排睡在校工室。日已黄昏，他从后门走到井边，眺望环抱着原野暮色苍茫的远山，心底涌起难以自拔的莫名哀愁，父母家事一一涌上心头——儿时弟兄多，父亲在足利市经营一家布庄，生活相当富足。隐约记得七岁时家境没落搬到了熊谷，当时并不明白母亲为何哭泣。而今哥哥弟弟都已离世，只剩下他一个儿子，在家里的处境自不比学校的同学那么随心所欲。父亲是个老好人，母亲文弱又深情，从出生起就注定了他的坎坷命运。想到这里，那种强烈的感伤又涌上心头，不由得落下泪来。

近处的森林、小路和农田全都笼罩在暮色之中，只有远方群山的山顶还有余光。浅见的青烟，好似刷毛一般在晚霞映照的空中摇曳，而后渐渐在天空散落，变得模糊不清。蛙声此起彼伏。周围的农舍早已上灯，远方传来路人的歌声。他久久伫立，怅然若失。

忽然，从前边的赤杨林附近传来爽朗的笑声和吧嗒吧嗒的脚步声，有人来了。"是去小川料理店取便当和卧具的校工回来了吧。"清三正想着，一个扛着很大卧具的黑影就从夜幕中浮现出来，后面还跟着个迈着碎步的女子。

校工咚的一声将卧具放下，喘着粗气，似乎在述说卧具的沉重。俄而点燃了白日清扫后放置的煤油灯，屋里顿时明亮起来。

"辛苦了！"清三说着便走了进来。

这时，他看到了站在一旁脸色白皙的姑娘。姑娘放下带来的便当，将这个忽然亮堂得有些炫目的房间扫视了一圈。

"阿种，玩玩再走嘛。"校工说。姑娘面露微笑，虽算不得美艳，然而眉宇间自有种诱人的娇媚，脸颊和手臂都可见丰腴。

"听说你妈妈身体不太好，现在怎么样，好了吗？"

"嗯。"

"应该是感冒吧？"

"提醒过她不要着凉不要着凉，可还是打了盹儿……于是就感冒了。"

"你妈妈太大意了。"

"真是伤脑筋呐。"

"可是你能挣钱了，你母亲可以轻松些了。"

姑娘默默地笑笑，过了一会儿又说："客人的便当，明天也要送来吧？"

"对啊。"

"那么，晚安咯。"姑娘说着便要回去。

"玩玩再回去嘛，不打紧的。"

"不能玩了，还要收拾呢……晚安咯。"说完便走出去了。

便当里放了玉子烧和腌菜。校工倒来一杯泡得有些乏味的热茶。不久，老大爷到一旁打稻草干起了副业。夜阑人静，房屋和身体似乎都融入了蛙声之中。清三累得不愿多想，然而要读的杂志也没带来，只得从包里取出横着装订的西洋纸笔记本，用铅笔写起日记来。

日记是接着前一天写的，刚写下"四月二十五日"，忽然又想起什么似的，放下铅笔，用橡皮擦用力擦掉了。好歹今天也算是人生迈入新阶段的第一天，值得纪念。以小说而言，就是改换篇头的地方。于是，他将稿纸的半页留白，重新起页开始写起来。

四月二十五日，（在弥勒）……

清三简单地写完了一页，顺手算起今天的花销来。在新乡买的天狗烟十钱、路途中的车费三十钱、清心丹五钱、学校的便当四钱五厘，合计四十九钱五厘。扣除这些，带来的一元二十钱中还有七十钱五厘留在蛙口形的小钱包里。接着他又计算起这次来弥勒的花销。

25.0........................ 印章

22.0........................ 名片

3.5.......................... 牙膏及牙签

8.5.......................... 两支笔

14.0........................ 砚台

1,15.0..................... 帽子

1,75.0..................... 羽织

30.0........................ 和服腰带

14.5........................ 木屐

4,07.5

加上前面的七十分五厘，共计四元七十八钱整。写到这里，他不禁想起父母攒下这笔钱的艰辛。家里的每一元钱都来之不易，清三对此深有体会并为之郁郁不快。

睡袍的领子有些脏了，旅途中淡淡的哀愁也惹人垂泪。不知何时，清三发出了微微的鼾声。

翌日，学校让他去做预算表，于是便在村公所待了一天。做完后，他给父母写了封信寄出去。

黄昏时分，校长家里派了人过来。

校长家离得不远。成片的黄菜花镶嵌在青青的麦田之中。茅

草屋顶，构造上却完全是农家格局。进门处很宽敞，连着的两间房分别有六席①和八席大小，屋前有一个小小的庭院。校长夫人不加修饰的模样、小孩哭闹的脸庞、茶室的长方形火盆及又脏又破的榻榻米——都一一展现在外人面前。校长的房间里还摆放着红封面的《学校管理法》《心理学》《教育时论》等。

"真是对不住你。这事儿还在走程序，没有正式公布呢……"

校长说着，将太太端来的茶倒出一杯递给清三，"也许你已经知道了，有个叫平田的老教师，年纪大了不顶用，已经说好让他换个学校或是离职。刚好岸野君从加藤那儿知道了这事儿，所以来拜托我。但你来早了些……"

校长说完便笑了起来。

"是这样啊，我完全不了解情况。"

"这倒也是，你不可能都知道。岸野要是提醒下你就好了，不过他那个人就是那样，对什么事都不上心。"

"那么那位老师还在吗？"

"嗯。"

"他还不知道吧？"

"私下可能知道了……但这事儿还没公开。我打算就这两三天在村委会上把这事儿定下来，大概下周开始就可以请你上课

---

① 席。即一张榻榻米大小。一席约1.62平方米。

了……"说完，又稍微顿了顿，"我们学校的老师都很好相处，关系融洽，新人很容易适应。希望你发奋努力！薪酬方面之后也会慢慢涨上去的。"

他吸了一口烟，敲了敲烟枪。

"你还没有正式教员的证书吧？"

"是的。"

"那还是去考个证吧，事情也好办些。如果有中学文凭，学点实用的学科也很轻松……你读过教学法吗？"

"读过一点儿，但是越读越乏味，不知怎么办。"

"教学法如果不实际运用，的确很枯燥乏味。去实践看看，才会越学越有意思。"

对学校教学实践颇有兴趣的人与憧憬诗歌的青年就这样面对面坐了许久。校长夫人将五六片大块的咸饼干盛在点心盘里端出来。她一面寒暄，一面打量着这位远道而来的客人——面色苍白、鼻梁高挺、眉间宽大，夫人思忖这是个文弱书生。谈话间，今年才出生的婴儿一直在隔壁房间里哭闹，可是主人却并不觉得吵。

房间里四处都散落着婴儿尿布，火盆上的水壶咕嘟咕嘟地沸腾着。

校长聊起中学的事、师范学校的事、教学经验以及同事们的八卦。清三也禁不住兴致盎然地聊起理想、为家庭所做的牺牲以及其他许多事情，甚至隐约透露出自己并不想一辈子干小学教员。校长展现出与昨日校园里完全不同的温和的另一面，这让清三颇感意外。

据校长讲，在三田谷村这个地方，村长及年轻人的父辈权力很大，开展工作很难。而在风气不那么好的发户、上村君、下村君等几个靠近利根川的村落，时兴从织布坊借来工具材料进行纺织，计件结算报酬。年轻男女进进出出，难免风气不正。七八岁的小孩也学了些粗鄙的歌，不以为然地在学校里唱。

"我来这里马上就三年了。刚来时学生们风纪很差，我甚至觉得待在这种地方无聊透了，不过现在情况已经好了许多。"校长说。

快离开的时候，清三问："明天就是周六了，我想在周日前回趟行田，不要紧吧？"

"好的……就请你从下周开始工作吧。"

这晚，清三依旧睡在村公所的校工室。

四

清早起床，正淅淅沥沥地下着春雨。

雨水浸润过的麦绿色与菜花黄把田野装点得比以往更清新美丽。一把蛇目伞①在乡间小道上渐行渐远。

八时许，清三借了把番伞②冒雨出门。伞上写有"三田谷村公所"几个黑色大字。

小川料理店旁边的河岸上，草木繁茂。雨水从树上簌簌下落，滴滴哒哒地打在伞上。锈色的污水里蝾螈袒露着红肚皮。突然，小川料理店皮肤白皙的阿种姑娘从街边的第一间屋子里走了出来。她头上包着白色布巾，并未打伞。只见她急匆匆地穿过豆大雨点滴落的树荫往这边走来，距离两三步时和清三对视了一眼，而后莞尔一笑，点头示意后走了过去。

学校还没开始上课，从门口到换鞋处，撑着雨伞的学生络绎不绝。无论男生女生，大多把包背在腰间，撩起下摆走进来。学生中，有在大雨里浑身湿透、却将伞当作车轮在地面上滚的顽童；也有将伞柄夹在脖间，摆弄棒针毛线缓步而来的十二三岁的少女。"这些学生从下周开始就由我来教了。"清三一边想着一边从这些学生面前走了过去。

---

① 蛇目伞，撑开后中间呈粗环纹样的日本伞。中央和外缘糊青色土佐纸，两者间糊白纸。

② 番伞，雨伞的一种，把厚油纸贴在粗竹伞骨架上制成的日常使用的结实的日本伞。

降雨是从黎明时分开始的，路况还不至于太糟糕。虽然车马行经之处泥泞不堪，但未染泥垢的地方也不少。路沿儿的干土里才刚有雨水渗入。

　　清三去井泉村公所的助理处拜访，可他还没来上班。沿路长长的污水渠里，藻类、灯心草、芦苇的新芽及野慈姑正乱蓬蓬地生长，上面覆盖着挂着雨珠的紫竹丛，雨水正吧嗒吧嗒地往下滴。

　　路边有间不大的农户，屋檐歪斜，墙上挂着锄头、镐镢和旧蓑衣。头发凌乱肥胖的妻子正靠在柱头上给今年刚出生的婴儿喂奶。一个看着像是丈夫的男人满脸胡须，大约四十上下的年纪，似乎因下雨没法干活而有些百无聊赖，正伸着手臂打呵欠。

　　街边就能看到土地神庙八幡宫那茅草屋顶的旧神殿。牌坊旁边，修缮神殿的善款名录及金额新旧混杂地罗列一处。神殿周围高大的榉树已萌发新芽。功德箱前，两个用手巾包住额发的看孩子的农妇，哼唱着甜蜜的摇篮曲。

　　有家店里摆放着昨日没卖完的隔夜红薯，看上去毫无食欲。雨水如丝线般从低矮的屋檐滑落。

　　田地里的桑树终于萌生了新芽，菜花也黄得耀眼。田埂上紫云英、紫花地丁与杂草并生，远处还能看见富农家白墙外的杉树、橡树林。

纺织青缟的声音随处可闻，嘎叽嘎叽地忙碌不停。有时甚至使人生疑：周围都看不见织户，到底何处在纺织呢？有时还会传来充满年轻朝气的歌声。

通往发户河岸的分叉路口，有家面馆在附近颇受好评。大锅里的热水一大早就开始沸腾，店主模样的男人，往硕大的面板上撒面粉，并不停地将面团拉长。挂着红色绶带的年轻女招待正和相熟的村民谈笑聊天。

道路拐角处，立着一块旧石碑。那是明治维新前就有的分界石，上书"此处进入羽生界内"。

田边有一排细高的赤杨树，长长地延伸到远方。树边的小河里，小鱼正在新绿的水草间欢快地游来游去。从羽生前往大越的公共马车踏着泥泞扬长而去。

来弥勒时，路边有间杂乱的风俗店。二楼的木瓦板房顶上，晾晒着边角有些污垢的棉被。明媚的阳光下，一个面色苍白的女人正在屋前麻利地浆洗衣服。今天店里却拉门紧闭，映入眼帘的是背阴处杂乱滋长的苔藓。

路越来越难走，挑着走也没有一处不溅水的。尽管走路时小心翼翼，尽量使脚跟和鞋跟不分离，有些磨损的低齿木屐下还是不断有泥点飞溅起来。风急雨骤，衣袖也淋湿了。

羽生镇冷冷清清。不时有撑着番伞和蛇目伞的人经过，长长的屋檐下，整个大街寂静无声。邮局前伫立着来取汇票的年轻女子，布庄里掌柜和伙计正聚在一起聊天，布袜店成堆的青缟与云斋织①之间，工匠正忙碌地缝制布袜。洋货铺的新式玻璃门前停着一辆自行车，让屋檐滴落的雨水打湿了半截儿。

火警瞭望塔高高地矗立在大街的十字路口处，其中一条便是通往行田的路。清三一一走过路边的烟草铺、面馆、医馆大门、垣墙之上姿态奇曲的高大松树、喷水井不断喷着清水的豪门大户，眼前出现一条杂草丛生的水沟。斑驳的白色油漆大门上挂着写有"羽生分局"的牌子。一名巡警从雨中走出来，佩剑哐啷作响。

往前依然是居民小巷，多是木板屋顶的穷苦人家。马车站前停着辆公共马车，已经搭乘了两三名乘客，看上去即将出发。清三驻足询问，不巧已经满员无法乘坐。

清三在这条老屋并立的背街小巷逛了一会儿，忽然滑开一户小房子的日式拉门走了进去。屋里有位中年老板娘。

"我想借一双木屐……我从弥勒过来，淋了雨鞋子没法穿了。"

"请随意使用。"老板娘将木屐递了过来。

---

① 云斋织，一种粗糙的斜纹棉布。厚的用作日式布袜底，薄的用作工作服。

高齿木屐的木齿已经磨损变形，走路困难。虽比低齿木屐略好，但仍会溅起点点泥斑。

清三最终还是花了十五钱在新乡搭乘了人力车。

五

清三的家位于行田镇大街通往古城遗址的小巷中。街角有间叫"柳汤"的澡堂，澡堂正对着间料理店的大门，店里坐着漂亮的女招待。长栋房子被分割开来由几户人家共同居住，清三的家便是其中一户。屋檐低垂，丝线般的细雨斜斜地打在久经风雨已经发黑的日式拉门上。隔壁住着蚕茧商人。往年每到这个时节，从狭小的榻榻米客厅到厨房、茶室，甚至入口处都放满了白色的蚕茧，从早到晚进出的人络绎不绝。

此刻，家里那扇平时难以开合的拉门却紧紧关闭着，四周一片沉寂。

清三哗啦一声推开拉门走了进去。

年约四十、挽着高雅椭圆形发髻的母亲，正在裁衣板前忙活着计件的针线活儿，身边散放着剪刀、缠线板、针线盒等杂物。

拉门打开，露出了儿子的脸。

"啊，是清三呐。"她说着便站了起来。

"哎呀，下着雨呢，一路上够呛吧？"

看着儿子被淋湿的衣袖、溅着泥点儿的裙裤，母亲又接着说："真是不巧。昨天天气晴好，完全想不到今天会是这种天气……你是一路走回来的吗？"

"本想着走回来的，但新乡有便宜的返空车于是便坐回来了。"

"这是从哪儿借来的呢，木屐。"

"在峰田。"

"是嘛，峰田借来的啊……你真是辛苦了。"母亲说着，起身从厨房取来抹布。

"抹布可不行，妈，把水舀到桶里吧。"

"这么脏啊。"母亲边说边打来半桶清水，还递来擦身体的干棉布。

清三洗净了脚，用布擦干后进了屋。这会儿，母亲已取来了结城条纹布做的棉衣以及用自己的绌丝和服改成的羽织，并迅速地将清三脱下的羽织和裤裙挂到了竹衣架上。

两人坐到了长方形火盆前。

"事情怎么样了？"

母亲一边拨拉着水壶下的炉火,一边关切地问起那边的情况。

清三简要地说了一下。

"这样啊,今早信已经收到了。怎么会那么不顺呢?"

"是我去早了些。"

"那么事情定下来了吗?"

"下周开始上班。"

母亲面露喜色。

话题一个接着一个。母亲提了许多问题,例如校长是怎样的人,是否和善;弥勒这个地方如何;是否有适合寄宿的地方等等。清三都一一说给母亲听。

"父亲呢?"过了一会儿清三问道。

"说是去趟下忍就出了门。还说什么必须再筹点钱回来……跟他说下雨明天再去,还是不听……"

清三沉默了。家境贫寒这件事再一次萦绕在脑海里。父亲挣不了钱让人焦虑,而更让清三不快的是,父亲心地善良、容易上当,是个性格软柔、愚钝的老好人,却以贩卖赝品书画为生。正直的清三总认为父亲的职业不是常人应当从事的正当职业。

"如果不是被骗,现在应该还经营着一家挺好的布庄吧。"想到这里,清三一面同情着一无所知的母亲,另一面也心疼着父亲——虽算不上正经职业，但在这样的雨天赶去一里开外的地方，就为了区区五十钱、一元钱。

不一会儿，水壶咕嘟咕嘟地沸腾了。

母亲从旧茶柜里取出茶叶罐和小茶壶。茶叶已经磨成了粉，火盆抽屉的纸袋里只剩下两块盐饼干。

直到黄昏，清三都一直陪在做针线活的母亲身边，在昏暗的窗口读报纸或是给熊谷的同窗好友写信。给朋友的书信写了两三页格纸，信中谈到了恋爱、诗歌以及明星派①和歌等充满青春热情的事情。

四点左右，雨停了，道路依然泥泞。父亲的事没办成，家里的氛围显得有些沉重，一家三口都默默地吃着晚饭。这时屋外有人说"打搅了"，似乎想要滑开那扇开合不畅的拉门。

母亲起身走了出去。

"啊……请进。"

"不用了，我是去澡堂的。郁治说今天是周六，让我回去的时候来您府上问问，清三君回来了没……久未拜访，真是不好意思。"

---

① 明星派。围绕诗歌杂志《明星》形成的诗歌流派。以与谢野铁干、与谢野晶子为核心，讴歌自我解放、赞美官能和梦幻美，成为浪漫主义文学运动的中心。

"呀，快进来坐吧……雪子小姐也一起来了啊……雪子小姐，请到这边来。"

就这样，女人们熟络地搭起话来。郁治的妹妹雪子是个乡间少有的苗条漂亮的姑娘。刚泡完澡，略施淡妆的白皙脸庞在苍茫的暮色中显得格外清晰，她拿着用湿布巾包裹的肥皂盒站在门口。

"家里简陋，如不介意……"

"哪里哪里……"

"那么就请进来坐坐吧。"

清三听到这些对话，放下筷子起身出来。他看了一眼站在对面和母亲寒暄的雪子，很快就移开了视线。

郁治的母亲看着清三说道："你回来啦，郁治一直等着呢。"

"本想着今晚过去的。"

"那就请来玩吧。过去每天都你来我往的，现在突然不来了，郁治看上去寂寞得很呐……加上他也没有别的好朋友……"

郁治的母亲不一会儿就回去了。清三和母亲又回到了矮桌旁。三个人依旧一声不吭地吃着晚饭。

喝水时，母亲突然自言自语道："雪子小姐真的变漂亮了呢。"却无人回应。父亲一个劲儿地把茶泡饭往嘴里扒，清三则咯吱咯吱地吃着咸菜。夜幕降临，又下起雨来。

六

加藤的家距离清三的家不到五町。公园路半道左转,在小巷里略往前行,不久就来到一处一边是麦田、一边是篱笆墙的地方。清三曾在盛开着红白两色木槿花、结着黄瓜、南瓜的夏天,同雪子、繁子一起,在绿荫繁茂的薄暮中追赶翩飞的萤火虫;也曾在寒冬月夜熬夜玩纸牌,从这条路上踩着木屐呱哒呱哒往家赶。狭窄小巷的杉树篱笆墙深处,那扇大门和瓦屋房顶,留下了清三不少的回忆。

被雨水浸润的樱花树叶在灯光下熠熠闪光。还没走到朋友家,雪子那板起面孔一本正经的白皙脸庞,繁子天真无邪笑脸相迎的模样,以及郁治父亲晚酌微醺、兴致盎然地侃侃而谈的样子都清晰地浮现在清三眼前。他不止一次地羡慕朋友那个笑声不断、温馨和睦的家庭。

在乡下,郡督学多是一些态度强硬、诡辩难缠、不好应付的角色。而郁治的父亲则被公认为是个善解人意、善良热情、说话有分量的人。他胡须半百,头顶也有零星白发,然而心态年轻,总不厌其烦地和青年们讨论教育。清三和郁治谈话时,他也常常加入进来,对着两人侃侃而谈。

清三推开大门,门铃叮铃铃地响了起来。刚沿着踏脚石走到门厅的格栅前,繁子提灯相迎的笑脸就映入了站在黑暗之中的清三的眼帘。

"林君?"繁子看了清三一眼,用天真无邪的声音喊起来:"哥哥,是林君!"

郁治的父亲今天去了熊谷不在家。因为家里没有孩子,所以房间整洁,打扫得很干净,茶室里的灯光也很明亮。郁治的母亲面带喜色坐在长方形火盆前,雪子则在厨房收拾,这时刚好忙完,她一边用白围裙擦手一边进了茶室。

刚打完招呼,郁治就从屋里走了出来,把清三径直领到了自己的书房。

书房有四张半榻榻米大小。桐木做的旧书柜被叠放起来,上面粘贴的白纸上写着"纲鉴易知录""史记""五经""唐宋八大家"等。宽约一米的半床上方,草云[①]的兰草图在远处油灯的映照下有些模模糊糊。搁着油灯的厚朴木大桌上散乱地摆放着《明星》《文艺俱乐部》《万叶集》《一叶全集》等。

[①] 田崎草云(1815—1898)。日本南画家,足利藩的武士。师从谷文晁等人,作品有《蓬莱宫图》等。

两人仿佛一年未见似的，滔滔不绝地热聊起来。

"你怎么决定的?"过了一会儿，清三问道。

"我打算明年春天参加高等师范学校的考试。在此之前闲着也是闲着，就想去这里的学校教书，同时也兼顾学习……"

"熊谷的小畑也这么说来着，说是想考高师试试。"

"是吗，他跟你说了啊，他也跟我提过。"

"听说小岛和杉谷已经去了东京。"

"这个信里也写啦?"

"他们打算考哪儿呢?"

"小岛好像要报第一高等学校。"

"杉谷呢?"

"他会去哪里呢……反正他不愁学费，想去哪儿都行吧。"

"这镇上也有人去东京吗?"

"这个嘛"，郁治想了想，"佐藤说过类似要去的话。"

"哪个方向呢?"

"好像打算进工业学校。"

关于同学的话题源源不断。朋友们都已做好未来的打算，能够往各自希望的方向发展，这让清三羡慕不已。还在念中学的时候，清三就曾设想过毕业后的境遇，但那时毕竟年轻，想着说不定会有意想不到的出路，暂且安下心来。然而那只是妄想。家庭的贫困让他不得不渐渐地看清现实。

清三继承了母亲温良和善的血液，从幼时起就读过小波叔叔①的传说故事，稚嫩的内心燃起了对小说、和歌以及俳句的热情。随着身体的发育，这种热情时而平淡时而炽烈。他渐渐读懂了镇上年轻姑娘的眼神，也尝到了恋爱的滋味。他曾被欲望驱使，做过一些不为人知的肮脏勾当。他曾认为展现在自己面前的世界是个充满乐趣的快乐舞台，也曾看到这世界丑陋肮脏不可接近的一面。欲壑难填的自己在这个花花世界将如何自处呢，每当思考自己未知的前程，他总是郁郁不快、黯然神伤。

话题从熊谷那个朋友的恋情转到了Art君。

"我真是痛苦极了。"

"总会有办法的。"

两人继续聊着。

"昨天在公园遇见她了，长胖了些，说是刚从浦和回来。"

郁治说完便笑起来。

"长胖点也不错嘛。"

清三也笑了。

---

① 岩谷小波(1870—1933)，日本儿童文学的先驱，被誉为"日本的格林"。编辑出版了《日本民间故事》《世界童话》等丛书。另有著作《黄金丸》等。

"她和你妹妹是朋友，还有她哥哥在，总会有办法的。"

"哎呀，先不说这些了，一想起就头疼。"

郁治的神情流露出年轻人暗恋的忧伤。如同之前他自己所言，他不是一个出众的男生。虽然具有男性的果敢利落，却没有让女生动心的优点，诸如体格高大、肩膀高耸、眼神锐利、颧骨突出等皆不具备。

但与清三相比，无论际遇还是家庭，他都更胜一筹。即使进不了高等师范学校，父亲也有心出学费，让他去东京学习一两年。而且他体格好、思想健全，也不像清三那么多愁善感。然而他心里仍有年轻人的苦闷。

清三把这次的弥勒之行说得无比绝望，称这是埋没于乡下永无出头之日的第一步。郁治则劝慰他说："才不会呢。人的发展受人生际遇的限制，这是肯定存在的。但是无论何种际遇，只要你想挣脱出来就一定做得到。"郁治的性格从这番话里也可见一二。

当时，清三回应道："你会那么说，是因为你没体会过受际遇限制的可怕之处。你身在幸福的家庭才会说这样的话。"

"才不是呢。"

"哎，反正我是这么看的。我强烈地感觉到自己会就此埋没。"

"退一步说，就算人生际遇真是如此，也不能屈服于这种消极的想法呀。"

"你的意思是说,无论何种际遇,仅靠人的一念就可以摆脱是吧?"

"是的。"

"这么说起来,不就是人类万能论嘛——没有什么事情是做不到的。"

"你一下子说得那么极端,其中当然有例外啊。"

当时他们又谈到了经常提及的单纯的理想论。积极的思考与消极的观点混杂一气,不得要领,不了了之。

他们那群人从学校的时候开始就经常探讨文学和人生,也曾创作新派的和歌、俳句、散文等相互传看。其中一人起了个"仙骨"的雅号,便有人提议都用"骨"这个字做号,于是便有了诸如"破骨""洒骨""露骨""天骨""古骨"等此类有趣的名号。一段时间里,无论写信还是聊天,大家都使用那个带"骨"的字号。

名叫"古骨"的那个,也和郁治、清三一样,是每天早上赶三里长路去熊谷上学的伙伴中的一员。他多数时候的名号为"机山",是镇上屈指可数的青缟商的儿子。总是系着角带①,白净的脸上挂副银框近视眼镜。机山是乡下青年里常见的狂热的文学爱

---

① 角带:幅窄而硬的男用带子。通常是把织成长约4米,宽约18厘米的带子对折缝在一起而成。

好者，他几乎订阅了所有杂志，初时还热衷投稿，满心喜悦地欣赏自己的字号被印刷出来。最近好像对投稿失了兴致，喜欢对着朋友大肆评论每个月杂志上发表的小说、诗歌和和歌。他还喜欢与投稿人交往，因为和地方文坛小杂志的主笔常有书信来往，因此地方文坛消息中，常写到武州行田的石川机山。当下文坛知名的作家中也有两三个人知晓其名。

还有一个"骨"字号的人，对文学不太精通，只是伙伴们出于情面给他起的字号。他的哥哥经营着行田镇唯一的一家印刷厂。从印刷厂前路过，可以看见入口处的玻璃门上挂着一个被墨水弄脏的写有"行田印刷厂"的大招牌。内设一台老式的手摇印刷机，大大的印版正在来回翻转。厂里业务以广告单和名片为主，有时也印制郡政府、警察局的简单报告等，但为数甚少。架子上并排展示的活字也少。选字、排字、印刷都是哥哥一力承担。但每逢周日、节假日，也时常看见弟弟戴着脏袖套，站在手摇印刷机前翻动纸张的身影。

两兄弟并不是看机山是有钱人家少爷，贪图他的零花钱才怂恿他办刊。这年的四月初，机山来这个印刷厂玩，和厂长兄弟二人交谈许久才离开。离开前他说："有每个月亏损七八块的思想准备就没问题了吧。即使不发稿费也有很多作者，而且怎么也能卖个二三十本吧。"

机山脸上洋溢着实施新计划的喜悦。此后，商量创办《行田文学》这本小杂志成为了伙伴间最重要的议题。

机山在讨论中说："对了，羽生的成愿寺有个山田古城。那人是当地文坛的知名人物，以新体诗著称。我想首先请他做赞助人，如果他去约稿，还能拿到原杏花的稿子哦。"

"那个'古城'，不是说是这里的士族吗？"

"是啊，请他做赞助人应该没问题吧。"

当时清三正准备动身去弥勒，因此伙伴们便让他顺路去寺庙拜访。

在郁治家的这晚，两人也提到《行田文学》的事，郁治问："你顺路去了吗？"

"不巧遇到下雨，所以……"

"这样啊。"

"下次过去再去拜访吧。"

"对了，今天荻生君去了羽生，你没碰到吗？"

"荻生君？"清三难得听到他的消息。

这个荻生君也是伙伴之一，在熊谷镇邮局做事，家里在熊谷经营料理店。这次转去羽生邮局工作，正要乘车离开时，让郁治在街角给遇到了。

"他今后会一直在那儿工作吧。"

"当然咯。经营羽生邮局的是荻生君的亲戚。"

"太好了!"

"你有个说话的人,我觉得挺好。"

"但和他没那么熟悉……"

"会熟络起来的。他很友善的……"

这时繁子端来了牡丹饼和茶水,"白天做的,已经不太好吃了……"说完便顺势在哥哥身边坐下,语气天真地聊了几句。这时姐姐雪子高挑的身影出现了,"哥,石川君来了。"

不一会儿,石川进到屋里,看到清三也在,便说:"刚才去你家了。"

"是么。"

"你妈妈说你来这边了。"石川说着就坐了下来,"老师做得还好吧?"

清三笑了。

郁治在一旁插话:"做得好不好,要等做了才知道嘛。"

雪子和繁子看到石川,寒暄几句后离开了。两姐妹与郁治和清三聊天时,说话从不顾虑,因此常在一旁久坐。有其他人加入便会不自在,由此可见清三和郁治的交情之深厚,与这个家庭的关系之亲密。石川一来,郁治和清三说话的语气都变了。

"我想在下个月十五号出第一期。"

"都定好了吗?"

"东京那边的知名作家丽水和天随应该会给我们写稿,地方上也有很多投稿,我想应当够了吧。"

说着,石川拿出五六种地方的小杂志及东京的文学杂志,特别抽出冈山地区发行的菊版①二十四页的《小文学》这本杂志。

"我想大致就这么做。和泽田印刷厂也谈过,他们说是没问题。只是我觉得里面的排版不太理想,想要换个编排方式。"

"是啊,里面是不太好看。"两人看着《小文学》说。

"这个怎么样?"

石川将一本双排栏,每栏十八行,每行二十四个字的板式指给两人看。

"这个嘛……"

三个人翻阅了好几本杂志。郁治的杂志也都拿出来做了参考。油灯清晰地照在三个年轻人凑在一块儿的额头上,也照在旁边散乱摆放的杂志上。

最后大致定下了其中一本作为参照。

石川带来的杂志中,有《明星》的四月刊。清三将其拿在手

---

① 菊版,菊型开本。把菊型全张纸的长边和短边都裁成1/4的大小,差不多是纵218毫米,横152毫米。略大于A5开本。

里翻看。他最初看到的是藤岛武二①和中泽弘光②木版画中的鲜艳，旋即又迷醉在晶子③的和歌之中。明星派的新风格宛如清泉，滋润着清三干涸的心田。

石川见状笑了笑说："还在看呢，崇拜者果然不同呢。"

"因为的确写得好嘛。"

"哪里好呢？语言支离破碎，思想可能比较新潮，可堆砌一不明所以的句子，以为那就是和歌了，真是受不了明星派。"

曾经争论过的明星派，再次成为了三人的争论话题。

七

已经过了夜里十二点。屋外依旧是雨滴的声音。时而雨势渐

---

① 藤岛武二(1867—1943)，西洋画画家。早期创作日本画，后留学巴黎、罗马，形成豪放华丽、色调明快的画风。作品有《蝶》《黑扇》等。

② 中泽弘光(1874—1964)，日本西洋画家。画风属外光派，具有浪漫主义倾向。作品有《夏》《缅怀》《原野之路》等。

③ 与谢野晶子(1878—1942)，和歌诗人。明星派代表。大胆讴歌女性的官能和激情，是明治三十年代浪漫主义运动的核心人物。

大，滂沱坠地。古城遗址的池沼边，鹡鸰的啼叫声清冷孤寂。

一间屋里铺着三床被褥。挽着小圆发髻的母亲与秃头的父亲并床而卧。直到刚才母亲都一直睁着眼睛，反复提醒："明天会瞌睡的，早点休息吧。"母亲还劝告说："把油灯放在枕头边，一不小心睡着了会很危险。"而此刻的她已经安然入眠，轻微的呼吸声和父亲的鼾声交相呼应。纸灯罩原本就旧了，加上刚才没注意到灯芯过高，半截灯罩已经发黑，光线越发昏暗。清三忘我地读着借来的杂志《明星》，沉醉其中。

茶梅亦如是，洁白净人心。

恕吾罪之色，唯有桃中寻[1]。

"恕吾罪之色，唯有桃中寻。桃中寻，在红艳的桃花中寻。"朗读这首和歌时，清三心中感触颇深。让人不可思议，又觉不太自然。然而就在这不可思议和不自然之中，却给人清泉喷发的新鲜感。"罪之色，桃中寻"这两句间有种无法言说的独特韵味。他每读一首和歌或是每翻一页，总是将书翻扣，情不自禁地细品那些诗歌带来的悸动。这一瞬间，他将昨晚睡在村公所的落寞、冒雨从弥勒赶往羽生的辛苦都抛诸脑后了。

清三忽然想起今晚和石川的争论。他觉得情感粗犷的石川根

---

[1] 原文直译为"茶花梅花就是这样白，不追究我们罪过的颜色在桃花里看见。"

本不懂文学。相反，自己能触碰到五彩斑斓的新思潮，对此不胜感激。他甚至会想象幽居在涉谷僻静之地的诗人夫妇，觉得悲伤又满心羡慕。他不再读诗，装帧、排版、封面绘图……这本满是创意的新杂志让他充满了期待与憧憬。

时钟指向两点，清三还在床上双眼圆睁。天花板上传来老鼠骚动的声音。

雨时下时停。哗的一声来势迅猛，仿佛要将人带到另一个世界，俄而又转为淅沥小雨，沿着屋檐的落水管往下滴。

畅想下去也是徒劳。清三想着"睡了吧"，便起身拿起昏暗的油灯去上厕所。他从父母睡衣裙摆旁蹑手蹑脚地经过。刚推开一扇遮雨板想洗洗手，搁在檐廊的油灯的亮光便瞬间照进了黑暗，湿润的南天竹竹叶上雨水晶莹闪烁。

拉门关闭的声音惊扰到了母亲。

"是清三么？"

"嗯。"

"还没睡呢？"

"就要睡了。"

"早点睡吧，明天会瞌睡的。"说完母亲翻了个身，"几点了？"

"刚敲过两点。"

"两点……天就快亮了，睡吧。"

"嗯。"

于是，清三钻进被窝，噗地吹灭了油灯。

八

翌日午后一点，清三身着和服裤裙，提着借来的木屐，与穿着褪色的绸丝条纹羽织、头发半秃的父亲一道去往行田镇近郊。雨后的天空浮云蔽日，淡淡的日光偶尔会穿过云层照射下来。村镇交界的小河边，芦苇、灯心草和杨柳已经吐露新芽，五六只鸭子嘎嘎欢叫，岸边还有晾晒整齐的番伞和蛇目伞。附近村子来镇上采购的村民坐在一旁，大口吃面。

父子并肩而行的背影静静地穿过低矮的房檐、本地瓦砌成的屋顶，穿过晒着一排尿片的房檐、石匠作坊、铁匠铺，经过正纺织青缟的姑娘家和有许多孩子的粗点心铺。一个头顶木盘的糖贩，盘上插着无数迎风招展的小旗，正神采奕奕地敲着太鼓迎面走来。

两三天前，父亲将五六幅书画寄存在近郊新乡的一户富豪家里，想着今天必须得去估价，因此和午后就要赶回弥勒的清三一起出了门。

途中父亲遇到了两个镇上的熟人。一个是推心置腹的朋友。"去哪儿呢？是嘛，去新乡啊，那地方都是些吝啬的人，压根儿没用。"那个中年男人声音高亢，笑着说道。另一人则是镇上豪门大户的男主人，爱好书画。看见那人迎面走来，父亲立马站定，恭恭敬敬地寒暄致意。"之前的那东西，太次了，非常可疑啊。"听对方这么一说，父亲忙不迭地解释说："不会的，不会的。东西的来路清楚，带着鉴定书呢。"清三隔着五六间房的距离回头看，父亲正一个劲儿地低头鞠躬。光秃秃的额头被惨淡的日光照得锃亮。

小镇的尽头有两条分岔路，一条通往加须，一条通往馆林。对面是一片宽广的原野。原野处处都有繁茂的树林，林间可以看见白墙的土窑仓库。还未开垦的田地里，紫云英娇艳绽放，像铺着华丽的红毛毡。平坦的街道上，商铺的年轻掌柜嘎吱嘎吱地骑着自行车迎面而来。

小路时而从田野转入村庄，时而又从村庄延伸到田野。一路既有高大栎树作绿篱的富贵人家，也有土墙崩裂的农户，门前还有一条布满青苔的污水沟。处处都能听到平和悠然的鸡叫声。点心批发商刚把货卸到路边，头发乱蓬蓬的点心铺老板娘便跑了出来，连腰带也没系上。"豆果子、糖球……"她嘴里一边数着一边挑选自己想要的货品。

快要走到去新乡的岔路口时,父子俩交谈起来。

"你下次什么时候回来?"

"下周六回去。"

"那到时候能不能想点办法呢。"

"还不清楚,但月末了多少会发点吧。"

"一点也好,也算帮了大忙了。"

清三没有回答。

终于到了分别的地方。往前再穿过一块庄稼地就是去新乡的路了。

"那么一路小心些。"

"嗯。"

路边立着青面金刚冢。弓着背离去的秃头父亲和戴着茶色帽子、穿着白条纹裤裙的清三的身影在田间小道上渐行渐远。

九

那晚,清三还是住在村公所里。他去校长家拜访,可是校长不在。他在日记里写道："啊，快受不了了，难道终将埋没于乡下做老师么？明天！明天就万事落定。今晚的村议会！啊！寥寥数语，以寄明日。"他本打算细细写上当下的心情，又觉得一时难以说清，不如留存于记忆之中。

第二天早上九点清三就去了学校。那时平田还在，于是又折返到村公所。一小时后他才再次出发。

这次那位平田老师已经离开了。课程已经开始，每个教室都清晰地传来老师上课的声音，还听见了女老师的清脆嗓音，清三心里不免有些激动。走进教员办公室，校长正坐在办公桌前翻阅文件。

"请进！"等清三走进来，校长示意他坐在旁边的椅子上。

"对不住了，现在才总算全部定下来。真是费事啊……昨晚的会议又说了许多事情。"校长说完笑了笑，"村子太小，又有个唠叨的教务委员，很是头疼呢。"

接着又说："你家里有什么打算？不可能每天从行田过来吧。要不暂时住在学校？……你有什么想法吗？"

"请问有适合寄宿的地方吗？"清三借机问道。

"乡下地方，没有合适的呢。"

"就算不是附近也行，稍有点儿远都成……"

"这样啊……让我再想想，或许会有。"

两节课结束时，校长把清三介绍给了同事们。姓关的助理教员，面露微笑，个性随和。副校长大岛年约四十五六，头发花白，初见时有些拘谨，可是笑起来脸上就会露出温和的神情，看上去对初等教育也十分精通。"您就是林老师啊，我是大岛。请多关照。"言谈中也可见人情练达之处。接着介绍的是脸上有黑痣的狩野老师和师范学校毕业的胖老师杉田。师范学校毕业生寒暄时态度冷淡，女老师则在一旁低头浅笑。

下堂课上课前，校长让学生到第一教室集合。他站在讲台前给学生们介绍新教员。

"这次来了位新老师给大家上课。林老师是行田人，中学毕业，是位很有能力的老师。大家要认真听讲，好好学习！"

这位新老师站在校长身边，微微低头面色发红，在学生眼里有些困窘和难为情。学生们静静地听着校长的讲话。

下堂课时，新老师的身影出现在第三教室的讲台前。高小[①]一年级十二三岁的孩子们并排坐着，叽叽喳喳地说个不停。见到老师进来，全将眼光转向了老师，教室顿时安静下来。

新老师在讲台前的椅子上坐下，满脸通红。他低垂着脑袋，不一会儿就翻开了带来的课本。

[①] 高小，即高等小学。明治维新后至第二次世界大战爆发前的学校设置。相当于现在的初中一、二年级。

后面不时传来窃窃私语的声音。

教室的玻璃窗上布满灰尘，污秽不堪。黄黄的日光透过玻璃窗照进来，窗外的麻雀啼声婉转。还能听到运货板车嘎吱嘎吱的声音。

隔壁教室传来女老师尖细的嗓音。

过了一会儿，新老师似乎下定决心，抬起了头。他头发有些长，宽额浓眉，脸上露出坚毅的神情。

"从第几课开始?"声音在宽敞的教室里回荡。

"从第几课开始?"他又重复了一次，"教到第几课了?"

说这句的时候，脸上的红晕已悄然褪去。

回答声在教室里此起彼伏。清三按学生所说翻开了课本。此时，初上讲台的痛苦几乎已消失殆尽。"反正非上不可，自当竭尽全力。已经顾不得别人怎么说怎么想了。"这么一想，他心里反而轻松起来。

"那么就开始上课吧。"

新老师开始朗读第六课。

学生们很快就听到了他快速而流利的朗读声，与之前老教师那蜂鸣般低沉、缺乏活力的声音大为不同。可是语速过快，学生们很多地方都没听清，只是盯着老师的脸，来不及看书。

"怎么样? 能听懂吗?

"请您读得慢一些。"教室里响起了各种回答。

第二次,清三朗读时努力放慢语速。

"怎么样,这种速度能听明白吗?"他面带微笑,语气亲昵地说。

"老师,后面这次能听懂。"

"再稍微快点也行。"学生们七嘴八舌地说。

"之前的老师读几遍呢?两遍?三遍?"

"两遍。"

"是两遍。"回答声此起彼伏。

"那么这就够了是吧?"

学生们格外天真的语气让清三的精神为之一振。"开始读得太快了,所以再读一次吧,大家要认真听哦。"

这次读得不徐不慢,更加清楚。

清三请会读的人举手,又让前排那个白皙可爱的孩子试读。学生们有的会读有的不会。清三在文章中挑出难写难念的文字写在黑板上,让学生们依次记忆。他在特别难的汉字上画圈并用片假名标注。初上讲台的痛苦不知何时已完全消失殆尽,清三的心里洋溢着喜悦,他坚信只要自己想做就一定能做好。不久,铃声响起,下课的时间到了。

午饭是小川料理店送来的。中午的休息时间学生们都去了操场玩，有的荡秋千，有的捉迷藏。男女学生各自组队，打十字结，丢沙包。操场边上杨柳的绿叶稀稀拉拉，透过树叶的空隙辽阔的绿野一览无遗。

清三靠在走廊的柱子上，出神地望着学生们嬉戏。这时，姓关的老师走了过来。

初见时，关老师温和的眼神和洋溢着笑容的圆脸就让清三对他产生了好感，认为他是一个可以推心置腹的人。

"怎么样？上完一节课了吧？"

"嗯……"

"第一次嘛，就是容易出状况……我是三个月前来这儿的，刚开始也很伤脑筋。"

"总觉得不太习惯呐。"

他的善解人意让清三很高兴。

"我的前任是位怎样的老师呢？"

"他年纪大了，早就有传言要辞退他。他是今泉人，听说很早就做老师了……但年轻人不断地来……不过他就算辞掉工作，生活也不会有什么困难。"

"家里是有财产吗？"

"财产应该没有吧，不过他儿子开着间杂货铺。"

"是嘛。"

平平常常的对话拉近了两个年轻人的距离。他们一直站在那里聊天，直到上课铃声响起。

下午，清三教授了理科和习字课。

晚上住在值班室。值班室有六席大小，隔壁便是校工室。校工室内的大地炉炉火正旺，伸缩吊钩上的水壶总是沸腾着。对面是洗涤槽，提桶旁边放着碗筷。架子上倒扣着木桶和擂钵。

那天晚上是大岛老师值夜班，他与清三推心置腹侃侃而谈。大岛是枥木县人，很早就在宇都宫从事教职，前年来到琦玉县，在浦和待了不久就来这里任教了。家在大越，有个快十五岁的女儿和九岁的儿子。两人敞开心扉畅聊，与初次见面的感受大不相同。一合①酒下肚，大岛老师的面色变得通红，他得意洋洋地聊起了教学经和对年轻人的忠告。

路边有间澡堂，澡堂的细烟囱里有时会升起青黑色的浓烟，格子拉门男女有别，入口处设有柜台。充盈着白色雾气的澡堂里，灯箱光线微弱暗淡，只有水管内落下的水声哗哗作响。浴室打扫得不够仔细，到处是令人作呕的滑腻感。清三泡在浴池里，思考着自己的新生活。

---

① 合。日本度量衡制尺贯法中的体积单位，一升的十分之一。十勺为一合。

十

一天清晨上课前，清三站在讲台边，用郑重的语气对学生说：

"今天告知大家一件喜事。皇太子妃节子殿下在这个月二十九日，顺利诞下亲王殿下。这件事我想大家已经从报纸上看到或是听父母亲说过了。皇室繁荣昌盛，也是我等国民的大喜事，更是千秋万代之大业。正如大家每天唱的《君之代》①中所言，'直到砂砾变磐石，直到磐石生青苔。'据公告披露，前天已经举行了亲王殿下的命名仪式，正式命名为迪宫殿下裕仁亲王。"

说着，他转过身去拿起粉笔，在黑板上写下"迪宫裕仁亲王"六个大字。

---

① 君之代。现为日本国歌。在法制上指明治二十六年文部省制定的节日大祭日上所唱的歌。歌词为《古今和歌集》中的一首，宫内省的林广守作曲。

十一

"希望您能成为我们的赞助人……并请您赐稿。再短也不要紧。"

清三看着端坐在眼前的成愿寺方丈的脸说道。他感觉此人并不像传闻中的那样风采卓卓。新体诗、小说,方丈在东京文坛赫赫有名。清三曾经十分爱读他的诗集,还读过他发表在杂志上的小说。听闻他成为这里的住持,是因为前住持的缘故不得已而为之。虽说成愿寺是羽生镇上屈指可数的名刹,但人们都为他来这样的乡下寺院感到惋惜。清三做梦也不曾想到,住持竟然是这样一位身材矮小、弱不禁风的人。

周六回家的途中,清三去羽生邮局拜会荻生秀之助,秀之助说他恰好认识成愿寺的山形古城,于是便一同前来拜访。

"这很有意思……很有意思。"

住持反复说着。三人聊起了《行田文学》的事情。"当然,我自当尽力。那就先写写诗之类的吧。跟东京的原杏花,我也会这么交代……"

住持说完轻轻点头示意。

"请您一定帮忙……"清三恳求道。

"荻生君也是杂志社的吗?"

"不,我……不太懂文学。"荻生像商家子弟般笑着挠了挠头。从中学时代开始,荻生就与石川、加藤、清三他们不同,对文学宗教之类的不感兴趣,因此从不空想。中学刚一毕业,立马去了一直帮忙的邮局工作,毫无怨言地走上了社会。

住持住的是一间十席大小的榻榻米房间,天花板很高。房前的庭院敞阔,栽种着沉香、雾凇、杜鹃花和桂花,并有长廊通往正殿。正殿的瓦屋顶和六席偏房的拉门已然发黑。书箱里则放满了外文书籍。

住持难得兴致盎然。他谈到了当今文坛的不正之风和党阀之弊,还说:"待在东京也很难静心学习。能够感知大自然声音的田园生活是最好的。"虽其貌不扬,但他的话语里自有一种热忱,直击年轻人的内心。

他从诗歌讲到小说、戏曲,滔滔不绝。其中提到明星派诗歌,住持对晶子的和歌十分赞赏。"话虽如此,但不必过于挑剔文字。新思想的承载需要有新的文字排列方式……"他赞同清三的观点。

话题突然转到了理想。住持的脸上顿时充满了生气。他去早稻田念书的时代正好是红叶露伴①的时代,与《文学界》那些所谓"感情派"的人有来往,同时也与爱读海涅诗集的大学生交好。从麻布的曹洞宗大学林②进入到早稻田大学自由的文学世界,他觉得自己仿佛从寒冬的枯山来到了绿意盎然的原野。因此现在又折返到这样的生活中,内心十分安定,不时仍会迸发出与往日一样的热情。

"人不能没有理想。即使宗教也很看重理想。随波逐流,沉迷声色都是因为丧失理想之故。渴望美好恋情,这也是一种理想……不像普通人一样盲从于爱情,这便有了力量。佛讲'如是一心',讲究灵肉一致。人必须要顺其自然,然而这其中得有理想,有向往,而这正是人生意义之所在。"

住持弯了弯伛偻的背脊,苍白的脸上泛起一丝红晕,他热忱的态度和话语深深吸引着清三,那番话直击他的内心。曾经在书本和诗歌中读到的思想和憧憬不过是空想而已,环顾身边也从未

---

① 红叶露伴,指尾崎红叶(1867—1903)和幸田露伴(1867—1947)。尾崎红叶,小说家,俳句诗人。生于东京,创刊《我乐多文库》,并始创口语文体。在近世文学和近代文学中架起桥梁。代表作《金色夜叉》《多情多恨》等。幸田露伴,小说家,评论家,考据学家。集小说、评论、史传、古典研究等知识之大成。著有小说《风流佛》《五重塔》等。

② 大学林,寺院中的僧侣学校。

有人开口谈及。大家聊的不是养蚕、赚钱就是收入的多寡，世上的人大都为面包而活。倘若有人谈到理想，就会被视作不明世事、乳臭未干，一句话就给否定掉。

住持还谈道："人格的价值，并不在于是否成功。人们大多以成功为标准探讨价值，我认为比起那样的标准，更应以理想和兴趣来定义价值。乞丐也可能会有崇高的人格。"清三不由得感到这番话对于自己寂寞的生活是莫大的慰藉。

主客之间摆放着两个陶制的手炉，果盒里放着小粒的金米糖。住持夫人与住持截然相反，肤色黝黑、体格健壮。她斟来的茶水，不知何时已经放凉，浑黄不清。

一小时后，朋友二人走在正殿通往山门的长长的石子路上。钟楼旁是紧闭大门的不动明王殿，两三个带孩子的农妇，头上用布巾包着额发，正在殿外高高的檐廊上玩耍。五六棵高大的银杏树上，挂着待纺的青缟幡。年约二十五六、梳卷盘发的少妇正不停地捋线。

"真是个有趣的人啊。"

清三回头对朋友说。

"是个相当好的人呢。"

"我没想到在这乡下地方竟有这样的人。以前听人说他待在乡下寺院可惜了，还真是可惜呢。"

"他不是说没个说话的人很烦恼吗?"

"那是当然啰,因为乡下只能面对村民或是町人①嘛。"

两人穿过山门,来到两旁种有赤杨的大路上。道路一侧是肮脏的沟渠,步行经过时,几只青蛙迅速地从草丛跳进了水里。水面漂浮着青黑色的苔藓和水藻。

透过半开的日式拉门,露出一位姑娘白皙的侧脸,她正嘎吱嘎吱地纺着青缟。

"那个寺院的正殿旁还有屋子吗?"从那扇门前经过时,清三问道。

"有呢,六张席的。"朋友回头说。

"你说怎么样?不知能不能让我住那儿。"

"应该行吧……之前有个巡警一直租着自己做饭呢。"

"那个巡警已经不住了吗?"

"听说前不久调去岩濑上班了。"

"你和住持有交情,能帮我问问吗?我也自己做饭,不需要提供饭菜,只要把房子租给我就好了……"

"主意不错!"荻生君也表示赞成,"这里出发的话,离弥勒不过两里,周六回行田也不是很远……"

"而且还能向住持多多请教呢。比起住在弥勒附近无聊的乡

---

① 町人。日本江户时代住在城市的手艺人和商人。

下，这里应该好许多吧。"

"是啊，我也有个能说话的人。"

荻生说好在下周一前帮忙打听，两个朋友在警察分署的拐角道了别。

十二

昨天下午，学校发下半月月俸。清三放着银币和铜钱的钱包哐啷哐啷直响。这个脏兮兮有些脱线的旧钱包里从没装过这么多钱。一想到这是自己第一份工作所得，清三便感到了不同的分量。他叫住正要去厨房的母亲，从怀里取出钱包，将纸币和银币共三元八十钱一一摆放在母亲面前。母亲喜不自禁地看着儿子，由衷地说："你能工作挣钱了，真是太让人高兴了！"儿子又说剩下的半月工资会在四五天后下发："乡下地方没办法。听说有的还要分成三四次发下来……小里小气的。"

母亲恭敬地捧起那些钱，起身供奉在佛龛前。佛龛前的小花瓶里插着杜鹃话和棠棠花。清三看着母亲的背影，小圆髻中近来又添了不少白发，想到温柔的母亲饱经生活的狂风暴雨，不免心生怜惜。他还不禁想起，自己每次听闻朋友中学刚毕业就到东京去的消息时都无比羡慕，也想起生活困窘的双亲给予自己万般慈爱的往昔。

那个周六过得很愉快。母亲出门买来清三喜欢的豆馅包子，并沏好了茶。脸上布满细纹、笑意盈盈的母亲和苍白羸弱、笑容清冷的儿子面对面地坐在长方形火盆前。清三告诉母亲，如果对方应允，从下周开始他就去羽生的成愿寺借宿。清三还把学问渊博的年轻方丈以及荻生君的事讲给母亲听。母亲则说，想要在清三搬去寄宿前替他洗好卧具和衣物，并给他做一件夹袄。接着还谈到父亲买卖的不景气以及清三幼时阔绰的家境。

晚上，清三买了点心去找郁治。雪子笑脸相迎。书房里的话题源源不断，清三和郁治感情亲密，即使重复同样的话题也不觉乏味。只要能面对面坐着，对于两人而言就已经快乐无比了。两人聊起《行田文学》，又谈及山形古城。这时，昨天正好回到家的父亲走进房间，"小林，怎么样啊……学校那边还顺利吗？"

郡督导接着说："那所学校没什么勾心斗角的事，应该还不错吧？校长是明治二十七年的毕业生，是个比较知书达理的男人……在村里的评价也不错。"

雪子进屋斟茶，她从袖兜里取出一张明信片给两人看。"浦和的美穗子今天给我来信了。"美穗子就是那个Art君。雪子还不知道哥哥的心事。

明信片上是《女学世界》里刊载过的以初夏为主题的照片——在新绿的树荫下，一个时髦女郎撑着流行的小伞静静伫立。信的内容没什么特别：

"雪子，你还好吗？来到这里已经两个月了。寄宿生活——真是其他人想象不到的辛苦。我时常想起今年春天，咱们一起游玩的情形。久疏问候，实在抱歉……美穗子。"

清三将明信片放到榻榻米上，"这次你也要去浦和了吧？"

"我可不去。"雪子笑着说。

清三在漆黑的归途中又想起了那个笑容。相对而坐不过片刻，油灯照着雪子的侧脸，有一种以往不曾见到的美。雪子有时会一本正经地板着脸，清三对此曾感到不悦，然而今晚，那样的雪子看起来反而更显娇美。接着，清三的眼前又浮现出美穗子的脸，并渐渐与雪子的脸重叠在一起……田坎上蛙声一片，镇上医院的灯光从二楼的窗户里倾泻下来……

小镇后面有座小寺院。跨过院门便能看见厨房的稻草屋顶和饱经风雨的黑色拉窗。正殿里的如来佛像闪着黑光，木鱼摆放在红色薄毛呢的垫子上。寺院背后的墓地地面被竹丛分割开来，墓石上蛞蝓爬过的痕迹依旧清晰。清三弟弟的墓就在这墓林之中。

弟弟是前年春天十五岁时过世的。他生了很久的病，眼见着日益消瘦，脸色也一日比一日苍白。医生的诊断书里写着肺结核，然而父母却说家族血液里没有这样的病，不相信医生的诊断。清三时常想起年幼的弟弟。比起弟弟离世的悲哀，清三更深的感受是——如果弟弟还活着，自己也有个说话的伴儿，那该有多开心。每当思念涌动，清三总是带上鲜花去坟头看望弟弟。

周日一大早，他带着莽草和棣棠花出了门。他在厨房借来水桶，舀了水，自己提到寺院后面。弟弟的墓碑还未立起，只有饱经风雨已经发黑的墓标冷冷清清地立在坟头。父母似乎很久没来祭扫，插花筒已撕裂，往里倒水也不顶用。

清三在弟弟的墓前久久伫立。五月的新绿将四周装点得生机盎然，竹林中只听见老莺的啼鸣。

午后，清三去了印刷厂，还拜访了石川。倘若今天不回弥勒，明早最迟也得凌晨四点出发，否则就赶不上上课的时间。虽然清三很清楚这点，却依旧不愿回去——他不愿舍弃与好友畅聊的快乐，回到那个没人说话的地方。不知不觉间，时间已悄然逝去。

晚饭后，清三出门去了澡堂。回家途中又去找郁治，两人在暮色笼罩的田野中散步。

乍眼看去，古城址似乎已失去了往昔的轮廓。牛奶店的小牧场里五六头奶牛哞哞地叫着，相邻的青缟机业公司狭长的建筑里清楚地传来夹杂着女工歌声的织布声。夕阳照在昔日的古城门上，照在年年被田地侵蚀、变得像里川一样涓细的池沼上，如绘画般绚丽。池沼的水面明暗斑驳，满是吐露嫩芽的芦苇、芒草和香蒲。走过池沼上的木板桥，一条细细的田边小道曲折蜿蜒，通向原野。路上拉车而来的村民脸上也被夕阳镀上了一层金色。

两个人穿行在麦田和桑田之间，有说不完的话。不知不觉间已来到了士族宅邸附近。

房屋稀稀落落。留存到今日的士族已经很少。从前房屋鳞次栉比，而今却像晨星般星星点点散布在田间。穿过旧式的黑护墙、白墙，穿过高大的栗树、柿子树、井字形井壁以及稀疏的矮树篱，来到低矮屋檐下的旧檐廊，清晰可见贴着文人字画的扇窗。夏日经过时，藩篱上盛开着耀眼的红蔷薇，崭新的青竹帘悬挂在檐廊边，风铃摇曳，带来阵阵清凉。秋日浓雾弥漫的清晨，可以听见桔槔嘎吱嘎吱汲水的声音，墙边垂下的黄色荔枝已熟开了口。琴声也屡有耳闻。

这片士族宅邸中依旧住着旧时的士族后代。他们中有人出入官场，有人做了小学教师。既有守着财产虚度光阴之徒，也有以小规模养蚕为生之人。甚至有人依靠放贷度日。

路边有户富贵人家的府邸。珊瑚树藩篱生长茂密，看不清府内情况，但依稀可见白墙的土窑仓库和高高的屋脊。从大门往里瞧，玄关豪华气派，小鸡正在鸡棚边觅食。

两人沿着藩篱步行。

在藩篱的尽头，一条窄窄的小河正缓缓流淌。岸边的杨柳枝垂落水面，泛起阵阵涟漪。小河拐弯处，有座窄小的木板桥。美穗子的家离此处不远。

"去看看吧。今天北川在家吧。"清三邀约朋友前往。

北川家前面是一条乡间大道，面向开阔的原野。黑色大门已显陈旧，茅草屋顶的房檐低矮，地基有些变形。庭院中松树、扁柏、山茶等生长繁茂。今年的一月至三月间，年轻人们经常来北川家里玩和歌骨牌。其中就有美穗子的姐姐伊与子、妹妹贞子、还有一个叫国府的人的漂亮妹妹友子。郁治、清三、石川、泽田以及美穗子的哥哥北川等年轻人常和这群少女一起，挤在八席的榻榻米房内玩骨牌。在竹筒底座燃烧着半寸灯芯的油灯底下，他们头挨着头，专注地抢牌。美穗子的母亲头发斑白、戴着眼镜、气质优雅，她总是带着桑名口音不厌其烦地大声给年轻人读牌。吃茶点时，柑橘和什锦饭中的生姜让一座人看花了眼。回家时已过了十一点。年轻的男男女女走在寂静的士族宅邸区的竹林小道上，大声说笑着回家。

北川去了澡堂不在家。"啊，欢迎欢迎……他应该很快就回来了。"母亲说着，微笑着将两人迎了进去。那个笑容让郁治想起了美穗子的笑脸，声音也很相似。

两人被带到面向庭院的北川的书房。父亲大概出门了，不见踪影。

母亲陪着两人说了一会儿话。

"听说林君你去了弥勒那边，挺好的……你母亲应该很高兴吧?"她如此说道。

还提到了在浦和的美穗子。

"尽管她父亲总说女孩子读书没什么用，但她根本不听话……不过总归是女孩子，成不了器也很正常……"

"她还好吧?"清三问道。

"嗯，还是那么疯疯癫癫的不像样。"母亲笑着回答。

接着，母亲又问了郁治，"雪子还好吧?"

"还是老样子，无所事事。"

"让她来玩吧，贞子也很无聊……"

闲聊间，北川从澡堂回来了。他个头高大，额骨突出，手织的棉袄外套着件碎点花纹的羽织。他总爱在闲聊正酣时尖声大笑。与石川、清水不同，北川对文学不太感兴趣。在学校时他就是有名的运动健将，打棒球等运动在班里无人可及。他向往成为军人，刚毕业就拼命学习，当年四月参加士官学校考试，却因数学和英语未被录取。然而他并未沮丧，说是等九月开学要去东京找个合适的学校，做足准备。

三人开怀畅聊起来。然而这种聊天与清三、郁治间的聊天有很大不同。虽然同样亲密，但也仅限于同学间的亲密，虽说敞开心扉彼此却无法袒露心底。

聊得最多的还是学校的事、对未来的向往和准备考试的话题。北川聊起在东京参加士官学校入学考试的事。"考试时间很紧，真是伤脑筋。英语听写只念一遍就让答题，太可怕了。而且考场太大，声音很散，听不太清，让人很慌乱。加上代数也难得离谱！"

他将代数的二次方程式记在笔记本里，此时在桌子的抽屉、壁橱还有文件匣里来回翻找，终于找到了拿给两人看。考题果然很难，连擅长数学的郁治也一筹莫展。

北川擅长汉学。他的父亲是藩里屈指可数的汉学家，以前常作汉诗，现在在镇上的村公所做事，不再写诗了。三年之前，他曾教镇上和士族的孩子们诵读四书五经。下午三点到日落之前，他们家的藩篱外总能听到蜂鸣般的诵读声。那时美穗子常常系着红色薄呢裙带，梳着小辫儿，在大门前和附近的朋友玩。清三也是在那个时候看到了美穗子美丽动人的大眼睛。

郁治和清三辞别北川已是夜里九点。年轻人之间永远不缺乏话题。两人出门后默默地走了一小段路。幽暗的竹林小道沙沙作响。郁治和清三的心里都惦念着此时正在浦和学校念书的美穗子。清三暗暗地想："当时——当郁治袒露心意时，我为什么不把自己也爱着美穗子的事向他坦白呢。"然而美穗子还不知道朋友的想法。在意中人还不知道自己心意之前却被别人告知了心事，这点让清三尤为苦闷，但他没有深究下去。有时他会想："一切尚未尘埃落定，试试看，说不定会有转机……希望并没有完全消失。"有时，他也有为了朋友牺牲自己的想法，或是祈祷朋友恋情失败的念头。但无论从他的性格、家庭情况还是目前的情感状态来看，那份爱都算不得炙热。

但这个夜晚，两个人都不可思议的心动了。虽然走路时一言不发，可是内心都有千言万语。快到原野时，有一段路因昨天的降雨而变得湿滑难行，低齿木屐总陷入泥泞之中。

"路不好走啊。"两人一边说着，内心却仍旧想着美穗子的事。

对郁治而言，他渴望将暗恋女孩的烦恼毫无保留地向朋友倾诉。他曾想着，倾诉之后心里多少会平静些吧。然而不知为何，此时的他却并不想将此事坦白地说出来。

两人依旧默默前行。

古城址的树林看上去黑漆漆的，只有池沼的水面在黑暗中闪烁着点点星光。芦苇和香蒲在夜风中沙沙作响。不远处的小镇灯火阑珊。

从公园走到镇上，这时两人已经不再沉默了。郁治用低沉的嗓音开始吟诗，这是他素日的专长，诗中能隐约听出他内心的激荡。来到分别的街角，两人都意犹未尽。"来我家喝点茶再走吧。"听到清三的邀约，郁治便跟着回了家。

清三的母亲正对着裁衣板忙碌着手中的零活儿。她端来茶水，清三和郁治两人又聊了一个多小时。年轻人的心事总也聊不完。十二点的钟声响过，清三将起身告辞的郁治送到了澡堂拐角处。小镇的街道清冷寂静。

翌日，母亲和清三都睡过了头，时间已过七点。清三匆匆扒了几口茶泡饭就出了门。然而毕竟有四里长路，任凭怎么赶，抵达弥勒时早已过了十点。太阳已经升得很高了，阳光洒在学校的玻璃窗上，校长讲授修身课的声音清晰可闻。清三匆忙走进负责的班级，学生们正吵吵嚷嚷地打闹着。

十三

熊古镇也有很多清三的好朋友。例如小畑、樱井、小岛——特别是小畑，与清三、郁治都交情深厚。自从毕业无法见面开始，他们几乎每天都有书信来往，信中或是开开玩笑或是讨论问题。每月清三都会去熊谷一两次。

从行田镇到熊谷镇有两里半的行程。道路沿着清澈满溢的水渠往前延伸。一路上，田地和村庄连绵不断——田地旁有村庄，村庄前面又接着开阔的田地。夏天，路边有农户在自家晒坝打麦子，还有结着金色南瓜的农田、富农家白色墙壁的土窑仓库……晴朗的秋日，满载稻谷的货车吱嘎吱嘎地从农田开到村庄，黄灿灿的农田丰收了，用布巾包着两颊的乡下姑娘停住手中的镰刀，眺望街上穿行的人流。街道熙熙攘攘。往返于熊谷行田间的公共马车、青缟商收购棉布的货车、有钱人家的时髦自行车以及乘车的各色人等都在大街上川流不息。年老力衰的车夫拉着两个去镇上买货的乡下老婆婆，吃力前行；黑衣车夫的豪华人力车上，留着胡须、医生模样的绅士气宇轩昂。

正值插秧时节，小雨淅淅沥沥。反复翻犁的泥田里可见几个并排着的低头俯身的圆顶斗笠，风中传来嗓音清脆的插秧曲。耕种后的田野一片嫩绿，清新秀美。田埂上、街道旁，不时可见一簇簇栽种剩下的秧苗。五月晴天里村里农户的屋檐下和房顶上都晾晒着白色的蚕茧。

水渠旁有一间清凉惬意的休闲茶室，巨大的榆树绿荫如盖，店里的水桶里浸泡着本地出产的甜瓜。浅底水桶内还盛放着石花菜凉粉。走过没有绿荫遮盖的炎热小道，清三回忆起自己脱掉汗涔涔的小仓制立领夏服，尽情吃瓜的甘甜。他还记得店里的老婆婆有个去了东京赤坂工作的女儿。

环绕关东平原的群山美景——景致之美，令人难以忘怀。秋末，不明来处的落叶在路面上翻卷。二三月间，群山披上春天轻薄的霞光，有种别具一格的美。赤城山近，而榛名山远。阳光普照下白雪皑皑的山峦，如羊毛般在浅见火山摇曳的白雾，夕阳照在足利附近的群山崎岖的山襞上，流溢生姿。从行田到熊谷上学的中学生们就往返于这美景之间，嬉笑打闹着回家去。

旷野的尽头，映入眼帘的是熊谷镇上的瓦屋顶、烟囱及白色墙壁的房屋。熊谷有着行田无法比拟的热闹。房屋排列整齐，富人众多，人口也有一万以上。设有中学、农业学校、法院、税务管理所等机构。每逢火车进站，去往行田方向和妻沼方向的公共马车早已停车待客，随后响起尖利的喇叭声，在镇上的大道上咯噔咯噔地疾驰而去。夜晚的商店华灯初上，日用百货店、洋货店、布庄等琳琅满目，料理店内传出欢快热闹的三味琴声。

熊谷镇是清三的第二故乡。八岁时离开足利，一家人栖身于邮局对面一条小巷的深处。那条小巷带给他许多回忆。小巷里住着邮局的杂工、跑腿儿和日结短工，还有山形出生、四处辗转流浪却一口家乡方言的健壮的老婆婆。从八岁到十七岁——从小学到中学二年级，清三就住在那个三间分别为六席、八席和三席房间的窄小房子里。小学在一条背街小巷中。从大明神华表的右手边进去，踩过蹬蹬作响的下水沟盖板，沿着小路走到粗点心铺前的拐角左转，再前行少许，就能见到一栋两层的大楼及带有秋千、木马的操场。学生的吵嚷声不绝于耳。

校长胖乎乎的脸、副校长不苟言笑的脸和体操老师笑容满面的脸而今依旧历历在目。盛装前来参加毕业典礼的女生中有三四个是清三所喜欢的。其中最为亮眼的是穿着紫色箭羽碎纹和服搭配绛紫色裤裙的女孩。她来自近郊，听闻是农业学校校长的千金。清三中学一年级时，女孩一家搬去了长野，从此在镇上再也见不到那样清澈的眼眸，只在清三的记忆里不时浮现。

另有一人是艺伎的女儿，大家叫她小泷。前年开始自立挣钱，成了镇上屈指可数的名妓。

有时在路上偶遇盛装陪酒的小泷，她总是娇笑着寒暄："失陪了，林君。"中学毕业的庆祝宴上，小泷也来了。弹奏了三味线，吟唱了小曲儿，歌声婉转动听。坐在旁边的小畑将醉醺醺的脸凑上去说："小泷是我们的艺伎，是吧，小泷？"小泷做出一副打人的样子，"讨厌啦，小畑，你一直欺负我，我都记着呢。"这时，有人突然发问："在同学中，你最喜欢谁呀？"同学们几乎都围着她。然而小泷并未有片刻犹豫。"喜欢谁呢，这个问题嘛……当然是林君呀！"小泷也醉了。随即爆发出雷鸣般的喝彩声。打那以后，每逢清三见到小畑、樱井、小岛他们，小泷总会成为话题。后来他们写明信片寄来时也总在末尾写上"小泷君怎样？还好吗？"之类的话。清三也半开玩笑似的，将"小泷"改为"白泷"，作为自己的别号，写在日记的封皮上或是给书信署名，还特意作了首五七调四行五节的新体诗，特意给小畑寄去。

清三有时也认真思考过艺伎的事。每当这时，他总是把自己和小泷联想在一起。他曾幻想过一幕幕浪漫的情节，也曾想象艺伎不能守住节操和肉体的悲惨命运，并流下同情的泪水。清三并不了解艺伎。

他还清楚地记得从熊谷移居行田的事。父亲从外面回来，突然说今晚就要搬家。母亲问："明早搬不是更好吗？"然而父亲却回应，不能白天公然搬家。熊谷的八年生活，只给家里留下一笔不少的债务。父亲咣啷咣啷地带着仅有的一点钱出门雇车去了，留在家里的母亲和清三悄悄地打包行李。冬天的寒月照在长长的行田大街上。两台车和一家四口的影子寂寞地落在黑色的地面。清三禁不住悲伤地想："这影子就是一家落魄的缩影吧。"那晚到达行田的新居时已是大约夜里十二点。站在没有灯光黑漆漆的拉门前，清三的眼泪沿着脸颊止不住地簌簌下落。

然而不管怎样，日子还得过下去。那之后又过了四年。行田那个狭小的房子,住惯了也并不生厌。他常常想起行田现在的家、熊谷的家,还有足利的家。

熊谷的房子现在还在,一对老夫妻住着。从前常去的松之汤澡堂已经修缮一新,快认不出来了。大街上的杂货铺里坐着迎客的还是以前那个娇媚的老板娘。种子店老板的女儿梳着檐发不苟言笑地缓步而去。药材铺的老头依旧摇晃着光头呵斥着儿子和学徒。邮局的汇票领取处,一个女孩系着黑缎子和毛呢做的两面用腰带,正焦急地等着汇款,木屐把水泥地面踩得咚咚直响。旁边还有条熟识的白狗,耷拉着脑袋趴在地面闭着眼睛睡觉。邮递员扛着粗布邮政袋走进了邮局。

清三的同窗好友中,小畑是郡公所官员的公子,小岛是镇上有名布庄的少爷,樱井家境富裕,他的父亲原是行田的藩士①,明治初年在此地购买了地皮移居过来。此外还有酿酒屋、米店、纸铺、法院法官的儿子等等。他们大多是清三从小学时代就认识的朋友,因此比行田的朋友们更加亲密。小畑的家与镇上的停车场相邻,从他家可以看到熊谷坝上的名花。樱井家在莲正寺附近,终日都能听到参拜时鳄口铃②的声音。清三每次去熊谷,一

① 藩士。藩属武士,江户时代大名的家臣。

② 鳄口铃。扁平、圆形中空的铃铛。吊在神社、佛堂的正面,参拜者可拉绳敲击。

定会去拜访这两人。两家的家人总是热情款待，说话间言谈恳切，无所介怀。吃饭时也总是默默送来餐食，夜深了清三就与朋友同床而眠。

"怎么啦？哭丧着一张脸。"

"怎么搞的？"

"怎么老气横秋的？"

"查到什么了没？"

"你脸色看上去很差呐！"

一到熊谷，到处都能听到这样活力满满的话语。他们充满朝气的脸上还残留着中学时代的烙印，玻璃窗下、操场上、茶水间聊天时依旧有源源不断的暗语。

他们还这么说话。

"L怎么样了？"

"还在，是嘛，还在啊？"

"仙骨还在迷恋那位小姐，真是可笑得不值一提。"

"那位最近留了胡子，走路还拄着拐杖呐。"

"杉完全长成一个美男子了，你知道吗？"

这些在旁人看来一头雾水的说话方式，在他们之间却能无碍交流。

熊谷镇与行田、羽生相比更为热闹、商业兴旺，因此这里的同窗好友中做小学老师的非常稀少。他们中有人系着角带，成了老字号的年轻掌柜，此外大多数人都忙着备考高等学校。年轻人的脸上充满朝气与活力。与他们相比，清三时常感到自己意志消沉。从熊谷到行田，从行田到羽生，再从羽生到弥勒，他感到自己的活力正在消失殆尽。他总被寂寞的思绪包围着，走在漫长的回家路上。

不同地方的人，类型、面色和谈吐也大不相同。同样都是赚钱的话题，弥勒的乡下人只会说些蝇头小利的话。提到小学校长，就觉得出人头地了。校长自己也洋洋得意，满足现状。清三禁不住把熊谷见到的朋友、在行田聊天的人以及在弥勒见面的同事做了比较。他想到自己如今的处境，痛感理想在现实面前不堪一击，心中顿觉凄凉哀伤。

一个周日的上午，清三与小畑、樱井一起去了趟中学。中学在小镇的郊外，是一栋两层的大楼，有木马、单杠和秋千。操场上，穿着小仓制立领制服的寄宿生稀稀落落地走着，教室一片沉寂。茶水间里还是那个板着脸的校工，人送外号"般若①"。舍监"宁将军"也在。数学老师正在值班。二楼的楼梯、长长的走廊、教室的黑板、玻璃窗外只见树梢的梧桐树，无一不让人怀念。他

① 般若。能乐脸谱之一。头上有两角的鬼女面，表现愤怒、嫉妒、苦恼的情感，据传创作者是般若和尚。

们一边在校园里晃悠，一边聊着陈年往事。

值班室里聊了一个小时。被问到同学的事，三人都各尽所知，一一尽述。同学中十人去了东京，十五人留在家乡，八人成为了小学教员，还有五人不知去向。三个人去礼堂拉了风琴，又去操场投了会儿球。

分别前，三人走进以前常去光顾的"青柳庵"面馆。里面的房间正对干净的小庭院，枫树的嫩叶衬得人脸色发青。三人点了小笼屉荞麦面加生鸡蛋，还有一壶酒，畅快地吃起来。

"前两天，我遇到小泷了！"小畑看着清三的脸，"听说这位小姐最近很受欢迎，大概算得上是本地的头牌艺伎吧。我刚路过澡堂的小巷，就看到她笑眯眯地走过来，正要去陪客人的样子。"

"没问你林君怎么样吗？"樱井从旁笑着插话。

清三也笑了。

"Y怎么样了？"清三接着问道。

"还是那么痴情呗。"

"已经有婚约了吧？"

"两个人应该说好了吧，但是听说双方家里都不同意呢。"

"这就有意思了。"清三想着，"Y以前不是和V好过吗，现在变成这样，真是造化弄人啊。"

"V怎么样了?"樱井问小畑。

"他呀,去了足利。"

"进公司了吗?"

"听说进了家什么机械公司。"

三个人又点了天妇罗荞麦面。

"Art君怎样了?"小畑问道。

"在浦和啊。"

"那个我知道。我问的她怎样,不是你说的那个意思。"

"嗯,这个嘛……"清三点了点头,"还是老样子呗。"

"因为加藤也是个胆小鬼呐。"小畑也笑了。

一壶酒下去,三人的脸都红了。小畑叮铃咣当地从金属卡口的小钱包里掏出银币和铜钱结了账。可爱的女招待随即端来了面汤、牙签和找零。

那天下午四点过,清三走在行田和羽生间的乡间小路上往弥勒赶。阳光洒在田野上,对面的村庄绿叶青葱,熠熠闪光。然而他的内心却落寞哀伤。他满怀希望地前往熊谷,又怀着落寞的心情返回弥勒,他心下将两者做了比较,愈加羡慕那些朝气满满的朋友。

十四

"六月一日，今天搬到成愿寺。"清三在日记里写道。荻生君找住持商量了许久，事情得以圆满解决。住持说，寺院人手不足无法提供饮食，但寺里有的东西如果需要尽可使用。还特地把桌子、火盆、棉坐垫、茶具等借给了清三。

正殿的左右各有一间六席大小的房间。右边那间向阳，冬天暖和，夏天却十分炎热，于是借住到左边的房间。住持从院内各处卸下合适的拉门替清三装上。住持夫人把水桶提到长廊为他擦拭榻榻米。桌子摆放在房间的正中位置，家里带来的书柜放在桌旁，茶具整齐地放在方形火盆上，一间惬意雅致的书房就大功告成了。正巧邮局没事，荻生君请同事帮忙照看，自己赶来庭院拔草。清三从学校下班回来时，庭院已收拾妥帖，清三、住持和荻生君围坐在茶具旁边，一面说笑，一面欣赏着这焕然一新、窗明几净的房间。

"收拾得太干净了。像是换了间房似的。"清三笑呵呵地说。

"荻生君拔的草哦。"住持笑着说道。

"荻生君？那真是辛苦你了！"

"哪里哪里，我本来就对除草、打扫庭院很有兴趣。"荻生君说。

荻生取出特产——裹着竹叶、以饼做馅的饼果子。"那就承蒙款待咯。"清三一面说着，一面抓起一个、两个、三个，大口大口地吃起来。午餐只吃了便当，加上长途跋涉，他早已饥肠辘辘了。

那天晚上，寺里为他们准备了晚膳——芋头加竹笋的炖菜，配以土当归做的酱汤。住持让人把自己那份也拿到了清三房间，外加两瓶啤酒，三人围坐一席，共进晚餐。席间话题不断。文学、人生、附近的事、小学的事、还聊到了住持颇有心得的禅学。住持倚靠在靠近庭院的柱头上，暮色中脸色有些苍白。

忽然一个小和尚从走廊疾步走来，进到屋里，递给住持一通电报。

住持急忙撕开封口，读完后脸色大变。

"大岛孤月死了。"

"孤月先生他……"

两人都惊得睁大了眼。

提到大岛孤月，文学爱好者几乎无人不晓。他是某书店老板的女婿，比起作家身份，更广为人知的是势力强大的书店经理身份。去年秋天他曾周游西方诸国,一个月前才回到日本。报纸上曾热烈地报道他的送别会和欢迎会,杂志上也有各种详稿。这里的住持待在东京时,大岛先生颇为关照,不仅买下手稿,还将住持安顿在自己家里。

"今天已经去不了了。"

"是啊,已经没有马车了。人力车太辛苦……即使坐火车,到了那边也不好办吧。"

住持想了想。

"那就明天吧。"

"明天去也行的话,那就先坐明早的马车到久喜,然后换乘奥羽线的第二趟火车。"

"从行田走,去吹上换乘不是更方便吗?"

"不,还是久喜方便些。"荻生说道。

住持看似心意已决,不久感慨道:"人呐,谁都不知道自己什么时候走。"

"虽然听说了他生病住院的事,但做梦也没想到他会死。大岛先生生活幸福,踌躇满志,正是要一步步实现自己抱负的时候。"住持说完,想到自己归隐乡村寺院的初心,不由得黯然神伤。

"人生在世,宛若在蜗牛角上一较高低——我在东京时,深深痛恨这一点。或是利用他人弱点,或是拉帮结派构陷他人,为了出人头地碌碌终身。实在可悲可怜！这世间的好不是真的好，坏不是真的坏，幸福也不是真正的幸福。无论什么样的人都是人，有各自的慰藉和幸福，也各具价值。用不着为了追求名利，终身碌碌。比起名利，为了理想而活的人才是真正了不起的人。为了理想，哪怕生活落魄，甚至牺牲，也是更有意义的事情。"

"的确如此啊！"清三被住持的这番话深深地打动了。

"真是不幸的人！"住持不由得自言自语地感慨道。住持清楚大岛在世时显赫的地位，更了解他成功背后的隐忧。他平时总是油腔滑调，喜欢嘲讽别人。才三十四五的年纪，已经尝尽了世间的辛酸，棱角尽失，心境与年近四十的人无异。可以想见作为豪门女婿内心的寂寞和烦恼。"无论如何，人终究会死……想到这个，就觉得毫无意义。"住持感触颇深。

因为大岛的事，那个夜晚整间屋子都弥漫着哀伤的氛围。不久住持回了房，清三和荻生君的聊天中也满是空洞的大道理，不复往日的轻松。

两人对着油灯久久地沉默。

第二天一大早住持就出了门。

此后，大岛孤月因病去世和葬礼的报道屡见报端，清三每次读到都思绪万千。他并未被大岛的作品所打动，只是想象作为出版界颇有影响力的大人物大岛的死带给文坛的影响，并将自己崇拜的明星派作家的郁郁不得志与之相比较。有时清三会想："虽说不幸，但是死后有那么多报纸报道也是一种荣耀吧。远比悄无声息地出生、了无痕迹地活着、最后悄然逝去的大多数普通人要强。"

那段时间，时而下雨时而刮风。雨天，正殿四周一片新绿，清新秀美。僧寮高高的屋顶上挂着白铁皮水管，雨滴顺着水管簌簌下落；风起的日子，寺院后边的树林沙沙作响，仿佛置身海边。一早一晚，马车驿站旁一家名叫"米寿司"的小餐馆都会派一个年约十三四岁、系着红薄呢腰带的女孩给清三送来便当。不久，行田的家里也把卧具、桌子和书箱等寄了过来。

清三从寺里出来，径直走到小镇的大街上。他从拉门上写着"宽面条"的脏兮兮的小餐馆一角拐进背街小巷，穿过碓冰社分厂的养蚕车间时，细烟筒上正冒出袅袅白烟。他走过挂着怪异檐灯的料理店，来到桥边水渠处。有时去往大越的马车刚好停靠，他便讨个便宜，搭马车去学校。

五六天后，住持从东京回来了。葬礼的情形，虽然报纸上已有报道，但听住持讲起，更有历历在目之感。据说无论是文坛巨匠还是新秀都悉数冒雨参加了葬礼。大雨滂沱间，各色纸花、鲜花在新绿之中越发明艳，宛如一幅画卷。值得一提的是，寺院的正殿狭小，没能进去的人们，都在雨滴急坠的屋檐底下，撑着蛇目伞或是金属架的绸伞静静等候。和尚念了很久的经文，接着是烧香仪式，而后大岛的棺材终于被抬到了寺院后的墓地。通往墓地的小路上铺着新草席，身着白色丧服或和服正装的人正在雨中来来去去。某位小说名家倚靠着柱子，神情哀伤。大岛生前最亲密的画家朋友忙着在各处张罗，和服羽织早已被雨水湿透。"知道吗，我受到很大触动。辛苦到头，终于迎来良机，然而正是大展宏图之时却意外离世。"年轻的住持说道，"追名逐利、尽染尘埃，也是无可奈何……再怎么风光，一旦死去，也不过在众人那里讨得几滴眼泪而已。死去万事空，得到再多眼泪又有何用？"住持的眉头紧锁。

那晚，清三思考了许久。"名誉""良机"，正是年轻的他眼下所仰望和唯一向往的。然而今晚，那种野心和希望似乎得到了另一种答案。他翻出那本脱了线的藤村的《若菜集》，专心致志地读起来。

正殿里的如来佛像庄严肃穆。

十五

寺院后边的树林中有块芦苇丛生的沼泽，这个曾经的池塘如今却泛着黑里透红的微光。时值六月末,苇莺不知从何处飞来,在此鸣唱。

寺内以养蚕作为消遣。厨房八席大小的一间房内铺满草席,柱头上悬挂着测量温度的温度计。住持夫人裹着白头巾,早晚都去寺院后边的田里采桑。接连下雨的日子里,稍一放晴,住持就会一同前去帮忙。湿漉漉的绿叶像小山般堆积在厨房的大木板上,待小和尚一一擦拭之后,住持就用切割桑叶的专用菜刀将其细细切碎。

蚕茧快上市了,小镇顿时活跃起来。连平素熄了火似的僻静小巷,也到处张贴着"蚕茧收购处"的薄纸。附近蚕农蜂拥而至,行情日日有变化。一个约莫四十上下、留着络腮胡的掮客用秤称过后,将鲜白的蚕茧摊开在草席上。有人拿着铜钱硬币,哐哐啷啷,爽快地付了账。自中午起,料理店内就一直传出三味线的琴音。

这是一个周日。郁治从周六晚开始留宿。他带来了刚出版的《行田文学》的创刊号,因此从昨晚开始,大家就频频提起文学的话题。然而,十点刚过,山门的石子路上就传来人力车哒哒哒的脚步音。寺院之前从未有车进入,清三觉得奇怪,便打开了正殿的大门。在僧寮的入口处一个身穿白呢绒背心、戴着意大利式麦秆草帽的肥胖男人和一个穿着发白外套的高个子男人叫停了车夫，正准备下车。不久有小和尚来报，住持很快就迎了出来。他的声音、语言和神情，无不透露出故友久别重逢的喜悦。

来客中一位是来自东京的著名作家原杏花，另一位叫做相原健二的，是有名的《太阳》报的记者。两人均是住持在东京时候的旧友。

清三的房间隔着中庭的绿植与僧寮的客厅相对，能清楚看到住持和客人交谈的情况。绿叶之间，白纱夏装影影绰绰，欢笑声不绝于耳。这西服和笑声，都让年轻人艳羡不已。

"原杏花原来这么胖啊。可是竟能写出这么细腻的文章，真是意想不到。"郁治笑着说。

去厨房一瞧，夫人和小和尚正忙着准备饭菜，住持也不时抽身过来指挥。米寿司店的年轻伙计用提盒装着鲜嫩的鲤鱼片送了过来。路边的酒肆则提来了嘴长腰细的陶瓷酒壶。小和尚正在扇旺土灶及烧洗澡水的炉灶的炉火。素日里空荡荡的厨房难得地充满了生气。

酒席终于开场。人们的谈话声愈发高亢，住持也与往日不同，笑声格外爽朗。

快到晌午时，主客均有了醉意，欢笑声仍不绝于耳。

穿过檐廊入厕的客人面红似火。不一会儿，住持开始吟诗，却并不高明。随后传来的声音则更为清亮，似乎在吟诵《琵琶曲》。

年轻人结伴去了镇上。只要到月末结账的米寿司店，哪怕兜里没钱，也能喝上一两瓶酒。这家位于近郊的小餐馆里屋有个六席的房间，散放着衣服呀小孩的尿布之类的东西。老板娘迅速地将房间收拾干净后，两个年轻人坐在旧衣柜和行李箱的旁边，对着巴掌大的庭院，就着生干鲣鱼片做的炖菜喝酒吃饭。

归途中，两人决定去邮局找荻生君。然而面红耳赤，不便在镇上的大路上行走，于是择了背街的田间小路前往。麦田已经收割了一半，桑树枝叶繁茂。然而荻生君去了熊谷，并不在邮局。两人只得从田野折返。小河上浮着绿藻，小鱼悠然地在河里游来游去。

回到寺院，僧寮依旧在饮酒宴客。喧嚣声不绝于耳。高个子拉着住持的手，似乎要领他去哪儿。西装革履的原杏花从后推搡。不知何时，住持已经换上了袈裟。"好了，好了，你们那么想听经文，我就念吧。但是你们俩必须敲木鱼！"住持也醉得不轻。

"没问题，没问题。木鱼我来敲。"杂志记者说。

三人互相搀扶，东倒西歪地沿着长廊来到正殿。住持夫人和小和尚都从僧寮里出来，笑着欣赏三人的醉态。正要从走廊跨进正殿时，被台阶绊了一下，于是三人如多米诺骨牌般纷纷跌倒，摔成一团，随后哄然大笑起来。

杂志记者拿起木槌敲起了木鱼。咚咚咚咚，节奏感十足。住持和原姓文学家见了打趣道："敲得不错，像曾经敲过似的。"杂志记者一边敲着一边回答："那是自然，我在寺里做过三年小和尚嘛。"而后嘴里叽里咕噜摆出一副念经的架势。

"和尚——不是必须得念经嘛。"说着继续咚咚咚地敲木鱼。

住持和原先生在如来佛像前站了一会儿，又走到古老的牌位前驻足，畅聊闲叙。历代僧人牌位的正中间，有一位中兴本寺、面貌威严的僧人木像，怒目圆瞪，住持聊起了这位和尚。原来这座正殿曾经在上代时烧毁，而后又重建，这位和尚的弟子中还有人去了越前的永平寺。薄呢垫上放着叩钲，旁边是秃头的宾度罗[①]尊者。原敲起叩钲，铛铛作响。

因被杂志记者缠着念经，住持瞄准时机逃回僧寮去了。醉酒的两人又对着木鱼、叩钲胡乱敲击，开怀大笑。

"文学家竟然那么大大咧咧、纯真率直，真让人意想不到。"清三说。

"和想象的完全不同嘛。"

---

① 宾度罗。释迦牟尼的弟子，名列十六罗汉之首。婆罗门出生，不进入涅槃境界，留在世间救助众生。在日本，因有抚摸其塑像乞求病愈的信仰习俗而闻名。

年轻人从未料到久仰大名的文学家和杂志记者竟有如此孩子气的一面。然而这样的心境与生活于他们而言，虽然不能理解却也十分艳羡。

东京的客人住宿了一宿。第二日晌午，在连绵不断的细雨中他们乘坐公共马车前往久喜。清三拖着被雨水淋湿的裙裤从学校回来，准备去僧寮讨要火种，却见住持孤零零地独自坐在桌前看书。

苇莺的啼叫不绝于耳。梅雨季中，时而也有晴朗的日子，灰蒙蒙的云层中微微露出碧蓝明朗的天空。寺院后面的树林阳光四溢，绿叶焕彩。芭蕉的阔叶在风中摇曳，蜥蜴迎着日光哧溜哧溜地在山门墙壁上爬过。前方，横在联排房屋矮墙间的晾衣杆上，晾晒着有些破烂的旧衣裳。栗子花落了一地，沾了泥土，被人踩得七零八落。傍晚时分，蚊虫蜂拥而至，在屋檐下嗡嗡盘旋；夜里，家家户户都飘出驱蚊的袅袅轻烟。

清三花了一元五十钱，买来单人棉蚊帐，将其放于室外，内置书桌台灯，每晚于帐中熬夜苦读。身旁是朋友们每日寄来的书信，无不提及日后升学的准备。郁治等三四人志在考取高等师范学校；小岛最近为备考高等学校忙得不可开交；北川提到为了考入士官学校九月会去东京……没有一人闲着。清三备受鼓舞，开始博览群书。请住持教授英文，从书房借阅《逻辑学》《哲学史》

等。桌旁除了《文艺俱乐部》《明星》《太阳》杂志，还有《学校教学法》《通俗心理学》《新地理学》《代数几何》等书籍。住持在早稻田念书期间读过的莎士比亚的《罗密欧与朱丽叶》、丁尼生的《伊诺克·阿登》等也掺杂其间。

年轻的向往没有边际，且瞬息万变。阅读《明星》会联想到涉谷诗人的境遇，翻阅《文艺俱乐部》会思及在卷头刊登长篇小说的大家，而朋友的来信，则给了他勇气制订计划报考合适的公立学校。有时，他会请教住持有关柏拉图的理念，思考柏拉图式精神恋爱的意义。《行田文学》上的新体诗也是他在狭窄闷热的蚊帐中伏在桌前写下的。帐外油灯摇曳，影影绰绰。

学校校长时常催促清三去报考教员检定测试。"只要拿到资格证，就能给你涨薪水。怎么样？林君。很容易的，去试试吧！"

最近有时连着两个礼拜也没回行田，明知母亲等着自己回去，却苦于囊中羞涩，对于步行两里半回家也有了倦怠之心，更乐意学习精进，因此常常在寺里正殿旁的小屋里度周末。尽管如此，也没能静下心来学习。周六小畑从熊谷过来，住了一宿回去。郁治也曾前来待过三天。荻生更是几乎每天都来。有时清三从学校一回家，就发现门窗大开，荻生脸上放着团扇，午睡正酣。他总是乘邮局闲暇之机，拜托同事代为照看，找理由来寺里玩耍。

两个年轻人时常买来点心搭配饮茶。每逢发月俸时，清三便去邮局约上荻生君，在拐角的点心铺买上葛粉糕、豆沙年糕、白糖粳米糕等最爱吃的点心回家，还会不时去僧寮请来住持："师傅，来吃点儿点心吧？"清三囊中羞涩时便由荻生君付钱。荻生君也囊空如洗时清三便去找住持："师傅，真是抱歉，能借我五十钱吗？两三天内一定归还。"待到清三出门不在家时，住持往他那屋里一瞧，竹皮上还残留着两三个年糕，上面爬满了蚂蚁。

梅雨季的两里长路泥泞难行。起风的日子，田野上刮起无序的风，裹挟着雨丝落下来，淋湿了新置办的夏季羽织和裤裙。此后清三总是算计好时间，花上十钱乘坐公共马车。有一日，一个姑娘也同乘一辆马车去发户河岸的转角处。约一个月前，清三便常在小镇外的十字路口偶遇她。她梳着檐发，身穿绛紫色的裤裙，抱着栗色薄呢包袱，一副小学教员的模样。十字路口处立着青面金刚冢，最近与郁治结伴去弥勒时也总能遇见她。

"我真不明白，她为什么总是那副表情。"清三笑着道。

"你必须打起精神啊。"郁治扬声大笑起来。

那时两人还私下揣度过这姑娘的上班地点，同乘马车后才知道，原来她在发户井泉村小学上班。姑娘肤色白皙、鼻梁高挺、约莫十九岁的年纪。

大雨滂沱时，清三曾在学校值班室里留宿。进学校工作已近三月，他已基本适应了教师工作，郡督学来检视时也不再羞涩得面红耳赤，被高年级学生捉弄的事情也未再发生过。清三曾听闻，行田和熊谷的小学校长和教员间暗斗激烈，然而弥勒这样的乡村学校却没有此类困扰。师范学校毕业的杉田虽然嚣张跋扈惹人生厌，然而清三认为自己与其不同，并不愿意在小学蹉跎一生，把成为校长作为毕生理想，因此没必要为此惶惶焦躁。

校长这个人，虽然气量狭小、神经过敏这点令人不快，但总体是位温良君子，从不使坏。关老师一向是个好人，大岛君则酷爱说话十分投缘。因而，清三在这所小学待得挺开心。

清三常常独自弹手风琴。尽管是廉价的小型风琴，音色欠佳，却并不妨碍他用粗浅的乐理知识创作歌曲。他常兴致盎然地弹唱为《藤村诗集》里的《海边曲》所谱曲的歌，也曾将《若菜集》中喜欢的词句挑选出来谱曲演奏。黄昏时分绵绵细雨的乡间小路上，狭小寂寥的校园窗口中，时常传来清三弹唱的各种歌曲，却不曾有人驻足倾听。

从清三上课的教室窗口，可以望见羽生通往大越的长路。公共马车四面垂着被雨水淋湿的污秽的布帘，不时按响喇叭在大路上徐徐经过。乡村姑娘露着红色衬裙，系着薄呢腰带，撑着番伞在路上渐行渐远。晴朗的日子里，路上还能看见头顶货盘、敲着大鼓的糖贩；头戴草笠、扎着绑腿、唱着通俗小调的夫妇；手拿彩色氢气球沿街叫卖的老爷爷；偶尔还能看到附近有钱人家盛装打扮的小姐。县厅官员的五六辆马车并行经过时,老师和同学们都无心上课,欣赏起那威风凛凛的阵势来。

清三的父亲偶尔会因买卖来到附近。他穿着条纹单衣和发旧的夏季薄绢羽织,没戴帽子,露出半秃的脑袋。他从校工室一声不响地走进来问:"清三在么?"起初,清三羞于让同事见到这样的父亲,习惯后却慢慢不再反感。有时父亲称在附近还有事要办,清三便不回寺院,父子俩裹着粗制的薄被在值班室留宿。

留宿的日子,两人总是带上布巾去澡堂泡澡。小川料理店的姑娘照例会送来便当。吃过饭,父子俩像朋友般亲密交谈,有时父亲会说起家里的困难,从清三并不宽裕的荷包里借走五十钱。

进入七月,雨水依旧绵绵。偶尔放晴时,灰色的云隙间露出湛蓝的天空和久违的阳光。田里芋头的叶子长大了,宽大的玉米叶在风中沙沙摇曳。熊谷的小岛去东京参加一高的入学考试,不时寄来明信片汇报"英文难学"等近况。邮差每天都冒雨从山门赶到正殿送信。年轻的心灵对万事都充满好奇,每日必有三四封明信片或书信寄来。其中既有只书一字"喝[1]"的明信片,也有熊谷的朋友们在面店饮酒后联名写的书信。石川依旧攻击着明星派,还特意寄来一本叫做《文坛照妖镜》的册子,揭露涉谷诗人夫妻的言行。郁治来信最频。感情的烦恼使他的心一刻也无法平

---

[1] 喝。呵斥。禅宗中当斥迷误或使开悟时发出的叫声。

静——时而充满希望，时而痛苦绝望，时而追随心影，胡思乱想。清三内心也难免随之波动。为了掩饰自己失恋的苦痛，不得不用夸张的言辞抚慰朋友，以示同情。他用古文语体写道："孤愁独坐亦美事，伤情垂泪非或然"，末尾还附上和歌"年少亦无知，哪堪罪缱织。恰似迷途鸽，误入罗网中。"

在浦和学校念书的美穗子的照片收纳在桌下抽屉的最里层。那是一张三人拍摄的四寸照片。除了手捧鲜花端坐着的美穗子、雪子，还有一位叫做清子的校友。清三向雪子讨要这张照片时，雪子并未轻易答应。"那可不行。拍得挺奇怪的。"照片中雪子身着披风，露出惊恐狂躁的表情。而美穗子则眉清目秀，嘴角浅笑，一脸娇媚。清三每每读书乏了，总是取出照片端详，有时甚至把雪子和美穗子做一番比较。近来他也时常惦记雪子，总是想："为何总是装模作样呢？坦荡些多好。"郁治的信则收纳在小信箱里。

上个周六，清三回到了久违的行田。小畑本来来信说会从熊谷赶来，但不巧周日恰逢暴风雨，清三和郁治只能在暴雨滂沱的暗窗下度日。

这周六，羽生的小学一大早就要开讲习会，确定由校长、大岛老师、关老师和清三四人出席。偌大的讲堂里，附近的小学校长、教师济济一堂。来自浦和师范的胖教授系着红领带，教授初级儿童心理学，并做了一年级学生的示范教学。教师们分坐数排，屏息静听。志多见村的校长是教育界知名的老教员，自觉有义务似的抚着白须郑重其事地发问。胖教授面带微笑，逐一耐心解答。近十一点时，解答环节结束。紧接着郁治的父亲和出名严厉的郡督导水谷，就教育法的意见和教学心得发表了演讲。两三天前才刚出梅，炎炎夏日，校园里的日光白得耀眼。呼呼的挥扇声四处可闻。额头冒汗的女老师穿着白底绛紫色的裤裙格外醒目。成愿寺森林中的芦荻已近一人高，苇莺乘势喧哗啼鸣。

演讲会结束时已近十二点。穿着立领上衣、白色条纹裙裤、薄绢羽织的各色教员，陆续从校园中往校门方向走去。校园里稀稀落落地种植着树木花草，这是志愿者们捐助的标本。每株上面都挂有名牌，记录着植物名及捐赠者姓名。红色石榴花绽放得好似燃烧的火焰，最为亮眼。树中有黄杨、米槠和扁柏，花有石竹、牵牛花、蝴蝶花、胡枝子、黄花龙芽等。寺后树林处处蝉鸣。

"不是说澡堂里新建了个地方可以玩上一天吗？林君，你去过吗？"出校门时，校长问道。

"是啊，到处都贴着广告，说是有什么浪花调[①]。"大岛也开

[①] 浪花调。民间说唱故事的一种形式，江户时代末期产生于大阪的说教调和祭文歌谣。由三味线伴奏，分说和唱两部分。取材于战争小说、评书、戏剧、文艺等，明治以后兴盛起来的浪曲。

了口。

上町鹤之汤澡堂举办活动，这点清三也有耳闻。炎炎夏日，二楼开放，人们可以待上一天，泡澡、午睡、尽情玩乐。澡堂里刨冰、点心、啤酒、面条应有尽有。除此之外还备有丰盛的午餐。早晚各有一场浪花调表演，近两日因出梅天气炎热，顾客满盈。

住持昨日也曾来游玩半日。

"总归是乡下地方，不太像样，但去玩玩还是不错的。贞公你可真会赚钱啊。"住持对面前的地主说道。

"怎么样，请林君带我们逛逛吧。正好中午肚子也饿了……"校长邀请同僚一同前往，大家都欣然同意。

上町的鹤之汤热闹非凡。系着红绸腰带的乡村姑娘进进出出。澡堂挂满了四方送来的贺贴，到处可见"赠贞君"的字样。刨冰柜台有七八个客人，老板娘系着袖口挂带，大汗淋漓地做着刨冰。

老师们去了二楼，所幸这里客人不多。一群城郊的老婆婆，像是泡温泉似的仅着衬裙在另一间屋里闲躺。八席的大房间正中设有浪花调的表演台，那里也挂着纸或布的招贴。房间通风良好。四席半大小的里屋有些脏，却能望见青青的田野风光，四人在此落座。

泡完澡起来微微出汗，此时午饭已经备好。店里系着红色袖口挂带的姑娘送来矮脚饭桌，菜肴是鲣鱼干炖菜、卤拌黄瓜及豇豆蛋汤。对他们而言，已是上好佳肴。校长脱去西服外套、背心和领带，露出带有污渍的贴身和服衬衣，惬意地盘腿而坐。"大家都随便些，盘腿坐吧。关君你怎么样，可别被衣服给束缚住啊。"校长说完笑了起来，"我请大家喝一瓶，难得这么畅快地聊天。"随即命人送来啤酒。

"姑娘，请拿点碎冰来。"

姑娘应承后退了出去。校长正要给关老师的杯子斟酒，关老师立即用手捂住了杯子。

"喝一杯嘛，一杯不要紧的。"

"不行，真的已经喝了很多了。再喝下去可受不了……"关老师说着，把杯子搁在了旁边。

"关君真是没出息。"大岛说着，把满满的一杯酒一饮而尽。

"败下阵来可不行呐。"校长也往自己的杯子倒了满满一杯。酒泡一下子堆得像小山似的快要溢出来，校长赶紧把嘴凑过去吸了几口。

这时店里的姑娘把碎冰放在大碗里端了进来。大家抓起碎冰一块块地放进啤酒里。没喝酒的关老师拿了一大块在嘴里嚼起来。不久，校长和大岛老师都喝得面红耳赤了。

"讲习会什么的，真没意思。"校长开始撒酒疯。

大岛老师也随声附和。接着他们开始评论起各所小学，聊起年资加薪等话题。郡督学不知变通的失败故事让众人哄笑一堂。然而对清三而言，这些故事既没入耳也没入心。因为年龄差异，清三不太了解众人安于现状的心态。但他认为自己那群憧憬着未来、朝气蓬勃的朋友与这些人之间是存在着巨大鸿沟的。

"再这么没有目标惶惶度日的话，自己也会变成那个样子！"

这种想法无数次萦绕在他的脑海。一想起就无比心痛、坐立不安。他不甘心受小家的拖累而牺牲自己年轻炽热的心。前段时间他也同郁治讨论过这个问题。"优秀的人成长为伟人自然是好的。但这世上既有农民，也有邮差；既有警察，也有装木屐齿的工匠。不那么优秀也一样能活下去。人生并非是我们想象的那般走投无路，是能够过得更轻松从容的。如果你不相信，请看看这个世界，这个世界上……"清三如此驳斥朋友的功名心。然而在这番话的背后却隐藏着清三与此截然相反的真实想法。因此他才那么激动，那么悲伤。

而今再次回想起那次争论。"自己也会变得像这世上的大多数人一样，说着不知所云的话，碌碌无为地活下去吧。"清三一面想着，一面看着校长平平无奇、发红的脸。随后将五六杯啤酒一饮而尽。

青青的田野中，有人撑着洋布伞经过。那是镇上的背街小路，里川沿着小路静静流淌，河边杞柳茂密，树林中蝉声喧嚣。

一个小时后，三人都醉倒了。校长曲肘为枕、蜷着两脚、鼾声正浓；大岛老师露胸仰卧、双腿松弛；清三则红着脸，把头贴在榻榻米上。独留关老师百无聊赖，去隔壁大房间里看起招贴来。

三点多，清三回到寺庙，只见荻生君躺在通风良好的正殿木地板上，午睡正酣。

苇莺正迎着午后的日光不住地啼叫。

十六

某个炎热的午后，清三身着白底碎纹布衣和裙裤从学校回家，他的身影出现在羽生镇大街长长的屋檐底下。这日薪俸全数下发，清三怀里的钱袋沉甸甸的。刚才他顺便去了趟邮局还给荻生五十钱，又将途中买的葛粉糕取出，两人一边饮茶一边津津有味地吃点心。

"这个借了这么久，谢谢了！"清三说着便把两个月前借的鸭舌帽还给荻生。

"你继续用吧。"

"但我今天要去买夏天的帽子。"

"买之前戴着吧,不要那么见外。"

"哪有见外,马上就去买了嘛。"

"别人看你没帽子戴,会开高价哦。"

"不会啦,没关系的。"

于是,清三没戴帽子,顶着烈日走在小镇的大街上。大街上有间西洋杂货铺,玻璃门全都开敞着,店里陈列着毛线帽和麦秸草帽等。

清三请店家拿来几顶草帽试戴,十六码正合他的脑袋,于是将原价一元九十钱的帽子砍下六十钱买到手。大街上,崭新的麦秸草帽在阳光下格外闪烁。

十七

暑假时,美穗子回来了。

通往她家的小路上夏草茂盛。里川河水丰盈,碧波荡漾。阳光洒在芦苇的绿叶上。

家门口的晾衣杆上晒着贴身衬衣、内裙和浴衣等。郁治和清三结伴前去拜访。

美穗子穿着白底碎纹布的衣裳，腰间系着浅茶色和暗绿色的两面用腰带。两颊肉嘟嘟的，比以往丰腴了些。头上依旧梳着檐发，与白色发带相得益彰。

麦茶被装在空啤酒瓶里，用细绳系着悬在井字形的古井中冷藏。井边阔叶杂草丛生，吊桶里常有井水洒落在长满菖蒲、茅草的水槽。

直到两三天前，老母亲总是傍晚来到这里用淘米桶淘米。女儿回家后，薄暮中便总是清晰地出现女儿那白皙的脸庞。那时屋内时常传出父亲哼唱的谣曲。

美穗子利索地拉扯细绳，终于将啤酒瓶捯了上来。她解开细绳，将酒瓶拿到厨房，再将麦茶移入茶壶里，用盘子装上，再放上三个杯子和砂糖玻璃罐，端到哥哥聊天的客厅。

"实在没什么好吃的……这个在井里头放了一天，加点砂糖喝吧……"

麦茶清凉甘甜。郁治、清三都喝了两三杯。美穗子坐在哥哥身边，无拘无束地聊了起来。

"寄宿生活很辛苦吧？"清三问道。

"嗯嗯，但是很热闹哦。与别的女校不同，管理很严格，但还是……"

"女校寄宿什么的，当然是很辛苦的。听上去就很厌烦。"北川笑笑，"与男校寄宿没什么区别嘛。"

"哥哥也是的……"美穗子也笑了。

夕阳余晖洒在房间里，松树的影子从庭院移动到檐廊。垣墙外有人力板车拉过的声响。

和春天那次一样，两个朋友沉默地走在回家的路上。无论是郁治还是清三都有一大堆的话想告诉对方，然而谁都没有开口。红色的夕阳落在古城址沼泽那黑里透红的水面上，蜻蜓立在芦苇梢，一只、两只、三只……孩子们手持长长的粘竿，走到齐腰的水田里，抓捕正在交尾的蜻蜓。

快走到石桥时，郁治突然问道："今年暑假打算怎么过，要去哪儿吗？"

"我还没有想过这个呢，不过看情况，也许去日光或者妙义吧，你呢？"

"我没有那么多的空闲。这个夏天必须再学点儿英语。"

清三莫名联想到美穗子也将在这里过暑假，心中既嫉妒又难过。

清三本打算今晚住在父母那儿，明天一大早赶回学校，他也是那么告诉郁治的。然而，刚在街角和郁治分开，清三就突然觉得这里再也待不下去了。他匆匆踏上归途的做法让母亲颇为不解。"明早郁治来了一定会大吃一惊吧。"一种复仇的快感和挣脱某种束缚的念头涌动在心头。夕阳西下，他独自走在的长长的街道上，寂寞难言。

回到寺院时，暮色已降临了近一个钟头。僧寮的一个六席大小的房间里，住持坐在长方形火盆前饮酒，精神抖擞更胜以往，"来喝一杯吧。"说着便递来杯子，把凉豆腐夹到小碟子里给清三吃。住持说起以往从未提及的儿时旧事——九岁那年，住持被送到了这间寺庙做小和尚，此后忍耐了七八年，艰难困苦一言难尽。住在玄关旁边的两席小屋里，最大的理想就是成为成愿寺的住持。墙上至今隐约可见那时写的"成愿寺住持实圆"几个大字。住持醉了，吟诵起刚创作的新体诗《诵经房的墙壁》……

"怎么样，要不你也试着写一首吧？"住持劝道。

这番话深深地打动了清三的心，让他今晚有些感动。写首什么吧。他想起歌德通过写《少年维特的烦恼》而忘记了现实的苦痛。但自己没有特别的才华，也没有满腹学问，亦不能像朋友们那样按部就班继续升学。他不甘平凡，然而除了成为用诗歌表达情感的诗人，似乎没有其他光明大道可走。"无论怎样，试试运气吧。这个暑假全力以赴，试试自己有多少才华！"

清三决定向主持借阅各种诗集和小说。翌日，他刚从学校归来，主持就把自己混迹东京文坛时的部分藏书带来借给了他。

《国民小说》是本红色封面的四六版书籍，收录有《地震》《浮世之波》《恶姻缘》三篇。住持觉得有趣，也让清三读读。《武藏野》也在其中，他读得如痴如醉。

七月渐入尾声，暑气日盛。在青面金刚家的那个拐角，清三又两三次遇见久违的发户小学女老师。她身着素底单衣，头上系着白丝带，打扮清爽，含笑而过。笑容里有清三读不懂的深意。学校里大家都在期盼着暑假。有人想躺在葡萄架下度过炎炎夏日；有人要去浦和参加讲习会，考取教员资格证；有人想去旅游；有人要去东京办事。从月初开始学校只上半天课，因为要统计之前的课程分数，因此教员还会在教室多留一两个小时。有些不用统分的老师，因为正午炎热，会等到阴凉些再回家。他们或是弹风琴，或是闲谈，或是去值班室午休。清三厌倦了统分，从包袱里取出《武藏野》，热心翻读起来，沉醉于清新别致的趣味之中。在《难忘的人们》中作者写下的感慨、武藏野郊外树林忽然降下的阵雨、借宿于月光下水车桥畔的年轻教员，清三似乎从中都看到了自己。他屡屡将书扣在桌上，细细品味涌入脑海的无穷妙趣。

三十号的课程只上了一个小时就结束了。清三将学生召集起来，站在讲台前说："大家必须得让暑假过得有意义。太贪玩的话，就会忘掉之前好不容易学会的东西，所以请大家每天拿出课本复习一次！另外，不能给父母添麻烦。不要吃太多桃子、梨子、西瓜之类的水果。大热天在外边玩了回家，那些东西吃太多，不仅会坏肚子，还会得可怕的病。暑假结束想回学校也回不了。好好地玩、好好学习、好好努力！书里也这样写的吧。九月初，大家和我在这里再见的时候，我会看看谁最听老师的话！"说完，清三让学生行告别礼。扎着辫子的女生和流着鼻涕的男生们都争先恐后地走到木屐柜旁，所有教室都在重复一种声音。女教员身着醒目的绛紫色裤裙出现在长廊，她一边喊着"一二、一二"的口号，一边引领学生解散。校园中，红色的九子连环草在阳光的照射下绽放，绣球花也盛放其间。

十八

暑假糊里糊涂地就过去了。清三对自己才能的新测试也以惨败告终。纵有千头万绪，却不知如何落笔，五天后，清三就弃笔投降了。

待在寺里也了无生趣；回到行田，家里窄小闷热，让人不快。加上美穗子回去了，待在家里就更为痛苦。于是他独自一人从赤城去妙义游玩。

旅行归来已是八月末。那时，美穗子已经回到了浦和的宿舍。而清三又开始了从行田到羽生、从羽生到弥勒的平凡生活。

十九

学校购进一台崭新的风琴。第一天恰逢周日，校长和大岛老师都没来。那天夜里清三孤零零地睡在值班室里。孟兰盆节刚过，夜空晴朗曼妙，银河闪闪横卧长空。垣墙上，螽斯鸣唱，村里的孩童提着灯笼四处搜寻它的踪迹。白日炎热，夜里草叶结露，不知何处隐约传来人语声。

头十天，课程从八点上到十点。接下来的十天到中午十二点为止，此后不久又改为下午两点放学。秋意渐浓，雨天只着单衣，竟有了几分凉意。清三心怀忧虑，度日如飞。

参加高等学校入学考试的小岛以第四名的成绩被录取，月初已经去了金泽的消息传来不久，又收到他发来的春风得意的明信片。当地兼六园的照片引起了清三十足的兴趣。然而在写信祝贺朋友的成功时，他还是忍不住伏在桌上为自己的不幸而落泪。

正殿的桌上放着《乱发》《落梅集》《武藏野》，还有住持在早稻田念书时读的一本薄薄的书——《伊诺克·阿登》。清三喜欢吟诵那首讲述背井离乡的和歌《回声悠远》，语调里却暗藏难言的悲伤。住持家的玄关前，有一个春天盛开着芍药的小花坛，而此时秋海棠如画般红晕微绽，中庭的胡枝子也开得绚烂多姿。

月色一日比一日清朗。夜空下墓地和旱田边的赤杨树并伫立，山芋的阔叶上，露珠星星点点。

晚饭后，清三有时会去墓地散步。新墓的隔墙上开着红白的木槿花，成群的小红蜻蜓飞来飞去。到处都立着崭新的塔形细长木牌，上面是住持用秃笔书写的经文。坟头上放置着装满水的碗，一旁线香燃尽的白灰清晰可见。插花筒里供奉着千屈菜和黄花龙芽。古墓很多，无人祭扫的墓也不少。角落里有个地方埋葬着死去的乞丐或是横死街头的人。清三有时会好奇地读读墓碑的文字。其中有个墓碑的主人生于仙台，明治维新时为国事奔走，明治时期来此地，兴建医院，在本地享有慈父般美誉。缫丝工厂创建者的墓气派非凡，由花岗岩制成，捐款人的姓名都用金字刻在了高高的墓碑上。还有在日清[①]战争中从附近村落征召，最后战死在旅顺的一等兵的坟墓。

与这个墓园相距甚远的寺后密林深处，排列着许多圆形墓碑，这是寺里历代住持的坟墓。古杉树的树荫下，细竹、枹栎丛

[①]日清战争：日本将甲午战争称为日清战争。

生，泥土常年湿润。晴日里，夕阳的余晖斜照树林，前方广袤的原野一望无垠。雨天，雨滴从树梢啪嗒啪嗒滑落，长满苔藓的圆墓碑像和尚脑袋般如泣如诉。清三甚至想到，寺里的住持今后也会来到这里。想到个头高高、体态丰腴的住持夫人和埋没于乡间寺院、满腹经纶的住持就过着如此这般孤寂平凡的日子，难免觉得不可思议。清三蓦然想起两三天前的事，不禁哑然一笑。

他在日记里语气轻松地写道："傍晚不经意间撞见住持和夫人在小汤池亲密共浴，对这突然的遇见深感同情和惊讶。"

洗澡间从僧寮的入口就可进入。住持在两个多月前，雇来木匠，利用放置在正殿、用于葬礼的大量木棍、板子之类的东西搭建起一间像模像样的洗澡间，并装上圆形浴池烧水。烟雾从厨房飘散到僧寮。那日，清三想去借火，走到茶室却不见人影。听见笑声从洗澡间的方向传来，于是不经意走去一瞧，只见夫妻二人像对绣眼鸟般挤在小小的浴桶里。住持淡淡地笑言："这么精彩的场面被你看到了！"在清三看来，这件滑稽的事情，不仅仅是滑稽而已，从中可以更清楚地看到住持的生活状态和夫妻两人的关系——是如此地毫无意义——年轻的时候舍掉一切希望，屈从于眼前的命运，就这么过了若干年后，进入历代住持的墓园中去！清三不禁联想起自己的命运。

清三也曾想过，学习乘一叶小舟的诗人，研究云朵。虽然见不到信浓高原上云彩的千变万化，但关东平原边上起伏的群山之间云彩升腾，同样绚烂多姿。来到寺院后面，迎面可见浅见的云烟，左边则是微露山头的妙义山、紧接着的是波涛起伏的荒船群山、北甘乐群山和秩父群山。夕阳落在仿若古城遗址的两神山肩头，山头升腾起各色云彩。右手边赤城到日光的山脉相连围成环状。秩父的云彩，明亮者居多；而日光的云彩则多为暗色。清三穿过绿油油的田野，来到对面的赤杨林。这位住在成愿寺、白底素衣留着长发的教员，总是拿着笔记本四处闲逛。从田野劳作归来的村民见了，也会相互寒暄。有时见他伫立在田埂，不停地在本子上做记录。他的笔记本里越发详细地记录着日期、时刻以及当时各种云朵的形状和色彩，也记录着暮云随时变化的状态。

他开始动手写一篇名为《平原云朵研究》的文章。

秋分时，文稿大致完成了。那日清晨，正殿的如来佛像前难得地点上了蜡烛，住持身着紫衣，外披锦斓袈裟诵经一小时。微风将庭院金桂那令人留恋的花香送进了古寺的禅房。一大早开始就有参拜者陆续前来，长长的石板路上传来低齿木屐呱嗒呱嗒的响声。扫墓者先上正殿拜过如来佛祖，随后去僧寮的火盆里点燃线香，从杂草繁茂的井里打上水，再拎着水桶去扫墓。寺里从两三天前开始雇了临时工打扫，所以墓地很干净，不见以往散落的大茴香枯叶及小狗粪便。扫墓者中，既有镇上美丽的富家小姐，也有梳着岛田髻①、脸上白粉只剩下一半的乡下姑娘。清三用住持夫人送的萩饼填饱了肚子，在凉风习习中午睡。似梦非梦中耳边不断传来钟声、低齿木屐声和谈话声。

从法会结束那日起雨就淅淅沥沥地下个不停，萧瑟的秋天来了。

清三的这段时间的日记里这么写着。

十月一日

自上个月二十八日起就一直未送达的报纸今天一起送来了。晚上，教善纲氏（小和尚）算术。《伊诺克·阿登》读到二十页。近来白日渐短，四时许出校门，五点半到达羽生时天已尽黑。夜晚九点去泡澡。秋夜清冷，朋友泪洒佛堂。

二日 晴

熟悉的木桂香渐渐消散，寺后栗林中伯劳鸟不断啼鸣。今日起九点开始上课，夜晚在米寿司店买油。

三日

夕阳斜照下，高粱地里成群翻飞的蜻蜓更显红艳。给熊谷的小畑寄信，并画上夕阳波浪图一并寄去。

四日 晴

久违的晴空，入夜又下起雨来。寺后树林中秋雨滴落树叶，

---

① 岛田髻。日本未婚女子的一种发型,亦为婚礼发型。

更显宁静。梦回故乡。

五日 周六

冒雨回行田。

六日

在家度过愉快的一天。给小畑和小岛寄信。宁静的夜，细雨绵绵。

七日

清早去学校。稻田染黄朝雨斜。夜晚留宿学校。

八日

骤雨，井旁柳条乱颤。今夜仍住学校。

九日

早归。秋雨初霁，傍晚风云动，夕阳暮色衰，桂花暗香残。夜，读报，收拾回行田的行囊。夜朗星稀，遍地银杏果。栗林秋风起，僧寮后院中，一叶零落寂，风啸夜鸣虫声寒。

十日

清晨寄送蚊帐到行田，傍晚收到衣物。小畑久违地寄来同情信。信中曰："今秋思君心，往事俱浮现！忆及君曾言'去年冬，今年春'，不由感慨万万千。此心同在成愿寺"云云。夜深星月澄静，双鸟低飞往南行。给小畑回信曰："不复埋怨，不言不语，独悲独泣。"

清三不禁回忆起日记中纪录的去年冬、今年春的往事，思考事情是如何发展变化的。去年冬天的自己尚不谙世事，胸怀向往总觉得前程似锦。玩纸牌或是投球，皆是兴致盎然。眼里心里都不曾察觉好友心中利己的阴暗面。但毕业的欣喜、初入社会的希望——这华丽的幻影，很快就消失殆尽。秋天到了，悲凉的秋天到了。寺后林中栗子熟透开裂，晴夜寒风乍起，驻足长廊，脚心冰凉。正殿旁高高的梧桐树上，雨滴垂落如泣如诉。

二十

约三十名男女生混在一起，错落地走在乡间的小路上。快出学校时，他们齐声唱起歌来"乌龟乌龟先生哟"，似乎仍觉不尽兴，又任性地模仿乌龟走起路来。队伍中有叽里呱啦喋喋不休的女生，也有回头做鬼脸的男生。有摘"红豆饭"花掉队的孩子，也有去田里追蜻蜓的人。初小二三年级的学生，正是九岁、十岁最顽皮的年纪。这些天真无邪撒娇般的举动，在忧虑的清三看来似乎是某种慰藉，因而对他们倍加疼爱。而孩子们看到清三，也常常跟在后面喊："老师……林老师！"

走出学校，穿过村庄，来到发户，到处都能听到青缟纺织机的织布声。有的织布女工特意探出头来，打量这位肤色白净的年轻教师。清三身着裙裤头戴麦秸草帽走在最前面；关老师依旧穿着那件有些污渍的白色立领夏服，走在学生中间；而走在队伍后面的女老师则用手帕频频擦拭汗水。中秋已过，却依旧炎热。来到发户村郊的八幡宫，学生们纷纷跑出来爬上后方堤坝。最先爬上的人，挥臂高呼，紧接着一个个都爬了上去。孩子们挥手的模样，透过秋日晴空下稀疏的松林间清晰可见。从这松林还可望见利根川宽广的河面，仿佛延展开来的美丽画卷。

弥勒的老师们常常带着学生来这里活动。学生们在沙地上玩相扑游戏，在草丛中追蚂蚱，去海岸浅滩吧唧吧唧地踩水。而老师们则在阴凉的松林下开怀畅谈，或是翻阅杂志新刊，或是仰面躺在草坪上。利根川沿岸长堤平平无奇，唯有这近十町的堤坝因为靠近松林景色分外怡人，令人眼前一亮。林中既有细高的松树也有稚嫩的幼苗，树下有海边常见的细沙。四周隆起的小丘之间杂草丛生，投下松树如画般的斑驳树影。夏日，小丘上盛开着浓艳的瞿麦花，白矾驶过河面渐行渐远。

清三每次来这里都会和学生们一起玩。有时甚至在捉迷藏游戏中被女学生逮住，用围裙蒙住眼睛。他也曾召集学生一起唱歌。和孩子们在一起的时候他没有一丝不平和不安感，也不会哀叹自己的不幸，他总是像天真无邪的孩子一样尽情游戏。然而今日却不复往日快活的心境。看着天真烂漫尽情嬉戏的孩子也依旧心情沉重。在年幼孩童身上寻求短暂的慰藉实在可悲可叹。他坐在松荫下，眺望奔流而去的滔滔江水。

一日，清三独自一人走在从学校回家的路上。天空晴朗，暮色沉沉，原野上白色芒穗随风摇曳。走到拐角处时，迎面突然蹿出个路人，他背着大包、系着旧的藏青绑腿布，穿一双蒙尘发白的草鞋，一副疲惫不堪的神情。"请问羽生镇还有多远呢？"

"马上就到了，就在前面树林那儿。"

路人与他并肩而行，一路打听。说是自己要经川越去往八王子市。看似一路做买卖远道而来，话语里带有东北地区的口音。

"这附近有叫做'森'的村子吗？"

"没听说过。"

"那么'高木'这个地方呢？"

"这倒是好像有所耳闻……"清三仍然不太清楚。

路人说今晚将投宿在羽生镇上一家名为"梅泽"的旅店。刚走到小镇入口，清三就告诉了他去往旅店的路，而后在田边岔路右转与之告别。路人仿佛倦鸟觅巢般步行远去。清三心里涌起独在异乡的离愁别绪。"他人在旅途，与我同为异乡过客。"思及于此，热泪不禁沿脸颊簌簌滑落。

二十一

秋意渐浓。寺院边上有片细高的赤杨林，对面则是成熟的金黄稻田。夕阳西斜，给金灿灿的稻田上抹上了一层亮色。薄暮蒙蒙，通往鸿巢市的县道上，空车呼啸而过。大道上前来进行机动演习的步兵营、炮车队及骑兵团络绎不绝。树林一角刚布好散兵线，就响起噼里啪啦的骇人枪声。寺院里，也有七八个兵士来到僧寮、正殿投宿。寺后的树林里拴着二三十匹马，正殿的前庭并排放着几只供马饮水的大桶。军刀声、脚步声、马的嘶鸣声，让周围陡然变得喧哗不宁。深夜，镇上富豪大户家门上隐约可见写着"某某中队本部"的白色粗布。昏暗之中，士官和曹长进进出出，军刀哐啷作响。一两日后，镇上恢复了往日的宁静。

两三天前的周六，清三循例回了行田。回家后他在日记本里写道："尽管母亲隐忍不提，但每次归家，脑海里都禁不住浮现——希望父亲能找份工作，一家能过上安稳生活——的想法。"混沌度日、让母亲独自操劳的父亲一旦离开母亲就别无出路了，而体弱多病却思虑周全的母亲则让清三十分心疼。母亲太阳穴上贴着镇痛贴，直到深夜还在赶工补贴家用。清三听着母亲的唠叨，总是想着无论怎样的牺牲都得忍耐下去。有时，母亲会瞒着父亲掏空钱包存点体己钱，可这些钱也终究被父亲讨去花掉了。两三天前回家又从母亲那儿听说，父亲四处借债，一元两元的，很是烦恼。

《行田文学》出到第四期就停刊了。石川本想着既然好不容易开了头，再坚持个一两年，无奈费用大增，即使向印刷厂借钱也难以维系。郁治表示赞成，认为这些微不足道的小文章即使出版也不过仅凭兴趣而已，停刊倒不失为良策。清三则提议，好不容易做到四期，再招募些会员或是寻求捐助，或许还有续刊的可能，但最终仍是于事无补。

周日，清三等着从熊谷过来的荻生君结伴回羽生。一路上荻生无忧无虑地说着笑话，还当着清三的面擤鼻涕，动作娴熟，逗得清三弯腰笑个不停。他无比羡慕荻生的纯真和无忧无虑。

有白雾茫茫的清晨，也有秋日将尽残暑还留的一两日，"柿子红、蜜橘青"这是日记里的注释。秋雨渐冻，寺后林中漆树染红，银杏果与黄叶簌簌掉了一地，层层叠叠，扫之不尽。

清三不禁忆起幼年时在家乡的寺院里，与玩伴们一起期待秋风扫过的清晨捡拾银杏果的旧事，仿佛就在昨日。他甚至有种错觉，自己也在那群孩子中一起捡拾银杏果。岁月蹉跎，想着如今自己也到了追忆往昔的年纪，竟觉得有些不可思议。

最近他兴致盎然地在学校用风琴弹奏新曲，也曾尝试弹奏筝曲《六段》①及长调《贱机带》②，还将铁干的《残照》变调为4/4拍来弹，十分契合。甚至为眷清唱歌的乐谱孜孜不倦地工作到很晚。

月初，清三花掉部分月俸买来闹钟。因此最近他总是早上七点准时睁眼。秒针滴滴哒哒一刻不停息，在清三看来有种美妙的陪伴感。即使独自归来，也有闹钟在等待。半夜醒来依旧滴滴哒哒地响着，那种声音甚至与他思考的频率也十分契合。他给小畑的明信片中画了闹钟，并附言曰："这只闹钟如妻似友，是我今秋蛰居寺院的寂寞良伴。"

从学校返家的途中，夕阳的余晖无力地落在路旁的芒草上，开着白蓼花的小河映照着晚霞。他不由得想起独步③在《武藏野》中的描写，心中有了新的感触。寺前的不动明王殿外高高的檐廊上，三四个看孩子的老婆婆正聚在一起拍手唱着摇篮曲。夕阳在寺

---

① 《六段》。筝曲代表曲目之一。《六段调》的简称，八桥检校作曲的第六段曲。

② 《贱机带》。日本三味线音乐的曲名。描写一位母亲为寻找被拐走的孩子，在隅田川河畔疯狂行走的故事。

③ 国木田独步（1871—1908）小说家，诗人。生于千叶县。日本自然主义文学的先驱作家。代表作有《武藏野》《牛肉和马铃薯》等。

后树林中闪耀着光芒，并把最后一抹余晖刻在了山门内的白墙上。

荻生常来找清三。有时会一同去镇上吃年糕小豆汤。"其实我也并不总是无忧无虑的，但有些事多想也无用，只能顺其自然。"荻生见清三总是郁郁寡欢，如此说道。清三悲戚的神情让他有些担心。

那晚月色皎洁。清三在僧寮八席大房间的檐廊外，与住持对饮，静听秋风横扫寺后的树林。夜里清冷，纺织娘嘶哑的鸣叫声中，又添了蟋蟀的寒鸣。

秋日渐冻，行田寄来了夹衣和布袜。

二十二

小畑来信之一。

今日，从某人（姓名暂且隐去）处听闻，你和加藤君的妹妹间有些情意，是否属实？请来信告之。

先前偶遇加藤，不经意问起此事，答曰概不知情。然又笑言，为兄不知，亦难断言查无此事。隐瞒不是你的作风，有情也可，无情也罢，兴许能助你一臂之力。敬请回复为盼。

加藤兴奋之情不必多言，说是倘若收到浦和回信，请眷抄片段告之。似乎格外热忱。

秋寒，近况如何？

来信之二。

感谢回信。

"你想想这事可能吗？"这反问毫不留情，却也明白了你的心意。然而，"讨厌那般好打扮之人"的言辞似乎过于激烈了些。身材高挑的身影也会有人中意。倘若那个你所厌恶的高个子女孩非你不可又当如何呢？

虽说"讨厌"，我却发现事实上你并未如所言那般厌恶。这么说你可能认为我有所误解，然而这却是我从可信之人那里听到的事实。

下周日，烦请直接乘车从行田过来。不久前，偶遇小泷，问及"林君是否别来无恙？"又邀约同去那家面店畅饮聊天。小岛不久前也有来信。说是杉田又将动身去东京的早稻田。

谢谢你的和歌。"思绪万千武藏野，向北七里下野山。"向北七里不正是足利吗？你的故乡！听你提过的充满初恋回忆的地方。

来信之三。

你的心里似乎藏着心事。至少从近来你的回信中能做此解释。若是你认为解释有误也无妨。

加藤近来取了别号"未央生",尚未告知于你。说到"未央",不必赘言,"未央"和"美穗"的发音相近。

"于我而言,加藤姐妹若择其一,当选繁子。温顺多情的繁子。"这番话,让我想起把学生当恋人的小学教师,不禁笑起来。又想起你那一如既往的小小自负。

来信之四。

难得畅谈一日。想起去年冬天之事。

回想当日,为时晚矣。可以说我对你的心事一知半解。恋爱——那不是生活的全部。所言极是,所言极是。然而其中却饱含难言苦衷。想到当时你踌躇满志,却如此孤寂地度过初入社会的第一个秋天,我们更没有抱怨可言。

来信之五。(明信片)

命运一度迫使你屈服。然而你不会永远屈服。坚信你终有发愤图强之日。

意气风发孤眠夜　秋桂飘香寂寞愁

这些书信都一并放在桌上。清三陷入了思考，仔细回想自己写的回信以及回信给朋友心理上带来的变化。并反思自己内心的真实想法以及在书信中呈现状态的差异。从美穗子到雪子繁子都一一在他脑海里闪现。世人总以表象粗浅地认识世界，若非敞开心扉表明真实想法——或者说即使详细剖析内心，别人也很难了解实情。亲密好友也不例外。清三深感孤独，一种无人能懂的内心的孤独。

秋风呼啸着卷过寺后的树林。

二十三

天长节[①]时学校举行了庆祝仪式。教务委员、村长、村里的相关人员及学生家长纷纷到场。桌上放着诏书盒，盒边花瓶里插着黄白两色菊花。有几个女生身穿崭新的薄呢和服、栗色裙裤，盛装出席。也有男生身着带家徽的礼服。伴随着悠扬的风琴曲，学生们演唱《君之代》《今日良辰》的歌声，穿过礼堂的破玻璃

---

① 天长节。第二次世界大战前对日本天皇诞辰的称呼。为日本四大节日之一。战后改为"天皇诞生日"。

流溢到整个校园。演唱完毕后，老师们等候在门口，将纸包的点心分发给每个学生。学生们微笑着敬礼后接过点心。有的将其郑重其事地放入怀里，有的打开纸查看。也有举止粗鲁的孩子站在门口就狼吞虎咽起来。随后教师们和村长、教务委员一道将桌子搬到宽敞的礼堂中，再铺上从村公所带来的漂白棉布，按人头在桌旁摆好座椅。糕饼和薄脆饼放在插着菊花的花瓶中间。勤杂工拎着沏好茶的大水壶走了进来，依次给每个茶杯斟茶。

天皇陛下诞辰吉日，茶话会不足以尽兴。有人提议去小川料理店畅饮几杯，于是不久，教员们又陆续来到田地旁的小川料理店，校长押后。店里的姑娘盘着漂亮的发髻，美得让人差点认不出来，她端出了现成的玉子烧等菜肴。每人五十分的会费加上五六元捐助款，啤酒足以喝个痛快。村长和校长愉快地谈论着今年的丰收，年轻人则讨论着教员检定测试和讲习会的事。大岛老师正要往杯里倒啤酒，女老师却用手挡住，并把杯子放到了一旁。"女孩子连一杯都不喝可不行呐。"大岛老师爽朗地笑起来。

西斜的阳光暖暖地照在檐廊上，小小的庭院里大朵大朵的菊花正在盛放，有白色有黄色。旱田和水田都已完成收割，对面稀稀落落的树林里到处都升腾起燃烧枯草的烟雾。近侧的街道上喇叭声响，去往大越的公共马车徐徐驶过。

那晚清三留宿学校。翌日午后下起了雨。原野上，渐渐泛黄的枹栎树林中雨水滴滴哒哒往下落。回到寺院一看,拉门已重新糊上,房间变得敞亮了些。听说天长节下午荻生过来辛苦劳动了半天,糊好拉门才走的。清三感念这份友情,再遇荻生时当面致谢,荻生却不以为意:"因为太黑了嘛……"清三笑言:"我不在家时为我打扫房间,买来美食,糊好拉门。简直就像是我太太。"住持也说:"荻生君真是勤快、热情,人又温柔。要是个女孩子一定是个好妻子,可惜了。"说完便笑了起来。

晴朗的日子里,农家的晒坝上风力选谷机还在不停飞转。满载稻谷的货车一台又一台地从田野驶来,想趁着寒冬未至把晚稻和荞麦收割完毕,尽快播种麦苗。农民都怀抱着这种心情拼命在地里劳作着。十月末至十一月初,关东平原上所独有的秋季寒风渐起,每日清晨的秋霜染白了稻草屋顶。

寺院僧寮入口处的空地上不断有佃农交的米运来。即使丰年也会想方设法挖空心思少交点米是佃农一向的行事风格。他们总是挑选傍晚最忙碌的时候用马车或货车载米运来。住持到门口寒暄后,用粮探子从装着稻米的草包里取出米来,拿到屋外亮堂处查看。"这种米真是没法收啊""那块地不可能种出这等差米来",尽管住持有着各种抱怨,然而佃农毕竟是佃农,总能找出相应的理由搪塞,让住持勉强收了米离开。种豆人拿来豆子,种荞麦的交来荞麦粉。大家嘴里都说着同样的话:"明年一定好好耕种,今年还请多多包涵！"

"佃农啊就是这样，真拿他们没办法。"住持对清三说。

秋收结束后，镇里和村里都变得热闹丰盛起来。料理店的三味线的琴音流淌至深夜，赶集日里，农民领着身穿红衬裙的女儿往来于布庄和洋货铺。有人打听到清三住在学校的值班室，于是用套盒装满豆沙年糕带来，也有人送来做好的一整只鸡。寺里供奉财神的仪式上，住持夫人亲手打了荞麦面条送来，还带来了一瓶酒。

狂风呼啸了一宿。清晨，正殿前枹栎和栗树的树叶散落了一地。银杏叶已经落光，钟楼形单影只颇为寥落。时值十一月末，洗手盆内结了薄冰。

清三最近发现行田的朋友有了不小的变化。石川在杂志停办后，渐渐远离了文学，有时去拜会也会称病不见。据传闻说近来时常去料理店和女人饮酒。上周六，清三受郁治、石川、泽田之邀去看最近上演的戏剧，由东京演员出演。朋友的语气世故老练，春日里还不敢出口的戏言在人前也能若无其事地说出来了。郁治看似有些沮丧。清三在一众喧闹的朋友之中倍感寂寞，默默无语地注视着舞台。

第二幕刚结束，他便站起身来说："我回去了。"

"回去？"大家都惊讶地看着清三的脸。都以为说笑呢，可他的脸上却找不到笑容。

"怎么了?"郁治问道。

"嗯,有点不舒服。"

朋友们诧异地看着仓促离去的清三的背影。身后传来石川的笑声,这让清三感到不快,来到户外才自在起来。

那之后和郁治仍有来往,然而也与先前不同了。

一晚,清三给石川写信。起初写得极为认真,然而却感到吃力,于是特意改成了韵文。

血气方刚 呐喊声消逝,

噤若寒蝉。

露结为霜,

田野枯萎起苍茫。

奈何痴迷儿女情长,

迷醉俗世烟花巷!

罢罢罢,不复往日意气风发少年样。

终将休,尔等愚狂!

最后落下个"咄[①]"字,装入信封,似乎又觉得据此警告朋友太不严肃。思量再三,终觉"此事甚无聊,告诫也无济于事。"于是撕毁弃之。

初冬暖阳渐少,寒野西风渐起。前几日学校向阳的窗户边还

[①] 咄。呵斥声。

能看见苍蝇嗡嗡嗡地飞窜，这些天已经不复可见了。收割后的水田结冰，有时下午也未消融。枹栎、赤杨、栗树林里层林尽染，红红黄黄煞是好看。连日的西风将树叶刮得纷纷下落，乡下的孩童将田野中的树叶拢在一起燃起火堆。

大越街道进入羽生镇的入口处，能够瞭望日光群山及整个野州山脉，清晰得似乎触手可及。清三每次来到这里总会驻足观望。他的家乡足利町，就在这波澜起伏、层峦叠嶂的山脚下。一日，他看见故乡的山脉已被皑皑白雪覆盖。

住持因长夜无趣难挨，常来正殿闲聊。有时晚上也会沏好茶后让小和尚来请清三过去。僧寮里屋那间六席大小的房间里，长方形火盆上放着煮开的铁壶，竹筒底座上的灯芯约有半寸长，住持夫人在油灯的亮光下做着针线活儿，而住持则搬来小桌子放在夫人身边，浏览杂志新刊。这小屋光洁明亮，似乎让人感觉不到寺院的清冷寂寥。茶点是咸饼干或是法事上得来的咸豆饼。文坛轶事、时下的作家风范及杂志记者等都是常规话题，某一晚，两人却忽然聊起了旅游。住持颇为自得地聊起以前去伊势的往事。那时他已从早稻田毕业半年，去伊势的一身田专修寺中学担任了两年英语和国文老师。住持从伊势的大庙聊到二见浦，还聊起宇治桥下结网接收参拜者从桥上扔下的香钱的事，以及从前在间山卖艺女子用小铲收钱的旧闻。朝熊山的眺望，特别是月濑村中整个溪谷因白梅花瓣而变得一片雪白的故事引起清三无限的遐想和憧憬。京都奈良的见闻对他也有十足的吸引力。住持正好是四月休假时去的，正值祇园岚山樱花盛放之际。

"擦肩而过舞姬颜，月色朦胧影蹁跹。"住持引用红叶山人的俳句，饶有趣味地聊起从新京极到三条桥夜晚的繁华景象。那时，住持买来踏雪木屐，无比陶醉地走在明媚喧嚣的春日街头。在奈良，他将大佛、若草山、世间罕见的青铜佛像及两千年历史的古刹都尽收眼底。清三心下怅然，对未曾踏足之地、未曾见过的山水及未曾领略的风土人情都向往不已。他心里暗忖"一生中定要去上一次"，却又不得不面对晦暗不明的前程。

岁末将至，行田的母亲来信告之，今年年末各处借债繁多，今后必得留心花销。清三的棉被单薄，如虾般弓背蜷身睡一宿脚也不暖和。他明白告诉家里也无济于事，手头不宽裕买不起现成的棉被，便打算就着薄被挺过今年寒冬。他将衣物和羽织盖在脚部，却依旧无法抵御日甚一日的严寒，最后只好去米寿司店借来一床四幅宽的棉被。他在那天的日记里写道："从今晚开始终于能暖暖入眠了。"

行田通往羽生的途中，平原上刮起瑟瑟寒风，西风呼啸着劈头盖脸地迎面而来。周日黄昏，清三从行田折返，秩父起伏的群山之间，淡墨色的富士山清晰可见，夕阳清冷地照在整个平原。

还未着家，天已黑尽，清三独自走在寂静的乡间小道上，忽有一人擦身而过，并说了句"赤城山，着火了吧。"

回眸一看，黑暗之中赤城山的方向果然火光冲天。山火！赤城山火！这无疑是关东平原寒冬已至的明证。

清三一边走着，一边思考如何度过这个冬季寂寞的蛰居生活。

二十四

"林哥哥，你知道我哥哥和美穗子的事儿吗？"雪子笑着问道。

"知道一点儿。"清三脸色微红，看着雪子回答说。

"最近的事儿也知道吗？"

"最近……是放寒假后的事儿吗？"

"嗯。"雪子露出了微笑。

"不知道。"

"这样啊……"雪子又笑了起来，闭口不语。

昨日放了寒假，清三从羽生返回行田的家里迎接新年。听闻美穗子在三四天前也从浦和回来了，于是今早就动身去加藤家拜访，却不见郁治出来。清三转身正欲离开，却被母亲和雪子给叫住了："郁治快回来了吧。"

清三本欲问个明白，却缺乏勇气，心里怦怦直跳。雪子笑意盈盈。

"到底怎么回事？"

"没怎么回事……"雪子仍然笑着回答。顷刻又道："想问个奇怪的问题……哥哥和北川的事，您有什么看法吗？"

"没有。"

"那您有没有掺和在两人之间做点什么呢？"

"与我无关。"

"是么。"

雪子再度闭口不言。过了一会儿又说，

"我听小畑说了些莫名其妙的事儿……"

"莫名其妙的事儿？什么事儿？"

"也没什么啦。"

雪子的话像猜谜游戏般不得要领。

下午，清三打算去找北川，走到池塘边上时，遇到迎面而来的郁治。

"喂！"

"去哪儿？"

"去北川家看看。"

"我也正准备去呢。"清三故作轻松,"Art不是回来了吗?"

"嗯。"

两人一言不发地走了一段路。

"到底怎么了?"过了一会儿清三开了口。

"什么?"

"你就装吧,我已经听说了。"

"听说什么了?"

"不是已经大有进展了吗?"

"谁说的?"

"我都知道了。"

"应该没人知道啊。"郁治说完想了想,"说真的,是谁说的?"

"证据确凿哦。"

"是谁啊?"

"你猜猜?"

郁治想了想答道:"不知道。"

"小畑跟你妹妹说过些什么吧,关于我的事儿。"

"啊,是我妹妹说的呀,她那个傻瓜!"

"好了,别说她了,快回答我的问题!"

"回答什么?"

"小畑告诉了你妹妹些什么啊？"

"不知道啊。"

"你怎么会不知道呢？说是我介入到你和Art之中如何如何。"

"嗯，这么说起来倒是有这么回事。"郁治仿佛想起什么似的，"说你'经常去北川家，难道不是很奇怪吗'之类的话。"

"关于你妹妹，他说了什么吗？"

"也许是开玩笑吧，具体我也不清楚。"

两人继续默默前行。

二十五

清三打听到许多郁治和美穗子"新进展"的详情。一个月前，郁治将长信夹在雪子寄给美穗子的书信中一并寄去，不久就收到了美穗子长长的回信。那晚在一家料理店喝酒时郁治把那封回信拿给清三看，信中写满了甜言蜜语。信中美穗子说自己在宿舍昏暗的油灯下反复读过郁治的长信，"彼此尚在苦修学业，如您所言，在出人头地之前愿和您保持稳定的联系"云云。由此可见郁治也说了些类似的话。清三无心细读长信，只是快速浏览。

然而那些处处流露的甜言蜜语仍然如五彩花环般闪耀在倍感孤独的清三眼前。郁治对朋友孤独的内心毫不知情，酒醉后还得意洋洋、怡然自得地炫耀着自己的恋情。清三对此又恨又气又过意不去。听着郁治的讲述他只是嗯嗯啊啊地应付着。

"作为报答，我也定当为你竭尽全力！"郁治几次三番的强调。

"小畑也那么说的哦。还是我明白你的心思。"郁治继续说。

郁治还提到石川最近迷恋上加须一个艺伎的事儿。

"石川近来非常热情。你也知道的吧，他买了自行车，说要去远行什么的，每天都去加须。那位姑娘来自东京，名叫小蝶，石川每天都把她的照片小心翼翼地带在身边。不愧是有钱人家的少爷，心思也与我们不同。因为即便他学业不努力，也能出人头地。"

清三清楚地知道，在这番"竭尽全力"的话的背后有雪子的身影。然而这并没使清三得到宽慰。雪子装模作样假装正经的样子在他的眼前一闪而过，而美穗子的身影则更加深刻地烙印在心，这让清三也颇感意外。他早就知道事情会有如此发展，甚至那时还曾为朋友祈祷过。然而想象的情形毕竟与事实的感受有着巨大的差异。

清三的内心寂寞无比。无论现实生活还是恋爱，抑或学业上，他的境遇都越发消极，有种被迫挤压在两根柱头之间越挤越小的压迫感。最初久喝不醉的酒反而后劲十足，快回家时，清三又是唱歌又是吟诗，把郁治也吓了一跳。

然而这事毕竟告一段落了。失恋固然痛苦，同时也让他感到一种重获自由的喜悦。适度剥离既往对朋友的情感，反而让他能够更加清楚地看见自己。

他的兜里有七元钱。他本打算拿出部分补助父母，然而旅行之念依旧强烈，于是特意将那些钱都存放起来。年关将至，关东平原的小镇上几乎每日都会刮起狂风。干货店内堆积着如山的干青鱼子，鱼铺的案板上并排放着几条鲑鱼。过旧历新年是这一带的习俗，小镇沉寂如常，连穿着红色贴身内裙的乡下姑娘也不见了踪影。只有郡公所、警察局、小学及权贵人家门上挂着的注连饰①格外醒目。

六席房间里安着暖炉，清三多在那里度日。看杂志，读小说，有时也会翻翻心理学书籍。母亲做计件工之余总在一旁坐着给清三缝制棉衣。有时，下午她会去街上买来糕饼，并给清三沏好茶。

一晚，狂风大作，雨雪交加。清三与父母围坐在暖炉旁，倾听着户外凛冽寒风的呼啸。这时爱发牢骚的母亲嘴里说出了家里

---

① 注连饰。为迎接新年在门前或神龛等处挂的稻草绳装饰。

财政即将陷入危机的话题，负债累累的事被反复提起。

"真是难办呐。"清三叹了口气。

"要是买卖顺利些就好了，可是实在是不景气。做什么都不顺。"父亲如此说道。

"真是对不住你，可每月你不帮助点家里的话……"母亲盯着儿子的脸说。

"我一直都很节俭……"清三说，"也尽量不抽烟，可还是……"

"真是难为你了……"

"父亲您也多少得挣点呢。"清三对父亲说道。

父亲沉默不语。

提到财政话题，母亲便絮絮叨叨地念叨起来。清三对母亲的话感同身受，又费尽唇舌劝说父母，借钱并非良策，穷日子必须省着过。最后他把私存的三元钱交了出来。

即使拜访朋友，也不复往日般有趣了。郁治倒是常来，清三却很少去了。每次碰面都会提到美穗子，清三听后总是苦不堪言。找北川的想法不时闪现，又觉得自己太没出息。近来田野寒冷，也别无景致可看，散步也免了。闲得无聊时他就去隔着一户的邻居家，坐在向阳的檐廊上，和七八岁的小女孩儿玩弹贝壳游戏。

其中有个女孩儿一头长发，眉目俊朗，是调职来警局的警部①的女儿。还没上小学，可是假名数学都已学会。《百人一首》也背得一些，还会用可爱稚嫩的嗓音唱情歌给大家听。清三试着考她一到十六的加减法，大致都能准确无误地流利作答。他不禁感伤地想象这小女孩的未来并隐隐担忧。"一定要幸福哦，有段好姻缘。"想到这里他的心里便充满了无限的哀愁。

去熊谷那日是三十号，西风呼啸。小岛和樱井都从东京回来了。小畑格外热情地迎接了清三的到来。然而清三的心里已不复往日的快活了。老友们看到他脸色苍白、情绪低落、言语消极都十分不解。在开朗的朋友面前，清三更觉得颜面无光。

熊谷的街市热闹非凡。这里每家每户的房檐下都挂着注连饰。街道拐角处还设有年末集市。酸橙、注连饰、海带、虾等各种物品看得来往的行人眼花缭乱。每家店铺都张挂着弓形把的灯笼，鱼铺里有鲑鱼、沙丁鱼干、干青鱼子，洋货铺内毛线、衬衣、衬裤等堆积如山。夜晚来逛集市的人络绎不绝。

12月的最后一个清晨，清三心情落寞，迎着西风踏上了归途。他快步走在通往行田的长长的街道上。而今令他体悟更深的是人与人之间随着际遇变化的感情。去年此时，他做梦也不会想到会有今天这样的际遇，也不曾知道与挚友的关系会这般疏离。

---

① 警部。日本警察的职级之一。在警视之下，警部补之上。

人是际遇的动物,他最近在某本书上读到过这句话。当时的他认为与己无关,很快就将其抛诸脑后了,然而这却是事实!

回到家中,映入眼帘的是从四面八方赶来讨债的人,母亲一一低头鞠躬小心应对的情景让清三不忍直视。父亲没能结清账款,直到黄昏时分,才有气没力垂头丧气地回到家中。"唉,没法子啊!"父亲长叹一口气把不到预想一半的钱包递给母亲。清三看不过眼,又拿出两元贴补。

入夜,母亲哗啷哗啷地拿着荷包里仅剩的一点钱去街上采买年货。她将三块抻糕、一袋沙丁鱼干、五段鲑鱼块以及明天用来红烧的五合①芋头用包袱包好,嚷着"真重真重"很快提回了家中。在此期间父亲已经将神龛、厨房和厕所的御灯点燃,烧旺了火盆里的炉火。不久,过年的菜肴就做好了。

父亲低下秃噜的头,频频在神龛叩拜。上了饭桌后他说:"咱们一家三人像这样围坐一团吃年夜饭可真是难得。"说完便提起了筷子。桌上有豆腐汁配鲑鱼,每人还有两条生的沙丁鱼干。小屋里亮堂堂的。

母亲今晚还有必须赶制好的针线活儿,因而直到深夜还在飞针走线。清三在一旁写了十五张贺年片,最后拿出每日记录的日记本,用钢笔开始写起来。

---

① 合。日本度量衡中的体积单位,一合为一升的十分之一。

三十一日

今年又至岁末。

胡思乱想中明治三十四年又近尾声。

不该多虑却又忧思重重，在这年末。

于是最后下定决心，

无言，沉默，实行。

吾必得顺从命运。若是世道如此，吾亦不必多言。

《明星》《新声》来了。

唉，明治三十四年即将消逝。这是吾一生之中有诸多难忘之事的一年吧。

不多言，不多言，唯一想到的就是——所谓世事如此，无须多言，当独自思量。唉。

他合上笔记本搁在一旁，开始读新到的杂志《明星》。

二十六

一月一日（明治三十五年）

这是三年前，和小畑打算抄录优美和歌而装订的本子，至今一片空白，姑且拿来记录今年的日记吧。

去年，即昨天，终于痛定思痛看清世事如此，然今又心乱如麻愤愤不平。倒不如独居草深林密之处，兀自清高。如此这般或许会被友人笑话懦弱，对于无法摆脱之宿命，吾亦非缺乏抗争之勇气。然而慈母二十余年于吾恩重如山，闻其长吁短叹，纵使放任两三年也终会悔悟吧。今年日记就如此吧，不多言，唯愿清醒于世，心平气和而终究无所抱怨。

恋爱皆苦，如今吾舍弃之亦不懊恼。对于加藤的恋情、他心藏暗箭之事吾并非一无所知，然而与之相争则会心怀愧疚，那么还是视之如常不生是非清醒于世为妙。

今日起给熊谷的小畑去信。

二日

昨夜在铃木处闲话一晚童年往事。

心怀怜悯去关爱少男少女吧。望这世上神明能独赐幸福于年幼生命，心怀慈悲去爱护孩童。

Art！该如何是好？明知不应在这苦恋中争斗，有时却如常言所云无法冷静，徒增烦恼，皆是虚幻无常啊！然而结局早已注定。

黄昏时分，西边红霞缭绕，由下往上，淡紫渐变为浅墨色。云彩下方秩父群山森然耸立，沐浴霞光，苍劲壮美。而冬云寒寂，恰如恋情告吹、为世间所弃之人冰冷的心。

三日

午间风起，拂过树梢，呼啸不止。冬野寒寂，狂风肆虐。伫立俗世旷野间，惊觉无处可前行。迷醉黄昏，唯向神明祈愿呼救。

四日

傍晚泽田到。加藤邀约吾等去北川处玩纸牌。他怎会是不顾友情、为了一己私利出卖朋友的人呢。他总是说："请说出你的愿望，我会尽我所能帮忙。"吾回曰："不必。"这句话真是他的肺腑之言吗？

五日

偶然受邀参加校友大会，上台讲述"集会应当守时"之话题。初次立于集会讲台，内心些许惶恐，然而却出乎意料冷静地结束了演讲。作为余兴节目听了小燕林①的讲谈②。

六日

与加藤、雪子、铃木君的妹妹玩纸牌。

入夜，户外西风呼啸。怜悯之心无益于能力不足的自己往高处进取，吾仍需为着父母奋力奔跑。无论怎样，在残酷的命运之

---

① 桃川小燕林（1853—1922）。讲谈师。武家出生，擅长讲战争故事。本名渡边一义，又名桃川东燕、桃川燕国。

② 讲谈。在曲艺场演出的一种曲艺，以抑扬顿挫的声调讲述战争故事、武勇传、复仇记、侠客传等曲艺。

路上任凭风急雨骤,吾自有思考,岂会卷入尔等旋涡之中。

男儿站姿挺拔如松,

意气风发不惧雨风,

纵使枝折根基不倒。(正直正太夫)

近来寒风瑟瑟,南面林深处,不知弟弟羸弱遗骸尚且安否?只在心中祭奠却未能探望,而明日又将东行。

七日

回到羽生寺院。

心意已定,然冬季寒野太过枯萎冷清。

××子,近来可好?可笑吾仍寄情于卿。然而世事如此,吾只能独自苦恋独自悲泣,不敢烦扰于卿。

与住持同食山药糊,亲密交谈。夜寒。

九日

今朝,观今冬之初雪盛景。

夜里,荻生君来访,带来木炭与点心。人情冷淡,吾友心暖,愿吾亦能待友以赤诚。(夜十点半记)

十日至二十日

此间十一日,心乱如麻不曾归寺。碌碌无为徒增年岁非吾所愿,亦具平常智慧了悟世事,然心中尚有疑虑,不知该当何为。终是无力依仗神明,不愿与人多言语,终日浑浑噩噩。不是不愿给挚友去信，亦不厌恶回行田，只是郁闷倦怠，于是不写诗不作画，独自一人闲度十日。

周六荻生君来，畅谈一夜。是个深情懦弱之人！

加藤迷醉于情爱，小畑自甘落俗。此前他来信曰："切莫自甘为诗人，切莫自甘成俗夫。"话虽如此，想做诗人不易成，甘作俗夫亦难得。终觉困惑万千，热情消退，从失意到沉默，由沉默至冷静，惟愿苦笑能解愁。不念永久，思及万事皆无常，心亦无悲伤。然夜半狂风大作，念及幸运友人众多，更显这乡野寂寞。也罢，万事不由己，也曾想奋发高飞，然而静思自身命运……万事皆是片刻，皆为无常。

能平心静气者唯有幼童、绘画、诗歌及音乐而已。

近来数日，沉默寡言，独自思量……

清三的日记就这样持续记录着。与去年春天时相比，无论心境、笔调都明显变得消极，这点他自己也有所察觉。有时他会翻看去年的日记本，既有玩笑话又有戏谑语。字里行间都书写着笑意。与今日相比，那不过是不闻世事的安逸罢了。

他很伤心。消极地想从一切——恋爱、友情、家庭中逃脱出来。寺院正殿的那间房对他而言太过清冷寂寞。加之早晚来回近两里的路途太过奔波。他就像流浪汉般，有时住在值班室，有时睡在村里的酒肆，有时回寺里就寝。懒得制作餐食，便四处买来便当食用。有时午餐就吃点粗点心什么的对付。荻生去正殿的那间房里探望，主人大多不在家，桌上布满尘埃，旧的《新声》《明星》四处散落。住持说："林君怎么回事？好久没回来了……学校里有什么要忙的事吧？"荻生有些担心，于是从繁忙的邮局事务中忙里偷闲，专程赶往弥勒探望。清三并无异样，平时懒得打理的头发也修剪得整整齐齐，笑呵呵地出来相迎，并说道："这么冷的天，一大早起来赶路很辛苦。我在这里和校工一起睡，能够慢悠悠地睡到学生们来。"八席大小的房间里，横木板条钉上挂着旧裙裤、小孩抒带等物。桌上放着红笔批改的学生作文和他最近开始尝试的水彩写生画。下课后等校长和同事都回去了，清三就独自出门买来点心两人食用。他一边喝茶一边把两三张画技拙劣的水彩画拿给朋友看。有一张上面画着校门、夕阳残照的围墙、暮霭中微微显露的富士山还有学生的脸。荻生拿在手里，看得入迷，并感叹道："你画得挺好嘛！"清三还将近来收集的带乐谱的新歌用风琴弹奏给荻生听。

冬日日渐萧寒。白日的雨入夜后转为雨夹雪，翌日清晨，校园雪白一片。早到的学生或是堆雪人或是打雪仗，一片欢腾景象。雪霁初晴，雀鸟在房檐上鸣叫不止。雪后的道路泥泞，数日未干，穿着高木屐也常会陷入其中。公共马车飞驰而过，连顶棚也飞溅起泥点。

桌前拉门上清冷零落的日光使清三的心得到了些许安宁。他从放任自流的状态转变为"尽人事听天命"。叹息、流泪之后，有一种闲寂却甜美的平静。在雨雪翻飞的夜半时分，他唱起歌谣"夜寒霰雪横飞声，声声入耳扰清梦"，思念家乡的母亲。他在日记里写下"夜半床边寂且寒，心静不觉苦与难"聊以自慰。他还写道"不思不想闲度日，昨日今生无悲喜"。另有一日的日记中写道："昨夜有鼠落入陷阱。悲乎哉！汝亦是逃不过命运鞭笞之不幸儿！倘若有暗中搭救汝之方法，理应救汝。然吾亦是加害于汝之人。悲乎哉！与其夜夜为食奔忙，不如就此陷阱终了此生。悲乎哉！"周日清三既没回羽生寺院，也未返行田老家，夜宿值班室的他写下"今日周日，复又在此度日，独自一人朝眠迟。"

清三得到消息，郁治、樱井、小畑都去了浦和参加高等师范学校的入学考试。孝明天皇祭日他难得回到行田，却没有见到一个可以说话的朋友。雪子依旧以一副装模作样的面孔前来迎接。他更加怀念那个天真无邪、开朗活泼的繁子。折返时，母亲把昨日就开始精心炖制的甘露煮鲫鱼装进提篮里让他带走。

近来避世独居，连报纸也很少看。第五师团的抢夺问题、青森第三连队的雪中行军冻死问题、矿山污染事件每天都用二号字印刷在报纸的头版和第二版。平时作为报纸的忠实读者他总是将各种报道作为谈资，或是记录在日记里。然而最近对那些新闻却不甚关心。听人提起也只是淡淡地说句"是么"不予搭理。那本爱读的泪香①译作《岩窟王》没看完就搁置了。校园操场的后面有片约五十坪的竹林，夕阳总是穿过竹叶照进值班室里。一晚，对面农舍里传来老爷爷的声音："福进来，鬼出去！""啊，今天是立春呐。"想到这里，清三拿出新年报纸附赠的带图日历查看。他就这么远离世事地活着。

每天一过四点，前面澡堂木板的声音便在这个有着众多茅草屋顶、寒冷僻静的乡下街道响起。

与羽生的住持饮酒时，清三曾想："要不干一件举世闻名的大事吧。什么都行。"也曾思考："无论干什么事业，改良社会也好，思想界的救济也罢，必须得有活下去所必要的物质保障。而这种保障最好能以自己为社会所做工作的报酬形式来获得。那么，自己是从小学教员逐步成长为中学教员呢，还是满足于这崇高美好的小学教员生活？"他一方面想和许多朋友一样到社会上有番大作为，另一方面又把小学教员工作看得尊贵神圣，认为陪伴天真无邪的孩童共度此生是更为理想的生活。时而也有叛逆的想法：远离朋友，远离恋爱，脱离社会，孤独地了此余生。

① 黑岩泪香（1862—1920）。小说家、翻译家、报纸记者。创刊《万朝报》。译作有《岩窟王》《无情》等。

有一天校长说："怎么样？你要是每天都这样住在值班室，不如把寺里的行李搬来，在这里自己做做饭……这样一来，我也不必特意安排值班，你也省了房钱，很划算。连那一两里的通勤路程也可省去了。"最近回羽生时，住持也说："你到底作何打算？这样空置着还要收租我也于心不忍……冬日里来回奔波也很是辛苦啊。"清三不禁意识到自己刚寄宿寺院时的心境与当下已经大为不同。《行田文学》已停刊，因文学而聚在一起的朋友们也离散了。就连他自己，比起阅读文学书籍，更多时间都花在绘画写生、收集乐谱、弹奏风琴上了。并且也不愿再屡屡回行田。这月中旬，他将棉被和书箱从羽生的寺院搬到了学校来。

二十七

"喜平那个事，真是没想到啊。"

"可不是嘛，他今早出去时，我还碰见他了呢。他带着渔网去的，我还和他打招呼来着：'这么冷去捕鱼呀，太辛苦了！'真是弄不懂啊。"

"怎么会发生那种事儿呢？"

"是啊，那里是条水沟，不起眼的小地方。"

"到底是哪儿啊？"

"哎呀，据说就是在西边勘三先生田里的那个水沟里死的。半边身体扎在淤泥里，头耷拉着，身体都凉了。"

"真是出人意料呀。"

"今天不是拜阎王的日子嘛，大概也是有这因缘。"

"这个春天，咱们还是别去捕鱼了。"

热气腾腾的狭小澡堂里，村里的人们对此事议论纷纷。这个叫喜平的，是住在村郊小屋的一个五十来岁的老头，平日里靠捕捉小鱼和泥鳅糊口。每天都穿得都脏兮兮的，扛着破旧的渔网去河里和沟渠捕鱼。路上遇见学校的老师或是村公所的官员总是毕恭毕敬地鞠躬致意。就是他今天在水沟里冻死了。

清三泡在浴池里，听着村民们的各种议论。一个人的出生、经历与死亡被村民们七嘴八舌地讨论着，这让清三陷入了沉思。他甚至想象出一位老人张着旧渔网、立身冻死在泥潭里的样子。白茫茫的雾气中传来水滴落水槽的滴答声。

二十八

课程结束，同事大都回去了，清三和校长在值班室正说着话，卖鱼的小贩走了过来。

"老板，鲫鱼便宜卖了。"

推开拉门一看，一个满脸堆笑的老大爷站在门口，旁边放着鱼篓。

"鲫鱼呀，不要。"

"算您便宜点，买点吧。"

校长回头看了看清三，"你要吗？便宜的话可以买点回去做甘露煮鲫鱼。"说完，两人来到了檐廊。

两个鱼篓里挤满了大大小小的鲫鱼，鱼腹泛着金光，每条大约三寸到五寸长。

"有点小啊。"校长说。

"哪里小啊，这种大小的做甘露煮最合适不过了。而且是在板仓那个沼泽里捕的，鱼骨可软了。"

校长一下子就看出这个鲫鱼的品质上乘。越过利根川约一里地，有个板仓沼泽。沼泽边上有个祭祀雷神的神社。那一带是靠近利根川的沼泽地，地势比河床还低，到处都是小沼泽。上州游过来的鲫鱼和小杂鱼味道鲜美，在这一带有口皆碑。

"打几折？"

"七折不贵吧？"

"七折贵了！"

"分量给您保证，就七折买吧。"

"五折差不多。"

"五折？哪有这种价的。那么各退一步吧。"

清三笑眯眯地看着，校长砍价技术高超，最后以六折成交。校工拿来了水桶和擂钵。秤杆猛然往上翘起，分量十足的鲫鱼的腮不停地一张一翕。老大爷拿了钱，挑上变轻的鱼篓转身离开了。

"便宜、便宜。把这些炖了，够你吃上十天了。"

校长说着，从鲫鱼里抓了一条大的给清三看，"上州的鲫鱼好啊，鳞片就与本地捕的不同。"校工分了一半，装入小桶提到校长家里去了。

那天清三一直忙着做鲫鱼料理。在菜板上去掉鱼鳞后，将其穿到铁钎子上放在地炉里烤。校工在一旁忙着做草鞋。有两三串上的鲫鱼很大，一条就占了整个铁钎。鲫鱼烤到微微有点焦黄，再把鱼串插进稻草里。

"真是不少呢。"数了数,"有十九串。"

"太便宜了。校长不愧是砍价高手。这么好的鲫鱼六折哪能买到啊。"校工从旁说道。

清三想要试着炖一炖,于是拿了五串装入小锅,放到炉子上。睡前尝了尝,骨头还是很硬。

自己做饭的生活对于清三而言,既轻松自在又经济实惠。他常以清拌豆腐、油炸豆腐和干鲑鱼度日。甘露煮鲫鱼是第二次才做成功的。糖放得过多,分食的校工说:"林老师的甘露煮吃着像点心。"学生有时会带来萩饼或是盐饼,也有高粱和糯米粉做的馅饼什么的。清三总想着要尽力多学习。无论在乡下还是东京,向学的心情是一样的。清三一心追求学问,不愿输给那些父母出学费学习的朋友。他孜孜不倦地阅读心理学和伦理学书籍。有人请他教英语,不好推脱,于是开始教授高小学生的英语。慢慢地带着国立课本一、二册来求教的学生越来越多,后来他认为不能再这么消磨闲暇时光了,可是晚上学生们依然会聚集到值班室来。

二月末,梅花初开。划开拉门,就能见到竹丛里的梅花,闻到随风徐来的花香。

一日,他坐在桌前,一边哼唱一边将其记在了笔记本里。

乡野僻静地,

白梅探新枝。

一枝掬在手，

独奏春之曲。

怅然若失的寂寞感涌上心头。他突然看到旧的《中学世界》里，有张明信片以梅花为背景画着乡村少女。他把明信片拿在手里，抄录下那首歌，并署上"不知道城市的乡村少女"，想着给浦和的美穗子寄去。然而念及那边的宿舍监管严苛只好作罢。他忽然想到美穗子有个姐姐叫郁子，爱好音乐，自己曾与她有过两三次书信来往，于是附上谱子寄了过去。

他在黄昏的操场漫步，低声哼唱这首自己作的歌。刚唱到"独奏春之曲"时，眼前似乎浮现出自己孤苦渺茫的境遇，深有所感，热泪不禁簌簌滑落。

近来，朋友们的来信也少了。前不久去拜访熊谷的小畑，因为处事意见的分歧产生争执，渐渐就疏远了联系。郁治的来信中总是提到美穗子，清三也没有回信的心情。相反，与弥勒的人倒是交往甚密。最近，无论去到哪家都挤满了人，叫他"老师，老师"。并且，同事中那个毕业于师范学校，装腔作势、心术不正的教员去了加须，没有了心怀芥蒂的人，学校的氛围也越来越融洽。

无论节假日还是周末，清三大多在值班室度过。越过利根川再走一里地有个叫高取的地方，那里有座天满宫。三月上旬的大祭，附近的人都赶来参拜，宫内拥挤，似无立足之地。清三以前也去过一次。杂耍、路边摊贩热闹非凡，鳄口铃声不绝于耳。特别是家长总会带上孩子前去祈求学业进步，因此每年大祭那日学校都会休假。下午清三在值班室写了书信，就有两三组参拜返回的学生前来拜访。

二十九

发户有许多织布坊。每逢赶集，能拿出百匹以上的布去镇上贩卖的至少也有七八家。当然，说是织布坊，却并没形成鳞次栉比的群落。乍一看与普通农户无异——周围是种着蚕豆和荷兰豆的田地，夏天更是结满茄子和黄瓜，玉米的阔叶在风中摇曳，沙沙作响。

然而进到坊内，景象却大不相同。入口的正对处放着好几口大靛缸，织染工匠正在麻利地染丝。白丝堆积如山，一旁的校工正在不断分选。还能看到放置布匹的大橱柜。

屋前的晒坝上整齐地并排放着好几列高高的晾竿，一大早就成排地在那里晾晒藏青色的丝线。手摇缫丝机的声音如骤雨般四处响起，热闹喧嚣。

织布坊的周围，领料计件加工的机杼声此起彼伏。

与附近村落的寂寥不同，这里充满了生气。富户众多，从外乡来的年轻男女也不少。

发户村在附近一带风评不好。《琦玉新报》的社会新闻中每月必有一两件素材来自这个村。例如织坊老板强奸女工入狱啦，或是越后女子与上州男人从利根川的悬崖上双双跳崖殉情什么的。与街道紧邻着还有两三间风俗店。

随着八月的到来，每晚这里都会举行热闹的盂兰盆舞会。在学校值班时，人们跳舞的声音穿过大礼堂的玻璃窗清晰可闻，过了夜里十一点也没有停歇的迹象。去年九月的一个夜晚，正当清三轮值，月色皎洁，垣墙上虫鸣似雨。训导教师杉田笑言："发户的盂兰盆节很热闹，林君还没去过吧？那非得去一次才行啊……但是像你这样的美男子必须得当心点，否则袖子都会被扯掉的。"直到深夜耳畔都一直传来舞会欢快的音乐，但是清三却并没有想去的意思。

除此之外，清三还听说了发户的另外几件事。据说一两年前，一位极具男子气的教师在此值班，发户的女人就三五成群，莽莽撞撞地从校园里进来，说些没羞没臊的话。此外观察学生，也能看出发户的风气败坏。同样是行为不检,发户来的学生就与其他地方的不同。有的甚至把粗野的歌曲当做口头禅般在教学场所哼唱,被老师罚站的同时还需端着满水的茶碗。

春天来了,田野里正是紫花地丁盛开的时节,清三开始去散步。到处都能看到他戴着茶色旧帽子、身材高挑清瘦的身影。有时村民会看到学校的这位年轻教师驻足在野川桥上,望着晚霞和云朵发愣,有时会在清早村公所对面的马路上遇见他。清三有时会跟村公所的杂役站着聊天,或是跟田里的村民寒暄,甚至带着两三个学校的女生,在林中摘花制作花束。

在弥勒田野的林间一角,他刚对着傍晚的天空写生,附近的学生就陆续围到了他身边。

"呀,是老师,老师!"

"老师在画什么呢。"

"唉呀,在画画呢!"

"正在画那朵云呢。"

"画得真棒啊,老师。"

"那是当然,老师嘛。"

"啊,那个是画的那朵云。"

"那下面就是那栋房子。"

清三默默举起画笔,学生们在一旁七嘴八舌说个不停。有的孩子一直盯着老师的脸，似乎对其画得如此之好有所不解。翌日清三去到学校，那些看他作画的孩子像见了什么稀奇事物般正向其他学生吹嘘。学生们吵嚷着："老师，把您昨天画的画给我们看看嘛。"

清三渐渐对附近熟悉了起来。连树林深处有户独门独户的人家他都知道。富农家橡树篱笆墙的正对面有条小河，河畔长有柳树，高小二年级成绩最优异的女生就住在那里。女生家的水井旁杂草茂密，上方架着桔槔。清三路过时那个女生正巧走了出来。清三说了句"你家在这儿呀"，说着便要离开。小姑娘却嚷道："妈妈，老师路过哦！"小河边上母亲正背着身子麻溜地洗着衣物。

通往加须的街道旁有田地、树林、还有成排栽种的行道树——赤杨。有时清三在枹栎林中发现了色彩浓艳的紫花地丁，就将其连根拔起种在花钵里置于桌面上。离开村庄，街道在平坦的田野中穿行，可以看到微风扬起的白色尘埃。不时有运送织布机的货车和疲劳的旅客经过。

一天夜里，学校前方火警长鸣，走到竹林前面一看，天空已经映成了雾蒙蒙的一片红色。不久便得知是手古林那边发生了火灾。过了两日清三去散步的时候，不经意间发现自己正站在被烧毁的房屋面前。这是紧临村道的一户人家，旁边有一间用稻草临时搭建的小屋。废墟上散乱地残留着尚未烧尽的柱头和灰烬。井旁烧得只剩一半的水槽边上，一个女子用挂带将长袖系于身后，正忙碌地清洗餐具。村民在小屋进进出出。清三一边散步一边思考发生在这个祥和乡间的突发事件，不禁心生怜悯：夜里发生的意外一定给这家的命运带来了巨大坎坷。在钱财得来不易的乡下，盖一户新房必然得付出个人毕生的辛勤劳动。清三将熊谷与行田热衷于功名和学问的朋友们与这些艰难度日的人们做了比较。接着在心里想象每日出现在报纸上的上层人士的生活。他渴望成为人上人，过上富裕的生活。然而过平凡日子的人也有许多，没必要牺牲一家的幸福——柔弱母亲的幸福去追逐功名。与其如此，倒不如甘于平凡。清三边走边这么想着。

　　清三也去过那条沟渠——老大爷在寒冷冬日扎进泥里冻死的地方。芦苇和茅草已经长出了新芽，青蛙呱呱叫着跳进水里。林中有座荒芜的神社，从树林一角能够清晰地看到富士山，紫云英盛放，长满了整块田地。

　　清三就这么在学校住着，没去刻意打听，却也对村里的种种是非有所耳闻。女子不堪家务重负投水自尽；看孩子的妇人被外乡人诱骗、拽进树林里强奸；三个强盗带刀闯入上村的富农家，绑了主人和妻子抢走财物；蚕茧中介商与陪酒女殉情而亡——听得越多，越能发现在这看似祥和的村子里也有许多辛酸和悲伤的故事。地主与佃农的关系、富人与穷人间的巨大鸿沟都让清三渐渐看清，想象中置身于大自然的恬静怀抱、过着清净理想生活的乡村也不过是利欲争斗的竞技场。

另外，他还出乎意料地看到了乡下猥亵肮脏、淫靡不堪的一面。传闻中这类事件十分常见：哪家的女儿怎么样啦；哪家的老板娘又和某地的谁私通啦；谁在哪里私藏小妾啦；夫妻因为女人争吵不休啦，这样的事情比比皆是。并且他还曾亲眼见过几次，证实传言并非都是空穴来风。

有一日，他又带着学生去了利根川河畔，晚上在日记本里写下了这样的新体诗：

日暮松原远，

利根川水潺潺。

凋零村落间，

一年草庐借居。

幻情俗世皆可抛，

无牵无念独一人。

悲寂唱心曲，

谁闻曲中意？

清三不时涌起多愁善感的思绪，然而他的心里并不只有这种愁绪。他曾听到这样的趣闻：村里的年轻人到了夜深人静之时，会经栗桥去河对面离着四里地的中田买春。从大越来的老训导酒后曾用洒脱的口吻讲起那附近的烟花巷。群马和琦玉两县曾一度流行"废娼论",因而管区内私娼盛行,而没有公开的妓院。足利的福井太远,佐野的小镇荒芜不便,因而这里的年轻人外出寻欢,只能去茨城县的古河或是中田。去中田可以乘坐前往大越的公共马车,从大越沿着堤坝步行二里地,跨过利根的渡口便是中田。"也就有五六家店吧。以前,奥州街道繁盛的时期,那里也曾是热闹非凡的地方,如今不行了。我们年轻时常去那里,总是傍晚时经过渡口,晚霞的云映照在水里,有趣得很呐。"老训导笑着说道。

　　有时还会说:"现在的年轻人太执拗了。做学问的或许认为这类事情很愚蠢,不会想去尝试。但一旦跟栗色和服或是檐发什么的扯上关系,就有可能会发生些无可避免的事,乃至身败名裂。不过,独自专注于念书对于年轻人而言也是有利有弊的。有人不是就因此神经衰弱或是遁入空门了嘛。培养出的青年总是一副青葫芦脸,即使饱读诗书、思想高尚又有什么用呢?年轻人还是得有精神劲儿,得培养浩然之气呀。"

　　见清三面色苍白、总是孤独地待在值班室里看书,老训导就笑言:"太努力了会得肺病哦!去稍微玩玩吧。学校的老师也是人呐,被道德伦理所束缚的生命不长久哦。"老训导还说,校长从师范学校刚毕业的那段时间，还没和现在的夫人结婚。与川越一个厉害的陪酒女有染，后来事情差点儿败露，这才换了学校。就在不久前一个师范毕业的教员对小川屋的姑娘产生了爱慕之情，每晚都神采奕奕地前去探望。

住进值班室后，清三耳闻目睹了许多事情，渐渐知道了很多在中学同窗、父母、朋友圈及远离尘世的寺院正殿所无法了解的事实。

清三去发户散步，是从田野里响起插秧曲的时候开始的。花瓣散落，嫩绿的新叶让村庄焕然一新。街角正在纺织的姑娘面前站着一个村里的年轻人，他正开口说着什么，姑娘却专注地纺线并不搭理。织布坊前停着一两台运送织机的货车，晾竿上成排挂着的藏青丝线沐浴在初夏和煦的阳光中。蓼蓝的气息扑面而来。竹林间隐约传来温柔的歌声。

这里带给清三的感觉与加须的街道截然不同。加须一片寂静，缺乏人气，很少有姑娘经过，总而言之就是缺乏活力。而这边每家每户都充斥着缠线或是织布的声音。走出村庄，田野里有间小食店，傍晚经过时，总是有两三个年轻人在那儿饮酒。店主邋邋散漫，与年轻人们闲聊。老板娘则训斥着流着鼻涕脏兮兮的孩子。

发户右边有"下村君""堤""名村"等小字①。茅草屋顶如晨星般星星点点遍布其间。利根川到了这里开始稍向北流淌,因此离堤坝较远。与发户河岸一样,堤坝上到处都生长着红松。矮竹也很繁茂,朝露浸润的草原上蓟花和瞿麦正在盛放。

附近的人常常看见清三在堤坝上悠闲散步的身影。也曾见他进入松林间,以草为垫,失魂落魄地望着河面静静漂过的白帆。堤坝下精气十足的老奶奶说:"那位学校的老师,你的脸色惨白惨白的呢,在想女人了吧。"清三的男子气在纺织女之中也引起很大骚动,还有人为了见他特意等候他经过。刚进入下村君村的路口,有个半开着拉门,终日纺织不停的女子。年约十八九岁,圆脸、眼睛水灵、眉毛清秀。清三总是特意绕路经过那里,他回头看女孩时发现女孩也正回头看他。

那时还发生了这么一件事。清三正要从堤坝的松林返回发户时,迎面走来三个纺织姑娘。清三不经意地走近,女孩们却都咧嘴大笑起来。一个女孩戳了戳旁边的女孩,那个女孩又戳了戳另一个。清三感觉有些莫名其妙,依旧步调不变挥着手杖走了过去。坡道两旁都生长着浓密的枹栎新叶,在夕阳的映照下熠熠闪耀。擦肩而过时,女孩们侧身让路,强掩笑意看着清三,这让他一下子明白了她们嘲弄自己的用意。然而他的心情并不坏,也不

---

① 小字。构成日本町、村的大字的小地域。

觉得受到了侮辱难为情,心里反而很轻松,想着索性逗逗她们吧。刚走出几米远,女孩们就大笑起来。清三回头一看,年纪最长的女孩正一边招手一边笑,清三也笑了起来,那女孩却厚着脸皮走了过来,"学校的老师!"一人说道。

"林先生!"

"好男儿林老师!"

话语接连不断。连姓名都知道,这让清三颇为惊讶。

"好男儿林老师"的说法也让他十分意外。走到拐角处回头一看,女孩们正聚集在斜坡上朝这边张望。

他想起一个在那边工作的人提到的传闻。在河对岸的上州赤岩附近,女孩子举止轻浮,学校的单身教员不宜久留。据说教员若是单独寄宿,到了夏日夜晚就会有五六个人不请自来,强行拽出门去。迫于无奈晚上只好提前锁门。清三心里偷乐,边走边想。

这里也有一两家风俗店。白日慵懒地出现在店里的脸色惨白的女子,到了夜晚却摇身一变,成为打扮精致的俊俏姑娘,和客人们嬉笑打闹。夏日快要到来,店前藤架下放着长凳,月光花在薄暮中分外显眼。

"你最近怎么回事啊?"

"没办法,忙嘛。"

"你的把柄被我抓住了哦,还这么说……"

"有把柄你就说啊。"

"讨厌,你这个负心汉!"

女人啪地打了一下男人的肩膀。

"好疼!笨蛋!"

男人想还手,女人不让。两人的手腕交织在一起,女人身体猛然一斜,脚便伸出到长凳之外,露出红色衬裙和雪白的大腿。

清三从旁经过,装作视而不见。

夜里更为惊人。好几对年轻男女站在路边聊天。夜色蒙蒙中,到处都能看到白色的浴衣穿行,笑声更是此起彼伏。

这年的暑假终于到来了。小畑和郁治都成功地考上了高等师范学校,九月即将动身去东京。樱井考入了浅草的工业学校。收到消息时正值五月,清三尽力掩饰内心的烦闷,给三人寄去平淡从容的贺信。六月去行田时,与郁治有短暂碰面,却不复往日的亲密。相见时尚能推心置腹地交谈,分别后却很少想起,来往也便渐渐少了。

美穗子也曾见过一次。脸颊丰腴,眼神柔和。然而清三已经不会为之心动,将其铭刻于心了。只是像相熟的普通女孩一样寒暄后离开。不久后的八月中旬,郁治去了东京。石川近期因病去了镰仓。熊谷的朋友中,只剩下在学校时就没有多少交情的人。

清三深感无聊，谋划出门旅行。却又不忍心看到母亲苦于家计，上交五元后，钱包里已所剩无几，连附近的大山也去不了了。想着与其待在狭小闷热的家里，不如去住学校通风良好的值班室，于是在这个月的二十号，清三回到了弥勒。途中到访久违的成愿寺时，住持正在午休。

两人在通风良好的十席房间里聊着天。住持拿出啤酒等招待清三。忽然，一个年约十六岁左右、梳着檐发的姑娘走了出来。她身穿紫色平纹粗绸的箭羽碎纹和服与白布袜、肤色白皙，面容娇美。

归途中遇到荻生，一打听才知道，"那是住持的侄女哦。暑假时从东京来的。跟乡下泥土气息里长起来的姑娘不同吧，要洋气许多。"说完荻生也笑起来。

荻生依旧是过去的荻生，从镇上的点心铺买来糕饼请清三吃。在邮局事务繁忙的暑期，纵使没有休假，也毫无怨言地工作着，从不羡慕不断外出求学的朋友。在清三的心里，认为自己很难像荻生那样达观地顺从于命运的安排，却也隐隐觉得那种生活不够完美。毫无乐趣也无喜好，这种日子如何能过得下去呢？一日，清三提议："怎么样？太无聊了，咱们去料理店找个女孩子喝酒吧，如何？"对方却说"喝酒没意思"谢绝了。清三走在没有树荫遮挡、尘土飞扬的大路上，怀着不满的心情回到了学校。

三十

盂兰盆舞会热闹非凡。一连几夜都是晴空中月朗如水的好天气。伴随乐曲敲响的鼓声仿佛近在耳畔。那激昂的气势使得清三无法再继续待在孤寂的值班室里聆听,他被音浪吸引着走了出去。

盂兰盆舞会正在村子中央的广场上举行,远近的村民皆汇聚于此。当鼓声敲响,头上包着白手帕的男男女女便手牵手围成一圈合着拍子跳起舞来。随着领唱悦耳的歌声,大家都尽情舞蹈着。

九点以后,人越聚越多。有人跳得乏了退下去,又不断有新人加入进来。圆圈越围越大,鼓声也越发悦耳响亮。月儿高升,月光从对面广阔的田野一直洒向整个广场,在地面投下漆黑的树影,人们的舞姿在斑驳的树影间晃荡。

不断有人来到村庄。清三的心里忽然闪现出《万叶集》里对歌垣①之庭的描写。大家若无其事地说着下流话，到处都弥漫着一种忘却俗世羁绊、今夜尽情玩乐的氛围。垣墙中亮起灯光，还有笑声传来。这时迎面走来三四个姑娘，忽然扯住了清三的衣袖。

"学校的老师！"

"林先生！"

"好男儿！"

"林老师！"

瞬息之间，声浪如暴风雨般袭来。时而被人抓住双手，时而被人从后推搡，或是被女孩们牵在一起的白净的手环在中央。清三招架不住，挣扎间被拽出了六七米远。

"干什么呀，傻蛋！"然而发火也无济于事。

月光清晰地照在这群相互拉扯的人身上。姑娘们的吵嚷声传得老远。

有人笑着经过时说："呀，学校的老师被一群疯丫头给戏弄了。"鼓声随着曲子的节拍而越发高昂起来。

---

① 歌垣。日本古代的一种风俗。在农村，春秋两季男女聚集在一起举行对歌、歌舞饮食等娱乐活动，还伴有性解放的行乐活动。后在贵族阶层中逐渐演变为艺术活动。

三十一

秋季皇灵祭①翌日是礼拜天,连着两日休息。大祭那日,一早便是好天气。清三去大越老训导家玩,主人拿出啤酒款待。踏上归途时已过了四点。

这里的街景与弥勒有着几许相似之处。屋檐低矮陈旧。夕阳映照下来往于羽生、大越的公共马车刚刚抵达,正在下客。脏兮兮的茶馆里陈列着柠檬汽水,旁边陈旧宽敞的房屋里正在售卖铁铲和马具等物品。田野上的红蜻蜓成群结队,漫天翻飞。

利根川的堤坝离这里很近,不过两三町距离。清三猛然想起什么似的,在小道上右拐,往堤坝方向去了。明天是周日,去行田并非没事做,却也没有非去不可的事情。他的兜里装着昨天刚发下的半月薪水,心下认为良机不可失,像是要赶赴某种新希望似的,清三的身体不免有些微微颤动。

登上堤坝,霞光映照下的利根川美景便一览无遗。也许内心

---

① 皇灵祭。日本宫中祭祀活动之一。一年两次,分别在春分和秋分与皇灵殿举行。由天皇亲祭,祭奠历代天皇之灵。

正因为某种希望而雀跃着吧，他不由得感到波光的闪耀与色调、氛围的浓郁正好贴合了自己当下驿动的心情。帆船半鼓着风帆，迎着夕阳缓缓下行。大河涛涛，烟波浩渺。河面上漂浮着唯初秋可见的大朵白云，对岸的农户、白墙的土窑仓库、树林和堤坝在暮霭中若隐若现。堤坝的草丛中蝈蝈正在鸣唱。

堤坝上到处都能见到松林、渡口小屋、枹栎林以及茅草屋顶的农户。渡船上有两辆附近常见的运送织机的货车、一辆自行车、两把洋布伞，一个年约四十、商人模样的男人正手搭凉棚遮挡耀眼的夕阳。船的下行方向不远处有个浅滩，波光粼粼，美不胜收。

路途漫长。江上云聚云散，航道绵亘蜿蜒，感受也随之变换。落日西斜，水色渐暗，万物被苍茫暮色笼盖。清三看着草地上自己颀长的身影，时而反思时而责骂。有时甚至停下脚步骂自己堕落的心态。他想起行田的家，想起东京的朋友。突然，他从怀里掏出带有汗渍的钱包，确认里面装着的半月薪水后露出了笑容。寻花问柳两元便足够，对此他早有耳闻。青阳楼是中田最大的一家。他知道那里有漂亮的姑娘。一种强大的力量促使他停下脚步，而某种更为强大的力量则督促他继续前行。在心与心的交战、情与义的争斗、理想与欲望缠绕交织之间，他的身体被某种巨大的能量拖拽着往前迈步。

渡良濑川与利根川的交汇处，河面宽广，波澜壮阔，不负"坂东太郎①"之盛名。落日西垂，对岸的堤坝上还残留着些许余晖，天边模模糊糊地飘浮着几片镀着红边的残云。白帆倦懒地在碧水之上滑行远去。

清三穿着碎花白布衣外搭薄绢羽织，头戴廉价麦秸草帽，在蝈蝈长鸣、金铃子欢唱、蚱蜢飞窜的堤坝草丛中急行。在人烟稀少的暮色中，以宽广浩瀚的大河为背景，浮现出清三瘦削的身影。堤坝与大河间的平地常年湿润，小豆、大豆、高粱等都长得格外繁茂。忽然江面传来一声轰鸣，只见前方长长的栗桥铁道上火车扬起白烟穿行而去。

下了堤坝进入旗井村时，天色尽黑，只余灯光。一家农户里，年轻的村妇嘟囔着"好久没像夏天那么热了。"一边把冲凉盆端到垣墙边上，在暮霭中露出白皙丰腴的乳房哗哗地清洗身体。走到铁路交叉口时，看守者亮出白旗，刚一经过，上行列车就"呜——"的一声疾驰而去。途中他打听了两三次前往中田的渡口位置。暮色降临后清三变得更为大胆，没有了后悔的念头。他看见路边有一家破旧的饮食店，于是进去喝了一瓶啤酒吃了三碗面。老板娘特地走到大路上为他指明通往渡口的路。

初十的月亮挂在对岸森林的上空，柔美的月光洒在渡口的船

---

① 坂东太郎。利根川的异名。

舷，闪烁着星星点点的光芒。阵阵凉风吹过，带来船橹慢摇嘎吱嘎吱的响声。月光之下，河岸边鳞次栉比的两层楼房屋顶漆黑，格外显眼。河面传来弦歌弹唱的声音，使清三心里泛起阵阵涟漪。

月光下，同乘船客的脸都显得有些苍白。船老大一边弯腰划桨，一边点燃叼着的烟袋，烟尾闪出红色的火点。

十分钟后，清三的身影出现在烟花巷的格子门前。接待处站着一排涂抹着厚重白粉、穿着清一色红色衣裳、浓妆艳抹的女郎。清三从这间踱步到那间，走进窄小的格子门，羽织的衣袖都差点被扯破。与这些每晚接客的不幸女子相比，前来谋求治愈身心饥渴的自己是如此卑鄙，想到这里，他不禁耸了耸肩。在花街柳巷闲逛的人们熙来攘往。见到熟客，便会招呼："哟，您来了！"有人聚在格子门边窃窃私语，也有人气势十足地走进门后咚咚咚地往楼上去。二楼传来热闹的三味线和击鼓的声音。

五六家妓馆很快便逛完了。最后那家的格子门微微往里缩进，门边放着石菖蒲的盆栽，两三个村姑模样、笨拙地抹着厚厚白粉、浑圆肥胖的女子并列一行。这家妓馆旁连着五六间茅草屋顶、屋檐低矮的农户，再往前便是黑漆漆的旱田。清三走到那里又折返回来，一路所见的各色女子都浮现在眼前，他思考着进去要找的那个女人。然而他怎么都迈不开脚步。毫无经验的他下了无数次决心，也无数次责骂自己的胆怯，终是没能踏进那扇格子门。为了装作自己不是来寻花问柳的客人，他故意阔步前行。然而走到心仪女子所在的妓馆前他还是格外留意。

清三来到河岸渡口处站了一会儿。柔美的月光笼罩着整个码头，刚刚停靠的渡船上不断有人登上岸来。清三想着索性乘船回去吧，却又不禁认为就此回去——未达目的就回去太过窝囊。难得热汗淋淋步行这二里长堤来到这里，败兴而归不免傻气，也十分可惜。等待渡船折返期间，他时而站立，时而蹲下。

终于他下定决心站了起来。那家店里迎客的是两个年轻的伙计。大灯明晃晃地照在清三身上。待客处女郎的目光也都聚焦于他。姑娘们迎客的声音乃至店内的一切都让他着迷。不久他被领到一间空房，让他"点名"，好不容易他才说了句"右边第二个"。

右边第二个女孩名叫静枝。个头娇小、肤色白净、头发茂密，是这家颇受欢迎的姑娘。双眉离得较远，与美穗子竟有某种相似的风韵。

这个世界的一切都让清三觉得新奇。拉客有趣，女孩们接连进来贴身坐在客人身边也很稀奇，所谓的"台料理"就是在硕大的盘子里放入少许寿司送进来，这也让他大开眼界。他害怕毫无经验的自己被人察觉，于是故意说些俏皮话，摆出一副行家的架势，然而打理二楼的中年妇人，一眼便看穿他的新客身份。他只一味地喝酒。

下楼便是厕所。这里同样放置着石菖蒲的盆栽，挂着骨碎补。玻璃箱里点着半寸长灯芯的油灯，红带子的草鞋虽未打湿，但总感觉湿漉漉的。厕所里放着濑户烧制、青花纹样的高级大尿盆，消毒剂的浓烈气味与臭味交杂在一起直扑眼鼻。

女子的房间有六席，在二楼的最里面。房间里放着陈旧的大衣柜，长方形火盆的内胆是用白铁皮制成，火盆上挂着附近生产的廉价铁壶。一旁放着一本《女学世界》，清三拿在手里一看，却发现是去年的六月刊。"您还读这个啊，真是佩服。"女子娇笑着说。清三觉得她的笑容很美。一轮明月斜挂在天空，月光倾泻在房后的晒台上。隔壁传来热闹的太鼓声和三味线的琴音。

三十二

清三待到翌日晌午后才离开。女子出门相送，并在他耳畔私语："记得过两天再来，一定哦！"昨夜，女子在床头述说自己的不幸，一言一语都流进了清三的心里。

乘渡船去栗桥沿昨日路径返回总让清三觉得不安。在堤坝上可能会遇到熟人，说是去行田却走着不同方向的路，也会使人生疑。于是他选择了昨夜里听闻的去鸟喰的那条路。女子待她不似新客，她用平静的口吻讲述了自己的故事。她的父母住在古河稍微前面一点的乡下，要回去也要经过鸟喰。鸟喰河岸有个渡良濑川的渡口通往上州本乡，从那里到大高岛有两里地，或许反而比走栗桥近一些。每年都会被洪水淹没、没有树荫遮挡的洼地之中有片树叶半红的桑田，清三的麦秸草帽便穿行其间，若隐若现。前方时而出现水田时而出现旱田。河滩的草丛中还有蝈蝈在鸣唱。

红霞静静地映照在渡口的河面上。一个身披蓑衣、藏青绑腿上落满白灰、行脚商人模样的男人正背着个大包袱，拖着疲惫的步子走在对岸的堤坝上。在那里可以清楚地看到利根川和渡良濑川的交汇处，也能望见栗桥铁路对面中田花柳巷的屋顶。他暂且停下了脚步，想起了方才告别的女子。

走过本乡的村落，沿路又上了堤坝。昨日在彼岸沿江而下，今天却在此岸逆流而上。清三不禁对比起昨日与今日的心境来。一个雀跃兴奋、一个沉稳疲累！仅一日之隔，河流颜色与形态依旧，然而今天的自己与昨天的自己之间却已筑起一道不曾有过的鸿沟。他的心里生出悔意，懊悔自己的堕落。

麦仓河岸有间凉爽的茶屋。高大的七叶树撑起一片阴凉，凉水中浸泡着柠檬汽水。他喝了汽水，又兀自剥了两个梨吃，而后借来一条铺着花草席的长凳，在树荫下仰面而卧。昨夜几乎一宿未眠，此时甚是乏累，头脑也晕晕乎乎。河面吹来凉爽的风，摇曳的树叶间晴空若隐若现，清三看着看着，不知何时已酣然入眠。

他熟睡期间，渡口发生了许多事情。一只猫咪瞄准小鸡正要扑过去，被茶屋的老婆婆发现赶跑了，它跳进桑田喵喵直叫唤。渡船每次抵达都会有很多人下船，不久又载着很多人离开。其中有镇上骑着自行车前来的有钱有势的老爷，也有拉着满载布匹的手拉车前来的搬运工。两三艘前往上流赤岩拉砖的货船把船篙撑得如弓箭般逆流而上，另有几艘船扬起风帆从一旁经过，顺流远去，只听见船舵吱吱嘎嘎的声响。约一个小时后，老婆婆去屋后扔垃圾，此时长凳上的客人双脚垂地，仰面微张着嘴，睡意正酣。村里去钓鱼的年轻人提着鱼篓回来时，客人在长凳上卷曲着双腿，曲肘为枕鼾声如雷。热辣辣的夕阳照在他的侧脸上，额头汗涔涔的，敞开的胸前露出了钱包。

他睁开双眼时已是下午五时许，水色也笼上了一层薄暮。清三取出银壳怀表查看，自己竟然睡了那么长时间，对此他感到意外又惊讶。他一下子打开了快要掉落的钱包进行清点。原本的六元只剩下两元五十钱。他略作思考后从中取出一枚二十钱的银币，两瓶柠檬汽水七钱，两个梨子三钱，从婆婆那里拿回找补后，又放了枚白铜币作为茶钱。

经过大高岛渡口时，日头已然西沉。为了掩人耳目，他没走大越的大道，而是在田间小路上穿梭，就这样回到了弥勒的学校。

校工见他就问："荻生君来过，你们碰到了吗？"

"没有。"

"他感到很奇怪，说是你去了行田的话，应该会顺路去羽生的。你回来时没遇到啊？"

"没遇上。"

"他等了一阵，又说你可能在羽生等，于是三点左右就回去了……"

"是么？我没去羽生，所以……"一边说着，他一边脱下了羽织。

三十三

接着的那个周六清三也出了门。荻生来访时家里依旧没人。

行田的母亲多次来信说有要事让他回去，然而依然不见踪影，于是父亲趁着来加须办事特意找了过来。清三没有什么变化，只说最近忙于核算平时成绩，还辩解说由于上月买了些书籍，没能寄东西回去，并拿出桌上的书给父亲看。父亲把老主顾委托变卖的谷文晁①的山水画挂在横木上，漫不经心地边看边说："是有些可疑之处……不过这一点点也不打紧，还是值得收藏的作品。"母亲的信里提到家计十分困难，然而在父亲那里全然看不到那样的迹象。回去时父亲问清三借五十钱，可清三的钱袋里一共不过六十钱。于是解释说"月底前没有洗澡费就麻烦了"，只留下二十钱，其余的都交给了父亲带走。父亲背着包袱，半秃脑袋上顶着夕阳走出了校门。

没钱的那几日生活得无比艰辛，然而心里却并不落寞。早晚和深夜清三总想起那位女子身穿红色裲裆的样子，以及眉间稍远、肤色白皙的脸庞。每当想起她，那温柔的言语和神情便如流水般涨满胸臆。女子从初见开始就对清三出众的男子气概和温和稳重的样子表现出非同寻常的情意，这份情意在去过一两次后变得越发浓烈。

---

① 谷文晁（1763—1841）。日本江户后期文人画家。名正安。具有将日本画和西洋画的画法吸收到画作中的折衷画风。作品有《公余探胜图卷》和著作《日本名山图会》等。

清三艰难地等待着月末的到来。其中最难熬的是不能随心所欲地吃点心。往常，桌子抽屉里总是放着糕饼、饼干和羊羹，近来只剩下红色蓝色的糖粉。迫不得已他只好花一两钱买花生解馋，或是去附近同事家蹭点心吃。最后他说是月末结账，说服了糕点铺的老婆婆，赊了些点心来吃。

对音乐他仍旧很有热情。曲谱也收集了不少。所有学科中唱歌是他觉得最有趣最快乐的课程，他让学生们唱新谱的歌曲，自己则像优秀的音乐家一般站在风琴前打节拍。独自待在房间时他也总是不由自主地哼唱曲谱。他不禁忆起自己前不久在女人房里喝醉后唱《回声悠长》这首歌的事。女子只是静静地倾听，不发一语，听完问了句"这是琵琶歌吗？"这首信浓诗人描写青年人悲伤的诗歌，清三在青年聚会的酒席上唱过，在独自一人散步的田野里唱过，在天真无邪的孩童面前合着风琴唱过，也在烟花女子狭窄的房间里唱过。清三当时把诗歌的意思解释给女子听，随后又低声吟诵了一遍。这成为了两人间萌生爱意的微妙却有力的契机。

秋天再次来到了弥勒的田野。阳光穿过前方的竹丛落下寂寥的竹影。校工一整天都在打扫教员室的玻璃窗，空气似乎也因此变得清新。拉着水稻的车子响着喇叭在晴朗的田野大道上疾驰而去。

东京的朋友们每月都会寄来五六封讯息。也寄来了怀念故乡之秋的诗歌。信中提到"黄昏时分,仰望红云,遥想朋友在弥勒田野中静静与孩童相伴的落寞的心情"。这让身在弥勒的清三更加向往东京。他回信说:"从学校看到的晚霞和云彩、小镇上连绵不断亮闪闪的夜灯才更让人眷恋。"

清三在羽生的田野、去往行田的街道以及熊谷町的新面馆里度过了去年的秋天。而今年他在弥勒田野通往利根川河岸的路上品味静谧的秋天。羽生寺正殿后所看到的秩父群山、浅见火山的喷烟以及赤城榛名的翠色已然远去,清三在利根川的堤坝上望着夕阳映照下、以日光为主峰的两毛群山的丽影悠闲度日。

一日,荻生君来了,第二天便是周六。

"你身上带了钱吗?"

荻生只带了三元。

"真是对不起,家里有事需要点钱,说让我明天回去时必须带回去……这月的薪水还没发,不知如何是好。怎么样?能请你帮我凑点吗?薪水一发我就还你。"

荻生有些为难。

"你要多少?"

"就三元。"

"我这里正好只带了三元,但我自己也需要一些……"

"那么借我两元也行。"

荻生不得已只得借了他一元五十钱。

第二天一早，清三又用同样的口吻向老训导借一元五十钱。"我跟你一样呐。"老训导笑着晃了晃只有铜币的钱袋。关老师也没带。踌躇再三，清三终于向校长开了口。校长把钱借给了他。谁都不知道，昨天清晨从行田送来的报纸中，夹着一封写有陌生男人笔迹、盖着中田邮戳的封口书信。

清三下午出发，说是要回行田老家，在快进入今泉的路口右转，从树林走进了田野。不久，利根川堤坝上的松林中出现了他的那顶旧礼帽，随后他的身影出现在了开往大高岛的渡船上。

三十四

渡良濑川的渡口他一月至少会经过两次。秋意渐浓，枹栎林中的树叶纷纷散落。虫鸣不断的芦苇荡而今已经枯萎，只有芒草的白穗像银子般在阳光下闪耀。白鹭落在露出沙洲的河滩上歇脚，青灰色的水面拂过阵阵萧瑟寒风。

麦仓老婆婆的茶屋已经收起了长凳。七叶树的黄叶在小屋顶上堆积，就快把整个房顶掩盖。农家院子里风力选谷机响声不断，寒风呼呼地掠过堤坝。

经过那条长路的频率，正好等于对静枝的爱的复杂程度。回忆变得越来越多。清三曾在归途中遭遇降雨，躲在本乡村落的第一家农户等待天晴。也曾深夜来到栗桥，在大越的堤坝上步行一夜回家。他不止一次为捉摸不透的女人心而懊恼。此后，他还第一次感受到身为嫖客的嫉妒以及对心仪女子一晚多次接客的不快。久久等待，静枝却迟迟不来。自己心爱的女子正由人摆布。她一边声称把所有都献给自己，然而这是否是真的呢？清三心里仍旧充满了疑虑——他渐渐意识到自己对静枝的疑虑。而女人到底是女人，面对男人的猜疑，她不时展露出难得的深情，轻轻松松就夺走了男人的心。清三有时会出离愤怒："以后再也不去了！那些不过是讨男人欢心的伎俩。她们的心机很多。在自己面前表现出的谄媚、娇笑和情爱转瞬之间又能同样地献给隔壁房屋的男人。即使忘记也不再去了，不再去了！之前花费的钱财真是可惜了！"说完便愤然离去。然而那不过是用一时的理由对复杂的心理状态所做出的简单阐释，女人的内心有更为真诚和有趣之处，这点也是清三后来才慢慢明白的。怒火攻心也好，哭泣开心也罢，两人的关系就在这嬉笑怒骂间平添了许多色彩与追忆。

静枝的常客中，清三知道的就至少有三位。一个是栗桥游船老板家的公子，他肤色白净、身材高大，仪表堂堂。来的时候总系着角带，戴着眼镜和鸭舌帽，看起来家里钱财颇丰。另一位是古河法院的文书，已经三十四五的年纪，家里也有老婆孩子，可本性风流，爱好喝酒，不出三日必来寻欢。静枝对他的纠缠不休感到心烦，常对清三撒娇："客人来了没办法，可是一想到必须去伺候这种人就觉得厌烦得不得了。求你快点把我从这地方赎出去吧。"每当这时，清三就会说些不着调的话："去和栗桥那位说说吧，让他替你赎身如何？"听到这话，静枝便会用巴掌啪地拍到清三膝盖上，露出一副"我爱你爱得如此辛苦，你却这般薄情"的表情。此外还有一位塚崎富农家的少爷也时常过来。因为是乡下妓馆，房屋构造尚不完善，一碰面便能看清他的模样。他长着一副孩子气的可爱圆脸。静枝总是夸赞说："他是个可爱的老实人哦。总觉得跟弟弟似的。"

此外似乎还有别的人，但清三就不太清楚了。有个留着胡须的中年男人也来过。清三曾经试探过谁是静枝心中留下最深刻烙印的人，然而也未曾有答案。他一度认为是自己，可有时又会觉得自己被她戏弄了。那时，静枝流着泪哭诉自己痛彻心扉的悲惨遭遇。豆大的泪珠从漆黑的眼眸里潸然而下。当时清三曾认真思考过自己的处境以及与静枝的关系。自己是小学教员。这样的事情哪怕传出一点风声自己的工作就干不下去了。况且，家里生活贫困，只是勉强糊口而已。他打一开始便清楚自己无法与静枝在一起。他反而为她祝福，希望有人替她赎身或是干满年限能够回到家乡去。清三对这份意料之外的缘分，对两人的关系发展至此感到不可思议和意犹未尽。他也曾进一步设想，自己放弃如今的生计和贫穷的父母——抛弃那个把自己当做唯一力量来依仗的母亲，和静枝走到一起的情形。然而正如当初他没有因为求取功名和实现青云之志而抛下母亲一样，他无论如何也下不了决心。

他是在一个时雨时晴的下午返回的。穿过常走的渡良濑川渡口爬上堤坝，正好一艘喷着白漆、脏兮兮的运输船从眼前经过。烟筒里喷出煤烟，推进器划开水面泛起白波顺流而下。一切都是那么清晰。夹板上有两三个穿着不整洁的白衣服的男侍者正在工作，远远望去，显得十分渺小。清三驻足久久观望。烟筒里刚冒出细细的白烟，尖利的汽笛声便响彻了灰蒙蒙的水面。利根川水滚滚而去，清三的心里涌出"逝者如斯夫"的感慨。

三十五

清三去中田的事瞒过了所有人，就这样迎来了冬天，岁末将至。其间也遇到过两三次危险。一次是在妓馆前忽然瞥见村里相熟的年轻人的侧脸，一次是去大高岛的渡船上遇见村里的学务委员，最近一次则是在大越堤坝步行时偶遇同事关老师。当时清三心跳加速，以为秘密必定会被揭穿，然而素知清三有散步习惯的关老师，却并没流露出半点怀疑的口吻。

尽管如此，在点心铺、酒肆、小川料理店、米店等处的欠款却越发多了起来。"林老师是怎么回事啊，最近一直赊账，可不好办呐。"小川料理店的主妇对女儿说。点心铺的老婆婆也拜托学校的校工，"请您转告他，这月务必得交点钱了……"校工也有校工的牢骚："怎么回事啊？林老师以前算是有钱的，不知什么时候开始连菜也不买了。总是就着咸菜吃茶泡饭，肉什么的更是好久没煮来吃过了。"校工最近都没怎么吃过清三剩下的菜，因此愤愤不平地独自发起牢骚来。同事关老师和羽生的荻生君到访，清三也不似以往般拿出啤酒来招待。

最先注意到清三的反常的，还是身在行田的母亲。他特意赶了三里路回家，却总是心神不宁，坐立难安。不仅如此，朋友从东京回来，他也不去拜访；像从前一样与他商量他也只是嗯嗯地听着不加理睬。并且每次都找各种理由不给家用。曾经那么喜欢的杂志也不再尽力去买，镇上时常光顾的书店也不去赊账买书了。母亲隐隐感到儿子近段时间不对劲，有时会以一种想要读懂清三内心的眼神，一直盯着他的脸看。

有一天母亲这样说道："前两天，有人说有个女孩子不错，想要介绍给你……你的工作也定了，怎么样？有娶媳妇儿的打算吗？"

清三盯着母亲的脸，"可我就连养活自己都已经拼尽全力了。"

"话是如此，但拿着跟你差不多的月钱，养老婆孩子的人也多了去了。在一起后搬到学校附近去住，节约着过日子，也没有过不下去的。"

"还早着呢。"

"可是，离得这么远，也不知道你在做些什么……"母亲露出了笑容。

"而且你不是也觉得不自由，一直待在学校嘛，真是拿你没办法。"

"母亲虽然那么说，可我还有自己的愿景。我想着再努点力考个中学的教员资格……现在就娶老婆的话就什么也做不了了。"

"有那么远大的理想又能怎样呢？"

"因为我讨厌一个人被埋没在乡下。迫于无奈忍个一两年还行，我总想着什么时候想想办法去东京学习。最近也在做点音乐方面的事，打算明年去参加考试。如果现在结婚就等同于故意要把自己埋没在乡下。"

"即使你考进去了,学费又怎么办呢?"

"音乐学校是公费的。"

"那么家里怎么办呢?"

"那就只能靠父亲母亲了。就三年左右,请你们自己想想办法吧。"

"那样倒也不是不行。可是你父亲那个样子,只能是我一个人操劳了。"

清三沉默了。

又有一次说了如下的对话。

"你呀,想要娶加藤家的雪子吗?"

"雪子?为什么?"

"听她母亲的口气,好像是愿意把她嫁给你。"

"为什么呢?"

"那倒也没有明说,只是给人的感觉是如果你有这个想法她会同意。"

"我讨厌她。总是装模作样,又爱打扮!"

"可是,你和郁治就像兄弟一样,若能嫁过来,不是求之不得么?"

"我不喜欢。"

"你最近怎么了？连加藤那里也不怎么去了。"

"我讨厌利益交换这样的事儿！"

说完，清三很不高兴地起身离开，母亲也十分不解。

一月份的时候，郁治和美穗子都回来了。与郁治见过两三次也聊了天，却不再提关于美穗子的事了。郁治反而说了些"恋爱没意思"等消极的话。"我自己都弄不明白当时怎么那么着迷。就像发了情的动物似的。"说完便笑了起来。即便如此，郁治和美穗子还是经常一起手挽着手散步。男的戴着高级师范的制帽，女的梳着新式的檐发，系着华美的宽幅腰带。小畑在书信里说，两人的交往已经超过了一般的恋爱关系。清三感到厌烦。

正巧这时熊谷的小泷上了报纸。记者以"小泷的从良"为标题，用半是嘲讽的语气写小泷被伊势崎的富商赎身的事。报上说小泷曾有个情人是深谷有钱人家的少爷，今年刚上大学。小泷对那个男人有着非同寻常的深情，然而男人家里已有就读于迹见女校的未婚妻。小泷未能如愿，只能泪眼婆娑地从良嫁与他人。那位富商大约四十五六的年纪，有妻有子。"反正辛苦交上一两年年贡，她还会复出的，到时还能听到她娇滴滴地说'晚上好'的声音吧。据说现在就有熟客开始期待那一天的到来了。"报上调侃道。清三并不知道真相如何，却不得不思考，在那种地方谋生的女子有何种遭遇。人生在世，身不由己，清三对这些女人如漂萍般浮浮沉沉的命运给予了深切同情。小泷还在时——她绝美的身姿和娇媚的声音尚在时，即便朋友离散、幼年回忆淡去，熊谷町于清三而言还是个值得留恋、难以忘怀的小镇，可如今连小泷也成了他乡之人。从今往后，无论在御神灯映照的小路上走多少次，都再也见不到"我们的小泷"了——那个总是面带微笑、朝气十足、不忘幼时同窗情谊的小泷。

过了三天，清三不顾母亲的挽留，怀着从未有过的寂寞心情，走过西风呼啸的三里长路回到了弥勒。怀里揣着准备去中田的三元现金。

三十六

三月的一天，春寒料峭。

傍晚，从渡良濑川的渡口去中田的路上，寒风呼啸，冰冷刺骨。乌云满天，不时经过的帆船投下灰暗的船影。

上灯时刻，清三已经到了中田。他像往常一样爬上楼梯，却来了个陌生的姑娘，板着脸把他领到了二楼的另一个房间。每次都是——即使正在陪客，看见他去也会立刻露面的姑娘没有出现。正感疑惑间，一位熟悉的姑娘上来了。

"花魁啊，可真是可喜可贺——这月十五日已经赎了身了。"

清三感觉脑袋像是受到了铁锤重击。

"她说想在之前和您见上一面，可总不见您来，又走得急，来不及给您寄信，她也很遗憾。没办法，只能等您来了让我跟您说清楚。她还让我把这个交给您，她放下东西就走了。"说着，姑娘把一个包袱递给了清三。里边有一封书信和用半纸①包裹起来的四四方方的东西。信上用歪歪扭扭的字体写了些含含糊糊道别的话，没什么新意。信里出现了很多次"遗憾"这个字眼。然而却没有写上赎身后所去之处。

半纸包着的是一张照片。

老板娘取来看后笑着说："花魁真是作孽啊。"

依旧没有告诉清三静枝赎身后去了哪里。陪侍的是以前便认识的静枝的后辈——一个圆脸肥胖的女人。清三默默地饮酒，默默地和那个女人上床，从她那里又听到许多静枝的事。清三只是听着，不发一言。

翌日一大早清三就踏上了归途，内心却意外地平静。"反正命该如此。"他嘴里说道。"没什么大不了，本就是理所应当的事情。"他试图说服自己。然而越是平静，他所受到的打击就越大。

---

① 半纸。纵为24～26厘米，横为32～35厘米规格的普通的日本纸。

爬上堤坝时，他大叫道："可恶的女人，必须得报仇，报仇！报仇！"然而内心却并没有那么激动。

在麦仓的茶屋，他一边喝茶一边说："这是最后一次在这里休息了吧。"

穿过大高岛的渡口，正要像往常一样走上小路时，清三忽然改了主意。

"这下被知道也不要紧了。"于是去了大越，特意去拜访了老训导家。

老训导对清三不同寻常的亢奋感到不可思议。清三将老训导拿出的啤酒一饮而尽。

"真想干件大事啊——什么都行，干件让世人震惊的事！"

他忽然想起去年在羽生寺院中跟住持也说过同样的话，顿时觉得寂寞难耐。

三十七

这年九月残暑犹存。参加入学考试的人流迎着午后的阳光，陆陆续续从上野公园音乐学校的校门中走了出来。有穿羽织裤裙的，有穿西装的，还有梳着檐发穿着绛紫色裤裙的女学生。校园里传来舒缓的钢琴声。

人群之中，有个穿着直领西服、头戴陈旧麦秸草帽、独自沿着围墙步行的男子。鞋面发白布满尘埃，棉缎洋伞已褪色成黑紫色。此人正是从乡下特意赶来参加考试的清三。

教室的屋顶高悬，让人进去就发怵。考试委员留着胡须、体格壮硕。大大的钢琴边，一位穿着裤裙的中年妇女背对人坐着，不停弹奏着美妙的音乐。清三很快就明白了，自己在乡村小学里用小风琴所做的研究没有任何意义。拼命收集的歌曲曲谱也是徒劳。他在初试就失败了。自己红着脸颊略显悲伤的模样招来考官无情的嘲笑，这一幕仍旧在眼前闪现。"完了！完了！"他摇着头自言自语道。

公园树荫下的长凳很是阴凉。微风徐徐吹过，清三为了平复心情躺在了长凳上。对面并排放着几个铺着红毯的长凳，年轻女子系着薄毛呢腰带，袖口的挂带也系成了十字形。还有位大龄女子的身影也近在咫尺。红底上绣着白色"冰"字的小旗迎风招展。

动物园前停着一辆马车。穿着白色号衣①的车夫正在闲逛，售票处有两个乡下人打扮的人正从大钱包里掏钱买票。

---

① 号衣。在衣领或背后印有字号或姓名的半截式外褂。

这是清三第一次来东京。来之前清三的心里就有了许多计划：待考试结束，去看看动物园，逛逛博物馆，市内也去粗略地参观参观。还打算去御茶水的宿舍找小畑和郁治。他想要从被乡村风气玷染的生活中逃离，就此展开新的都市生活，一想到这里便充满了中学刚毕业时的蓬勃朝气。昨日从吹上火车站出发时，清三的心里燃起久违的希望。他横躺在长凳上，回想起夹杂在那种希望与如今失望之间的一幕幕场景。

待他想从长凳上起来时，已至少过去了一个小时。马车已经不在了。一位似乎叫做某某子爵夫人的漂亮贵妇带着三四个穿着洋装的可爱孩子从那边走出来，兴高采烈地坐上马车。车夫挥动马鞭，随后马车便卷起白尘，咯噔咯噔地扬长而去了。他还记得自己曾经凝视过那白色的尘土。抱着"至少得去逛逛动物园"的念头他站了起来。

丹顶鹤、不断卷起鼻子的大象、远道而来的袋鼠，还有骆驼呀，驴子呀，鹿呀，羊什么的都一一在他眼前掠过。他边走边看，并不觉得稀奇，只是在狮子面前驻足看了很久。在养鱼室的幽暗隧道中，亮光透过池水照在游动的金鱼和鲷鱼身上，看上去格外绚丽。到处都有水泡升腾。

他在海鸥、鸳鸯以及各种水鸟前的长凳上再次坐了下来。形形色色的人说着各种各样的话在他身边经过。鸟儿们热闹地飞来飞去啼叫鸣唱，孩子们觉得很有意思，抓着栏杆看得入迷。过了一会儿，他走了出来。经过老鹰、狐狸和貉子区，穿过猴子龇牙咧嘴、使劲摇晃红屁股的地方，就来到了北极熊和北海道大熊所在区域。清三对孔雀亮丽的羽毛也不怎么感兴趣，他像来时一样走了出去。

东照宫前，女学生正撑着华丽的洋伞缓缓步行。全景馆里挂着陈旧的描绘日清战争的画作。检票员正无聊地打着呵欠。

来到竹台，他第三次坐到了长凳上。

横在眼前的大都市，房屋鳞次栉比，烟囱里冒着滚滚浓烟。各处发出的声响交织在一起，形成了大都市凄厉的呐喊。这里有罪恶也有事业；有功名也有富贵；有饥饿也有绝望。报纸上每日登载的社会新闻一下子都涌上了心头。

走下竹台，面前是一条人来人往的大街。马车铁道①接连不断。洒水工穿行其中镇定地洒水。人力车夫吆喝着渐行渐远。

不久，清三的身影出现在那条大街的小面馆里。

"欢迎光临！"店里响起年轻女招待尖厉的声音。

"小笼屉荞麦面一份！"这是紧接而来的声音。

清三坐在榻榻米房间的一角，夕阳斜斜地照了进来。等待

---

① 马车铁道。在轨道上运行的客运和货运马车。日本最早的营业是在明治十五年(1882)。

中，清三一直看着个头高大的厨夫把大锅盖取了又盖，盖了又取。当他揭开锅盖时，白色水蒸气一下子就窜了出来。厨夫用长竹筷来回搅动，再用凉水哗啦哗啦地冲洗后，把面盛在了小笼屉上。随后女招待就将其放在食案里端了过来，"让您久等了！"脚掌黑黑的。

清三吃了两碗荞麦面和一碗天妇罗，还喝了瓶啤酒。酒劲儿上了头，人也精神了些。

"回家吧，去找小畑和加藤也没用。"

清三从怀里掏出钱包结了账，随后又混入人海之中向火车站赶去。

三十八

荻生拜访住持，说了如下一番话。

"真是难办呐。"

荻生君仍旧是一副温良的好人模样，脸上却露出担心的神色。

"那是挺麻烦的。"住持也开了口。

"大概是因为总不如意，就不知不觉走到了这一步吧……"

"您是从校长那里听说的吗？"

"不，不是直接从校长那里听来的……他好像欠了债，而且据说只要他在值班室，就不断有女人上门来……"

"那里到底是风气不正的地方啊。"

"据说很有意思……说是清三君独自一人时，总是有人从学校后面的墙根处和他搭讪，或是故意往里面扔土块什么的。要是没别的人，就从庭院绕进来。"

"那么其中有他喜欢的吗？"

"不太清楚，听说是有。"

"大概是织布女工或者谁吧。"

"嗯。"

"真麻烦啊，和那种女人扯上关系。"住持感叹道。

过了一会儿，又接着说："让他早点成家怎么样？"

"最近我去了趟行田，顺便去了他家，他母亲也这么说来着。"

"能娶加藤君的妹妹吗？"

"说是清三不乐意……"

"可是之前不是喜欢过吗？"

"到底怎么样，清三也没说明白，但好像跟加藤君的关系出了点问题。"

"没那回事吧。"

"不，好像是这样的。"

荻生顿了顿又道："他最近还在说呢，'我命该如此也没办法。孑然一身终生与孩子为伴也没什么好遗憾的。'"

"打光棍也行啊，可是做那种事就不好了。"

"是这么个理儿。"

荻生好像很担心朋友的想法，"校长对清三很疼爱，倒也还好，要是传到郡督学的耳朵里就麻烦了。而且乡下就那么大，一下子就会传开的……下次他来，想请您委婉地跟他说说……"

"那就说说吧。"住持说道。

"而且，清三君的身子骨很弱……"稍过片刻荻生又接着说。

"还是胃病吗？"

"嗯。因为跟以前一样，他还是只吃甜食。以前他就说过'甜食、音乐和写生，这三项是我寂寞生活的慰藉'之类的话。近段时间，自从他今年夏天考试失败以来，他就将收集的乐谱放进了壁橱的最里面，手风琴也只在唱歌课时才拉了。"

"他很是失望啊。"

"嗯……因为他太投入，考前两个月起，就净说这事儿了。"

"也就是说这次的事是发生在那以后吧。"住持想了想，"真是可怜呐。生活太寂寞了，加上天性较真，就更是痛苦。"

"像我这么看得开就好了……"

"他真是和你不大一样啊。"住持笑了。

三十九

清三的借债已有相当数额。这两个月来,他连做饭的劲头也没有了,一日三餐都让小川料理店送,未结的账款已有七八元之巨。酒肆欠着三元,点心铺欠三元,杂货铺五元,还有之前一直欠着没还的米店的三元。此外还欠着不少同事的一元两元。从荻生那里借的四元也一直拖欠着。

去中田时,找住持筹措的两元也尚未归还。

在格外看重金钱的乡下,清三的信用已经崩塌了。

四十

然而不知出于什么动机,清三突然变得认真起来。当然,其中也有校长恳切劝说的功劳，住持也委婉地给与了忠告。然而原因并不仅仅如此。

清三突然有头脑焕然一新之感，事到如今才渐渐意识到自己曾经的荒唐。他想必须尽早从跌落的深谷爬起来。

失望、空虚和孤寂的生活引起了身体的不适，近段时间他没有精力做任何事。不去散步，也不读杂志；不和同事聊天，连每天上课也是疲于应付，不得已而为之。他总是脸色苍白，一副不健康的样子。时常浑身发软，不时感觉自己在发烧。胃的老毛病也越来越重，嘴里总觉得干。荒唐的生活通过不健康的肉体带给他深切的悔恨。清三的眼前浮现出一两年前自己虽然文弱但却纯真的生活。

"要过经得起绝望、悲哀和孤寂的实实在在的生活！"

"经得起绝望、悲哀和孤寂才是真正的勇者！"

"顺从天命的人才叫勇士！"

"拒绝散漫、幼稚，不做弱者、空想家。从今日起我要成为勇者，从今日起我要回到往日的生活！"

"第一，必须重视身体。"

"第二，必须重视责任。"

"第三，家中尚有母亲在堂。"

写到"母亲在堂"时，他握着笔抬起了头。心中苦闷难挨，苍白的脸颊上泪水簌簌下滴。

因为害怕随意写下的东西被别人看见，从去中田开始，写日记的事就废止了。清三打开柳条箱，拿出之前的日记来看。九月二十四日——秋季皇灵祭。文字用红色圈了起来。其后的那条是周六，写的是从大高岛渡河去对岸堤坝的事。日记时断时续，一直延续到那年的十月末为止。利根川晚秋的景象、落叶与寒风也有提及。十月二十三日那条写着"今日雨寒……"此后便是一片空白。清三依旧记得自己当时搁笔的心态："日记之类的最是无聊。总带着给别人看的野心。如果不能尽情地记录自己的心情和做过的事，还不如不写为好。要是日记上连占据自己心里重要位置的女人都不能提，倒不如索性搁笔为妙。"清三不禁开始思索这一年零两三个月的事。这段时间于他是黑暗的时期，亦是接触到复杂世态的时期。虽说不能尽情写经历和心情的日记不写也罢，然而与此相反，不做那些能够写进日记的事，不正体现了记日记这件事的真正意义吗？

他再次将五六十张写日记的格纸亲手装订起来，在第一页上格外醒目地写下了之前提到的那三条。

"明治三十六年十一月十五日"

他就这么开始写起来。

四十一

"过去属于死神,埋葬了吧!"

"让我去爱平日生活里的朋友——那些少男少女吧!"

"生活的资本需要健康和金钱。"

"让自己努力过上纯净的生活吧。"

他不断在日记里记录下这样的短句。

有一日他这样写道:"若能抛开野心平静地侍奉二老即是最大的成功。母亲一直期盼与吾同住。"

另有一日这么写道:"吾抛弃昔日挚友,可谓愚蠢、薄情之极。吾愿重燃往昔温暖的情意。毕竟,境遇归境遇,命运归命运。因嫉恨而刻意疏离是吾气量狭小之故。重拾友谊,可喜可贺!前日收到小畑倾吐真心的来信,今日又收到加藤充满情意的讯息,小畑说近期将把自己读过的旧植物书籍寄来。欣喜!"

校长和同事都看到了清三态度的骤然改变。他又开始热心地整理起前年收集的动植物标本。把从田野里采集而来贴在纸上就一直搁置的标本一一分类,让人一目了然。今年夏天,与关老师去秩父三峰旅游了三日，其间采集的标本中有难得一见的东西。关老师为准备文部省的中学教员测试，正辛勤地做着动植物研究。在那次旅行中关老师还屡屡结合实物向清三鼓吹其中的乐趣。

不久，小畑提到的教科书籍到了。清三直到今年秋天为止一直热衷于音乐的心思渐渐向那方向转移。不解之处便向关老师请教。

村民们又能见到年轻的学校教师在乡间小道散步的身影了。有时孩子们会围在他的身边看他写生。他把弥勒初冬的树林和田野画成明信片，寄给小畑和加藤。

清三在这个寂静的乡村迎来了第三个寒风呼啸的岁末。淡淡的夕阳照在前面的竹林上，垣墙附近传来灰尖鹈和斑鸫的鸣叫。从二十二日起，他开始忙于统计平时成绩，还必须准备农历新年在羽生举行的成绩展览会的展出作品。需要整理装订图画、临摹作品、创意画、写生画、图案画以及作文、昆虫标本、植物标本等等。从为数众多的学生作品中挑选展品也异常辛苦，校长说希望明年能取得好成绩。

不知何故，清三最近时常感冒。散步就咳嗽，泡澡就发烧，一抽烟就头痛，还有一种从未有过的微微的眩晕感。"你是不是哪里不对劲？还是去看看医生比较好。"关老师在上完二十四日的课后与他道别时说道。

去羽生拜访荻生时，还不太难受。然而，他本打算去成愿寺与久未见面的住持聊聊天，刚走到警察局前却不得不放弃了这个念头。发烧高达三十八点五度以上，而且还咳嗽。正好有一辆返回行田的车在那附近转悠，于是以低廉的票价上了车。穿过一路严寒，终于在黄昏时分回到了家中。

清三躺在房间里度过了年关。母亲很是担心，说了许多宽慰的话。幸而烧退了，除夕得以拜访昨日抵家的加藤。郁治看着清三瘦削的脸庞和苍白的皮肤，总觉得他连谈吐也变得消极了。三年之前，他们经常聊着聊着就激烈争执，或是在除夕夜晚激动不已在街头或是公园散步聊天到凌晨三点。与那时相比，变化显而易见。两人聊起最近东京报纸上多次报道的寻宝和计算一升糙米的米粒数量问题，还兴致盎然地聊起《万朝报》上登载的预备课的学生去小石川的久世山寻宝并成功挖到宝贝的故事。接着，他们又提到了日俄谈判处于胶着状态的话题。

"总觉得近来东京杀气腾腾的。看报纸就知道，与往日里不同，非常严肃。也许战幕就要拉开了。"郁治说。

清三最近也在报纸上关注着这件国家大事。他总在思考"日本一旦进行那么大规模的战争会怎么做"。关于这个问题两人讨论了很久。郁治说，"陆军是有胜算的，但是海军方面论吨位还是俄国更胜一筹，并且战斗舰也多。"

新年一大早，清三就难得地给壁龛的花瓶插上了鲜花。早开的山茶只露出些许红色，而浓绿的厚叶与小巧的黄色冬菊相映成趣。他刚把挂满红色果实的南蛇藤插进花瓶，母亲正好从一旁经过，"我最喜欢这种叫落霜红的花了。每次看到这种花就感觉新年到来了。"父亲今早在巴掌大的旱田一角，沙沙地踩着化了霜的泥土，把白净的手弄得满是泥污，不停地摆弄着什么。最后，他终于将刚吐新芽的福寿草移植到花盆里放到壁龛作了装饰。晨光淡淡地洒在拉门上。一家三口愉快地并排而坐，吃年糕汤庆祝新年的到来。

清三的日记里这么写着：

明治三十七年

一月一日

赋予新生命与革新，让吾等重品辛苦与成功、喜悦与悲伤的新年来临了。朝气勃发的新年正是奋发向上的好时机。但愿生活纯净快乐！

趁着新年，在壁龛的青瓷花瓶里插上母亲喜欢的南蛇藤。

给小畑寄信，告知他吾会努力学习，两三年后参加检定考试，并说明选定科目为植物的缘由。

倘若感冒状况好转，明天想去野外写生，遂修补画板。

二日

"不立门"附近有适合写生之处,然因刮风终日萧寒遂罢。

菊子确认一合糙米有七千二百五十六粒。

三日

因昨日入浴感冒再度来袭。

假期去野外写生的愿望破灭。

四日

《万朝报》发布了米粒调查结果。一升糙米有七万三千二百五十粒。

今年厉行节约。囊中羞涩难以温暖人心。总之必须得有维持基本生活的费用。

五日

今年年终贺礼欠奉。

六日

牧野雪子(雪子去年年末已与前桥的推事[①]成婚)寄来精美的贺年明信片。

再生肿块。

七日

---

① 推事。日本法官官名之一。任职于高等法院、中级法院、家庭法院。也指普通法官。

因病后疗养和肿块之故推迟返校。

红叶秋涛的《寒牡丹》只读到一半。

罪恶之端已现。

购买《中学世界》阅读。

加藤返京。

八日

乞愿健康。乞愿健康。乞愿健康。

九日

读《寒牡丹》，入夜方读完。悲剧中伴随罪恶而来的苦闷、女主人公路易莎的热忱执着、四百页的大团圆，皆以恋情圆满告终。

因着烟草对感冒的影响，骤然减量，已然是有则吸，无则不吸的状态。长此以往，养成习惯也未可知。明日复又成为利根川河畔之人。

报上鼓吹日俄危机，由外交谈判转为战争之消息频传。吾等最厌恶之战争或难避免。

孤寂寒冷的值班室生活又开始了。清三自去年十一月起厉行节约，一心记挂着还债，钱袋总是空空如也。胃不好，情绪不佳，想要尽力去运动，于是经常与学生在校园打网球。暮色苍茫中他新生的白发和清瘦高挑的身影尤为显眼。他在周六的日记中写道："认真完成平日课业,尽心办事,吃过热腾腾的晚餐,读完当日报纸,主动进行一日反思。明日礼拜天得以安静修养,除因网球运动导致右手握笔时肌肉颤动之外,一切平安无事。"然而他却备受失眠之苦。刚睡着便有梦境袭来,或是被恐怖之徒追击,或是被刀所劈,睁眼时总是大汗淋漓。心情烦躁,无以言表。

每年两期的中学校友会会报寄来了。昔日同窗的消息通过会报能得知一二。有人去了美国,有人去了北海道。这期会报写了寄宿学生松本自我放弃以及自杀的始末。还详细记录了深夜人们听见枪声惊慌跑上前去的情景。清三就此前从未想过的"死亡"展开了思考,夜里还做了这样的梦:宿舍的灯光亮着,学生们吵吵嚷嚷。枪声大作,自杀的男生从窗外飞了进来。

清晨白霜降。有时半夜落下的雨夹雪会将竹叶染白。人们常常见到清三站在校园球场挥动球拍的清瘦身影。尚未解冻的小河冰面上飞着灰尖鸦,斑鸫站在桑田的空枝上啼鸣,秧鸡拍打着翅膀从赤杨脚下的枯草处惊起。枹栎和栗子树叶已然落尽,遍地枯草的利根川堤坝被涂成了一片暗棕色。田地里萝卜叶子丢弃了一地。

月中,母亲寄来的包裹里有件毛线衫。信里写道:"正值严寒，太过寒冷时不要入浴，以免感冒。无论好坏，万事只能依仗自己。请多保重身体！"近来清三越发思念母亲，周六返家途中，见到背着幼儿的母子三人落魄的身影也会流泪。近来清三变得格外体贴，这让母亲十分欣喜，却也不免担心，害怕他精力不济是因为生病的原因。清三每次去，从下午起母亲就会放下手中的计件活儿，做些糯米汤圆小豆汤之类的给他吃。听闻他有盗汗的毛病，便面露忧色地说："你真的得去请医生瞧瞧啊！"

有时清三把荻生从羽生请来，两人一同在值班室里过夜。荻生聊起之前说过的某个养子的出路，"听说那家有相当多的财产，一旦做了老板，就会大宴宾客。说不定也能给你安排安排。"荻生戏谑地说完便笑了起来。刚一着床荻生便安然入睡，打起鼾来。清三十分羡慕这种无忧无虑、安稳度日的人。

关老师教清三辨认隐匿在枯草中的金银花、麦冬和大黄等草药。寒冬里也有如春天般格外温暖的日子。田野平坦、安静、辽阔、沉寂，收割得干净整齐。赤杨空空的细长枝干嵌在碧空之中。每日清晨七点他都会准时早起，一边望着燃烧的朝阳在霜雾朦胧中升起，一边做四五十次深呼吸，渐渐成了习惯。有时还会自我鼓励："为什么状态不佳呢？必须得想点办法才行！"然而肠胃不见好，依旧有盗汗。

四十二

一个温暖的周日,清三与关老师结伴去羽生的原医生处看病。小镇胡同里,有一扇黑冠木的大门,庭院里的松树苍劲浓绿。门诊室内放着铺有白褥单的床。与门诊室相邻的药房里,各种各样的药品装在大大小小的瓶子里,并排陈列在架子上。上午十点左右的冬日暖阳透过玻璃窗照了进来。医生年约三十七八岁,蓄着长发,谦逊有礼。他戴上听诊器,从胸前听到腹部,随后又让清三脱衣听了听后背,并轻柔快速地敲了几下。

"还是肠胃不好啊。"说着,给清三开了些常用药。

连日晴朗,温暖如春。冰霜消解的路面已大半干了,街上到处可见白色的尘埃。两人一边说话一边漫步,身后是云霞笼罩的两毛群山,山顶积雪隐约可见。田野一角有个驼背的老奶奶,一边背对着阳光晒太阳,一边咕噜噜地摇着纺纱车。街角的知名面馆里坐着两三个客人,一旁的大锅正冒着白气。田野的向阳之处已萌生青草,荠菜也绿油油的。关老师不时停下脚步采摘刚出芽的鲜草,并递给清三看。清三携带的未经包裹的药水瓶上,洒满了原野和煦的阳光。

四十三

"老师!"耳边传来一个温柔的声音。

推开拉门,梳着檐发的女学生田园秀子笑意盈盈地站在门口,数日未见,已长成了大姑娘模样。她是去年的毕业生,成绩优异广受好评,一毕业就去了浦和的师范学校。因为自高小二年级开始就由清三亲自教授,因此秀子对他格外惦念。高小四年级时,秀子曾将作的新体诗和写的文章拿给清三看。她出身于一个相对富裕的农家,清三散步时也曾顺路探访。因为清三过于关爱,有学生反映"林老师只偏爱田原"。秀子脸圆肤白,有着农村孩子少有的洋气。她喜好音乐,时常合着风琴演唱清三教授的新体诗。她还从师范学校的宿舍给清三寄来有关自然、命运和热情的书信。有时信里还会写:"致难忘的老师——学生中的一员。"有时也会拜托清三写诗。

"田原同学!"清三站了起来。

"你怎么来了?"清三接着问道。

"今天有事回家,顺道过来探望老师。"

清三眼中的秀子谈吐老成，外表洋气，变化令人惊讶。

"老师，听说您病了？"

"听谁说的？"

"是关老师说的。"

"你在哪里遇到的关老师？"

"在村子拐角那儿……"

"没什么大不了的病。"他笑了笑又道，"是肠胃的老毛病——因为甜食吃得太多了。"

秀子笑了。

周日午后的明亮房间里，老师和学生就这样面对面坐着聊了一会儿。他们聊到了宿舍的事，也聊到了今年即将毕业的行田的美穗子。清三与秀子之间依然保留着过去的亲密，然而秀子已有了姑娘的矜持，清三也感觉她不再单单是学生，更像是个大姑娘——这阻碍了两人毫无隔阂的交流。桌上喝了一半的药水瓶在夕阳的照射下闪着亮光。清三打开早上朋友寄来的《音乐之友》杂志给秀子看。卷首画是公元二百年左右的伟大音乐家圣·塞西莉亚的画像。她正凝视着从风琴美妙的琴音中开出的花朵和天使的幻影。清三告诉秀子，这个人出身于罗马贵族，是忠诚的耶和华信徒，也是风琴的发明者。还谈到此人长得貌美如花。

随后房间里便传出了风琴声，校工过去一看，年轻的老师正挥动手指弹奏乐曲,穿着栗色裤裙的秀子则面带微笑伫立一旁。

校园十分寂静。午后阳光下,麻雀啾啾啾地鸣叫不停。网球场上还清晰地残留着画线的痕迹,值班室外长长的檐廊一角放着球、球拍和网子。庭院一隅种植着教学用的草木。

清三把秀子送了出来,看到蔷薇已经冒出了新芽,便指给秀子看:"已经发芽了,真快啊。马上就是春天了。"

"真的很快呢!"秀子摘下一片叶子。

随后,校外大街上便出现了穿栗色裤裙的女子匆匆赶回家的身影。

四十四

日俄开战。八日在旅顺,九日在仁川,这消息像炸雷般惊醒了世人。纪元节①那日,校门竖起了太阳旗,礼堂传来了风琴声。

几乎每日都可以从报纸上看到东京骚动的消息。自一个月前开始,政届形势风云变幻,即使身处乡村也不免忧心忡忡。征兵

---

① 纪元节。原为日本四大节日之一。明治以后,以神武天皇即位之日的2月11日为庆祝日。今改称建国纪念日。

令已经下达。村公所的招兵官员夜以继日地把命令下达至各户。二十四小时内必须到管辖区集合的壮丁们,无暇告别父母妻儿。黄昏的乡间小道上,开往火车站的公共马车里,枹栎林间的田野小径中,到处都能见到带着一包行李匆忙赶赴国事的身影。那时东武线尚未建成,从南琦玉的某郡征召的三百余名士兵,主要在信越线的吹上站、鸿巢站、桶川站,奥羽线的栗桥站、莲田站和久喜站等火车站集结。

处于交通要冲的乡镇,已经抢先竖起国旗送别这些士兵。镇长、招兵官员、学校学生以及亲朋好友都聚集到了火车站内,每逢有火车出发他们就高呼万岁目送士兵们出行。清三从行田回弥勒的途中,也偶遇过好几个那样的壮丁。

旅顺仁川的海战打响后,即便在寂静的乡村,也到处能听到人们谈论这个话题。从这个镇到那个镇,从这个村到那个村,送报人的铃声响个不停。报纸上用二号铅字醒目地刊载各种作战计划与传闻。十二号那天,一早就阴沉寒冷,与预想一样,前方传来消息称:敌方浦盐舰队袭击津轻海峡,将"奈古浦丸"号商船击沉。津轻海峡的舻作崎这个地方究竟在哪里?为了确认位置,校长将教学用的大幅日本地图挂在了教员办公室里,老训导、关老师和女老师都凑在那里查看。

"啊,是这么一个地方啊。"老训导说。

清三在那幅地图前面久久伫立，想象着从浦盐直线奔袭而来的敌舰和被击沉的日本商船。

无论是澡堂还是理发店，无处不在谈论战争的话题。有的老头说，俄国太可恶了，必须给他们教训；也有老人担心与大国为敌究竟能否取得胜利。孩子们制作了旗子模拟战争游戏。但总体而言，乡村是平静的。夜晚，竹林外的草屋透着灯光，与往常无异。正值农历新年，街上每家每户都传来醉酒后的欢笑声和歌声。

清三最近早上六点半起床，夜里九点就寝。他原本担心新年的年糕和面条会伤及肠胃，幸而并无大碍。节约再节约的金钱管理办法渐渐取得成效，负债减少，在校长的推荐下，每月还能向互助会缴纳五十钱。报纸一般下午两点左右送达，开战以来，清三就和别人约定订阅的不同报纸交换着看。有《国民》《万朝报》《东京日日》《时事》报，还有从前面理发店拿来的《报知》。

阅读这么多的报纸、写日记、运动、注意节俭、努力不感冒、戒烟、等待周六回家，这些就是最近的安排，除此以外他的生活并没有特别大的变化。然而要戒掉烟和点心却并不容易。心情舒畅或是胃口好时，就会有包裹糕饼的竹皮和日出牌烟袋丢弃在桌旁。

清三对写生十分热衷。天气晴好温暖的日子里，他经常带上画板画具去田野上作画。画作中有晒稻穗的架子、枹栎林、沟渠里的枯苇草,还有冰雪覆盖的原野。一天,他尝试去画学校附近的红梅,却因上色不佳,画成了桃花的样子。此外,他还画了马兰、艾蒿、荠菜等绿色植物。

月末收到了小畑的来信。说是身体微恙,决心返乡度春假,许久未见,期待与清三见面,并请清三择个日子,他好前去拜访。那天的报纸上登载着旅顺第一次封闭作战的报道。清三开心地寄出了回信,对方很快就回复说周五过来。于是清三邀请了荻生一同来玩。见面前夜,月色清朗。面对明月,他久违地思念起朋友来。

四十五

小畑比以往胖了许多,他留着小胡子,梳着整齐的分头,身穿合体的高等师范的制服。他用一如既往的轻快口吻说:"这种生活挺有意思的嘛。"

荻生坐在檐廊的低矮台阶上,看着清三、小畑和教员们拿球站在球场。小畑的球总是飞得老高,与此相反,清三的球显得有些有气无力。比赛进行了两三局，清三的额心冒汗，心跳加速。

看他呼吸似乎有些困难，小畑问道："你怎么了？"

清三的脸色很差。

"身体有点不舒服。"

"是怎么回事啊？"

"肠胃的老毛病啦，没什么大碍……"

"一定得好好保重哦！"小畑又看了看朋友的脸。

三人聊得很开心，把清三拿出来给大家看的写生一张一张地拿在手里评论。荻生不时地穿插些无伤大雅的俏皮话。正在这时关老师也来了，于是大家又聊起采集昆虫和植物的话题。关老师把在三峰采集的标本给大家展示，小畑也说起学校的珍贵标本以及去年秋天出外采集的事情，热闹的谈笑声充满了这个总是悄无声息的值班室。

晚饭是去小川料理店吃的。雨意朦胧的夕阳忽地照亮了拉门，不曾饮酒的荻生的脸也被映红了。小畑尽量避谈美穗子和雪子的事情，他发现即使谈笑之间清三的精力也大不如前。

趁着清三不在，荻生说："他去年还精力充沛着呢……"说完，又对小畑讲起了女人找来学校的事。小畑听罢大为惊讶。

夜里小川料理店送来一套棉被。天气依旧寒凉，荻生去校工室把火装进火盆端了回来。吃过点心，喝完茶水，结束闲聊准备入睡时已过了十一点。去厕所小便回来的荻生低声地说："下着雨呢。"

"雨！"明日一早便要启程回家的荻生出了声，似乎有些为难。

"明天是周六，后天是礼拜天。我这周不打算回行田，下雨也不要紧。你明天玩一天再回去吧。难得三个人这么聚在一起。"清三对荻生说。听着屋外越来越响的雨声，他接着说："太开心了！雨成了我们聚会的背景音乐，实在是开心。'今晚静静地回顾往昔岁月吧！'这好像是老天爷特意为我们下的雨！"一副兴致高涨的模样。

小畑和清三的心里都不由得想起许多中学时代的往事。那时清三晚归时总是去熊谷小畑的书房，和今天一样，与小畑同睡一床被褥。两人总是面对面地聊天，一直聊到某一方睡意来袭，困得只能被动应答"嗯嗯"为止。

"想起那时候了呢。"小畑躺着说。

荻生最早响起鼾声。"已经睡着了！真快啊。"小畑说。可是不久小畑自己也累得睡着了。清三睁着眼，难以入眠。屋外的雨声忽然大了起来。一时间各种情绪涌上心头，百感交集。他非常希望自己能长久地活下去，因为世间有这些善良的朋友，想着想着，泪水从他苍白的脸颊上簌簌地滑落下来。他接着又想起了中田的那个女子。眼前清晰地浮现出夕阳下自己沿着长长堤坝渐行渐远的身影，如同在看另一个人。清三泪流不止，睡袍的袖子怎么也擦拭不尽。

翌日清晨，小畑说："昨晚你又起来了吗？"

"怎么都睡不着，没办法，只好起来看报纸了。"

"我听到窸窸窣窣的声音，一睁眼，发现你坐在油灯的旁边。我现在还记得你脸色格外苍白的模样呢。"说着又看了看清三的脸，"晚上睡不着吗？"

"实在睡不着，真是伤脑筋。"

"还是神经衰弱吧？"

周六有半天课。荻生一早就冒雨回去了。小畑时而在校长和清三的课堂观摩，时而去教员室看关老师收集的标本，还看了看每堂课后跟在教师后面接连走出教室的学生。女老师用尖利的嗓音训斥学生。

竹林之中盛开着红艳艳的山茶花，边上已过花期的梅花被雨淋湿，仿佛正在哭泣。清三穿着裙裤，瘦削的身体和苍白的脸颊浮现在教室的讲台前，他正在给高小二年级学生上地理课。午后，两人又开始在值班室聊天。三点，马车响着喇叭从羽生驶来，车夫把一个包裹抛进校工室后离开了。包裹是用报纸包起来的，里面是今早托荻生买的猪肉，此外还有葱和一封信。信上写着"明天下午到羽生来吧,我等你。"

雨接连不断,终日不休。硬硬的乡下猪肉,足以让两人微醺。两人毫不厌倦地聊着高等师范学校、老友及战争的事儿。

"今年不行了,但明年我一定要参加鉴定考试。"清三说。

周日清三乘马车去了羽生。到处盛传旅顺已经攻陷的消息。也有人认为不可能那么快就攻下来。还有人摇着铃沿街跑着叫卖号外。荻生租下银行的二楼款待两人,菜肴有炒鸡肉、鸡汤、猪肉锅和鹿子饼。

"今天好像米饭倒成了副食了呢。"清三笑了。

清三不在时,小畑对荻生说:"林君不对劲呢,身体好像不正常?"

"我其实也正担心着呢。"

"不会是什么不好的病吧?"

"谁知道呢……"

"待会儿劝劝他,让他从根本上治疗才行啊。耽误了可就来不及了。"

"可不是嘛。"

"他总说是老毛病胃不好……真是那样吗?"

"镇上的医生说是肠道不好。"

"还是找个靠谱的医生看看比较好啊。"

"是啊。"

翌日清晨，三人在银行二楼道别。小畑对清三说："你真的要保重身体啊！"

四十六

战争的步伐渐渐加快了。定州骑兵冲突、战争债券认购的盛况、我方舰队发起的浦盐攻击、旅顺港口外的激战、临时议会的召开、第二次封锁运动、广濑中佐壮烈战死、紧随第一军出发编制的第二军。此时国民已经开始严肃地看待战争的意义与结果了。

原野渐渐暖和起来，菜花、紫花地丁、蒲公英、桃花、樱花都相继开放。号外一到，乡村街道的屋檐下就竖起太阳旗，火车站内高呼万岁，连田地中的草屋附近也能看到小朋友挥舞着自制的小国旗玩战争游戏。学校忙着统计学年末的平时成绩，接着开始简单的考试，考试结束后，举行了毕业证书颁发典礼。郡长站在桌前，向毕业生致贺词，言词里详述了军国战事："诸君毕业于值得纪念的明治三十七年，永远不要忘记自己是日本历史上最严峻、最重要时刻的毕业生，作为国民预备军必须做好充分的思想准备!"郡长朴实的话语里,流露出一种时代气魄和憧憬,震撼着听众的心。

清三的写生本里有瓶中的梅花、水仙、校门、大越的樱花等。瑞香花尚可,只是叶片的阴影部分没画好。此外他还采集了榆蛱蝶、白纹蝶等标本。桌上放着小畑送来的邱博士翻译的《进化论报告》。点心有最喜欢的莺饼;菜有土当归、鸭儿芹和慈姑;腌菜有新腌的水菜。学生还常常带来艾糕和牡丹饼。

利根川的堤坝上生长着各种各样的花。一日,清三与关老师从大越步行去发户时,将花名一一记在了笔记本上——黄瑞香、稻槎菜、筋骨草、宝盖草、小巢菜、野豌豆、雀舌草、紫花地丁、紫花堇菜、三色堇、紫云英、蒲公英、蓱菜、鳞叶龙胆、繁缕、赤轴繁缕、连钱草、匍茎通泉草、款冬、荠菜、早熟禾草、石楠花、山茶花、珍珠绣线菊、桃花、红木瓜、雏菊、蛇莓、黄鹌菜、佛耳草、毛茛、蚕豆。

四十七

学校新建的花坛里汇集了各色花草。农户院墙内盛开着梨花和八重樱，田里有豌豆花和蚕豆花，还不时传来麦秆笛的声音。燕子斜飞，横穿街头巷尾。蚂蚁、蜜蜂、蚜虫出没，夜里更有不知名的小虫吱吱吱地叫着，蛙声如潮。

清三将田野里采回的通草、胡颓子、匍茎通泉草、金凤花、紫背金盘草、博落回、委陵菜、歪头菜等移植到花坛，不久，棣棠凋谢，芍药、牡丹与杜鹃等次第开放。

这个春天，他完全沉醉在花的世界里。阳光穿过新绿像洪水般溢满了整个房间。他坐在房间里给田原秀子写信，并将各种珍奇的花封进信封里。秀子每周至少会寄来一封回信，信中或是写和歌，或是写新体诗。这边寄出时写"给亲爱的挂念的学生"，那边回信则写着"致思念的老师"。

四十八

近来，亲子间反复讨论着迁居问题。

在学校做饭既不方便也不实惠，就家里情况而言，也并非一定要住在行田。最近父亲生意上的老客户，比起熊谷妻沼一带，也是加须、大越、古河那边更多。距离遥远，每周只能周末相见也十分辛苦。

"而且你也到年纪了,如果有合适的人就娶回来,也好让我放心呐。"母亲说完便笑了。

清三不像从前那么反对。与去年相比,他的心气没那么高了。一直摇摆不定"想去东京"的念头也淡了许多。他在一封给小畑的书信里写道:"当年的白泷已在不知不觉间蜕变为守护母亲的儿子了。"

"羽生挺好的……太乡下也不方便,羽生的话也有两三个熟人。"

母亲这么一说,父亲也表示赞同。

"对,搬家的话还是搬去羽生好,与客户也好联系。"

清三也这么想。羽生有住持,还有荻生。离学校不过一里半路,上下班也不麻烦。

他请荻生帮忙,还利用周日与父亲一同去了趟羽生。那天正好发布了公报:第二军登陆辽东半岛。这个消息与一周前的"九连城大捷"一起引起了所有人的关注。街头巷尾的屋檐下插满了国旗。

"万岁!万岁!"

有人突然从胡同里欢呼着跑出来。家家户户都始终谈论着这个话题,没人回复租房的事情。

葱、棕榈、篱天剑、刺蓼等开了花，梨子、桃子、梅子已长到小指头大小。到处都能看见身系红袖带、头戴白布巾的采茶女，街上还能听见光着身子的制茶师哼唱的歌曲。志多见原野上鹿蹄草和猫眼草开了花。不久，麦根泛黄，鸢尾冒出花蕾，栎树花凋谢，扁竹花开。蚕已脱了第三次皮。

接着，白芨、羊蹄、蜀葵、萍蓬草、野蔷薇、月见草、铁线莲、光叶石楠、石竹等陆续绽放，后边田野里的泡桐花高悬枝头，气味芬芳。茅草、芦苇、茭白、苔草等叶子繁茂，苇莺啼叫不止。

日军经过金州战役，继而占领大连湾，随后编制第三军，从背面攻击旅顺。

"看来敌军要死守旅顺，光靠海军可不行呐。"校长说道。同事间都在预测何时能攻下旅顺。有人认为六月中，有人说七月初，还有人说"最迟八月定能攻下吧"。最后大家立下赌约，赌注是一只鸡和十五只鸡蛋。并决议攻下旅顺的公报抵达当日，无论是否是休息日，所有人员都需到校集合举行盛大的庆祝宴会。

进入六月，麦子成熟，继而收割。黄瓜藤上开着花朵，水草丛生之处，夜晚有流萤飞过。野灯心草、虎耳草、小根蒜、鱼腥草、冰草、茅莓、鸭跖草等都开了花。时雨时晴。一日，美穗子的哥哥难得地寄来了明信片。他报考士官学校落榜，目前在麻布的留守师团当一年志愿兵。他在信里得意洋洋地写道："十有八九会赶赴战场,祝我好运吧!"不仅如此,每当看到人们从原野、田间、街道扔下锄头、算盘和笔赶赴国事,清三的心里就激动不已。同胞在海外流血流汗为国奋战,其中自有新的意义和新的努力。连平生政见相左的政治家也能团结一心,为国效力;视财如命的资本家也积极认购战争债券,整个日本正在进行举国一致、千载一遇的壮举。每日的报纸上满满地登载着关于壮烈牺牲的士官和立下丰功伟绩的勇敢士兵的报道,还记录下了各地方团体忠君爱国的热忱。

"假如我身体健康——三年前的检查中不是得的被人怜悯的'戊种①',如今也能在满洲的原野上,与同胞们一起举枪挥剑,为国献上绵薄之力吧。"清三不止一次地这么想过。他喜欢阅读最近面市的新书《日俄战争实录》,这是原杏花作为第二军摄影队的一员写下的从军记录。爱好描写恋爱与少女,把幻想视作生命的作者,在硝烟弥漫的原野上,在死尸遍地的战壕里,在机关炮轰鸣的山丘上,记录下各种情景与情感,这些都足以把清三的想象带到那些地方。三年前还戴着意大利式麦秸帽,从羽生寺院山门走进来的那个人——醉酒吟诗,最后在正殿敲木鱼撞钟的那

---

① 戊种。征兵体检中,甲种、乙种视为适合服役人员,丙种不能成为现役军人,但可参加国民兵役。丁种为不合格,戊种则需要次年再检查。

个人，现在竟然从属于第二军司令部，卷入到混乱的战争旋涡之中。想到这里，清三就更加觉得那些记录有历历在目之感。急行军的炮车，清晨指挥队伍赶赴战场的军队司令官，炮火声中光秃秃的棕色山丘以及肩挂水壶，腰插手枪，手里拿着笔记本和铅笔飞奔在战火狼烟中的作者——都令清三无比羡慕。

一天，他问住持："有原先生的消息吗？"

"有，最近从金州寄来了明信片。"说着住持便从桌上拿起一张盖着军事邮件和红戳的绘画明信片递给他看。那幅画是同样从军的知名画家的作品——尸体旁边绽放着的紫色莺尾花。

"真是不错的纪念品啊。"

"嗯，看起来战场上盛开着许多这样的花。"

"战记中也写着呢。"清三说。

四十九

梅雨季中也有阳光耀眼的晴日。薄薄的灰云中露出湛蓝的晴空，日光倾泻在绿叶上。从行田回来的路上，清三刚走到长野的常行寺，就看见山门前聚集着许多人，叽叽喳喳地说着什么，还有小学生的队伍。看上去有要事发生。

绿叶之中有白旗招展。

他很快就明白了这里正在举行战死者的葬礼。清三走进山门观看。白旗上写着"近卫步兵第二连队一等兵白井仓之助之灵"。听说是在五月十日鬏河右岸的战斗中牺牲的。身着长礼服的知事代表、穿制服的警部长、羽织裤裙打扮的村长等都前来送殡。村里的葬礼负责人正忙碌地走来走去。

正殿之中放着蒙着白布、装有遗骨的棺柩。此时住持刚念完经，即将由知事代表宣读祭文。苍劲深沉的声音在空旷的正殿中久久回荡。紧接着，小学校长读完祭文后，由战死者的生前好友——一名教师高捧写在奉书上的祭文，用颤抖的声音开始宣读。声音时断时续，呜咽声四起。

将棺柩移往墓地时，在广场集合的学生们整整齐齐地分列两侧，目送英雄。见此情景，清三也不胜哀痛。原杏花的书里写到，他随军队司令部出发时，小学生们整齐地站在两侧高呼万岁。那时作者在心里呐喊："尔等是国民预备军，国家的未来将落在尔等肩上。健康地活下去吧，年少的国民预备军！"他还写到，自己从未像当时那样激动得热泪盈眶，心潮澎湃。此时的清三亦怀着同样的心情，激动不已。由年幼的国民预备军送别棺柩——战死者之灵。

在硝烟弥漫的荒野挨过最后的苦痛，最终横卧冰冷战场的士兵的模样，与梅雨间晴的日子里在故乡的艳阳下举行的这场悲伤的葬礼叠合在一起，在清三的眼前闪过。

"人总归是要死的。"想到这里，泪水滑过他的脸颊。

不知何时他已走出寺院，走在了熟悉的大路上。阳光闪耀，绿叶与碧空的云彩在原野上投下暗影。

他的头脑里反复出现两三天前就连续报道的"常陆丸"号在壹崎海面遇难以及陆军在得利寺战捷的消息。联想到"初濑""吉野""宫古"号战舰的沉没，清三心中隐隐不安："到底能否夺取最后的胜利呢？"

他在田野上看见蓖麻便随手摘了下来，又将一旁不知名的红色花草连根拔起用纸包好，想要移植到学校的花坛里。然后在千屈菜丛生的小河边清洗双手的污泥。他忽然想起昨日秀子从浦和寄来的书信，思绪渐渐转移到了秀子身上。他心里想："要是搬到羽生的新家里有那么明媚的笑容该有多么幸福啊！"最近他越来越多地把秀子与自己的家庭联系在一起考虑。

羽生町入口处，东武铁路的工人为了铁路的开通正在紧张忙碌，一旁的稻草屋檐下，褪色的国旗正迎着阳光随风飘扬。

五十

搬去羽生的前一天,他在日记里这么写道:

"明治二十六年离开故土,到熊谷樱町附近居住数年,明治三十三年复又迁来忍沼,而今不过几年便又如蜗牛般,背负并不沉重的躯壳,移居至利根川河畔的羽生。不可思议的命运、奇妙的人生!回顾往昔,却只能笑着穿过昔日古城墙下的绿林离去。历史篇章皆是如此,永不改变!"

羽生大街稍往里走,便是荻生帮忙找的房子。房主五十上下的年纪,为人亲和,直到两三年前都一直在街上做买卖。楼下有六席和四席半的两个房间,楼上六席,屋前有个小庭院,院里低矮的柿子树长得枝繁叶茂。租金每月两元五十钱,另外加上三个月的押金。房主念在他们是荻生的朋友,说是押金可免。父亲回访老主顾的同时顺便过来看了看,表示赞同:"嗯,那房子挺好。"

他们最终决定利用农忙的一周假期搬家。平素亲近的朋友大多已离散,此时还在镇上的就只有经营印刷店的池田君等人。清三步行去与有来往的朋友家告别。北川家里只有母亲一人，本打算在门口打个招呼便走，却被坚持请进了屋里，"哎呀，真是好久不见啊！"她还提到了美穗子，"今年也要毕业了，可是没什么志气，不知能否胜任学校的工作。"听到搬家的事情，她又说："哎呀，真是舍不得……你的身体还是老样子，搬了也好，你母亲想必也很高兴吧？小薰若是在家，也能帮个忙什么的，不过说是这个七月就要上战场了……"接着他们又聊了聊小薰、战争和镇上的事情。北川母亲眼中的清三，脸色苍白、眼神浑浊、身体消瘦。

忍沼带有锈色的池水中盛开着朵朵白色的半边莲。加藤家里难得父亲在家，母亲和繁子却都不在。进去后就教育话题聊了约一个小时。清三还请加藤的父亲帮忙，如果离羽生更近些的地方有好工作，请应允自己调动。

石川的店里，小伙计正忙着招呼客人。这时掌柜正好骑着自行车嘎吱嘎吱地从外面回来，他敏捷地跳下了车。池田边认真工作边说："来这边的时候一定要顺便过来坐坐！"

最后清三去探望了弟弟的坟墓。祖父的墓在足利，祖母的墓在熊谷。一家人就这样四处漂泊，到处留下亲人的坟墓，想到这里他不免黯然神伤，同时也心痛独自留在异乡的弟弟会寂寞。只有绣球花给墓碑添了一缕亮色。

家具不多，搬家的准备也简单。将衣柜、橱柜用粗草席捆上，卧具用大大的粗麻布包好。所有的陶器都放进衣柜的衣服或是被褥里裹着，以免摔坏。最后挖出山茶花和南天竹等花草，用粗草席包上根部放在庭院的一角。

原本以为会下雨的天空上午还是一片晴好。满载行李的三台货车嘎吱嘎吱地从小镇的大路上穿过，一路都浮现出母亲和清三偶遇熟人寒暄致意的身影。垒在行李最上边的字纸篓里塞着熠熠闪光的玻璃灯罩。

快到长野时，清三额头低垂昏昏欲睡，随即又抬起了头。母亲微笑的脸上露出喜悦的神色，边走边聊了许多，还提到从熊谷搬到行田时候的事。

"能够像这样白天搬家，不给人添大麻烦，都是托了你的福。"母亲说。

快要离开长野时，叫卖号外的小贩精神抖擞地摇着铃迎面走了过来。清三叫住他买了一份。上面写着"从竹敷出发的上村舰队因为暴雨跟丢了敌舰已经返航。"车夫也说："真是遗憾呐！放跑了敌人……在这附近常陆丸可死了不少人，在佐间就死了有三个。"

在一家富农的围墙前，平生很少见到搬家车的看家狗正叫个不停。小河沿着河边栽种的一排枹栎树缓缓流淌，河里的小孩子满身污泥，正用鱼叉和网子捕鱼。售卖蚕茧的车一辆又一辆地从路上驶过。

新家里，今早先到的父亲与从邮局请假来帮忙的荻生一道，啪塔啪塔地拍打榻榻米，用布巾擦拭，修缮破损的拉门。房东送来火盆和茶具时，看见秃头的父亲双颊包着布巾，卷起后襟正在干活，房东笑微微地说："还有什么需要的请尽管开口。"十二点左右，基本收拾妥当，面馆的荞麦面也送过来了。荻生拿出买来的大福饼，剥开竹叶皮后大口大口地吃起来。这时小巷里忽然传来了车子的嘎达嘎达声，随后便看见了清三和母亲的脸。

车夫解开绳索，将行李从庭院门口搬到檐廊。父亲和荻生站在前面，把衣柜、行李、橱柜以及卧具等都搬到室内，并反复考量长方形火盆和衣柜的放置之处。母亲挂上束袖带，整理起厨房用品来。这时清三从外面走进来喝水，气喘得厉害。

母亲停住手里的活儿，盯着清三问："怎么回事？"

"稍微帮点忙就差点喘不过气来。"

"你不要勉强哦，父亲会做的。不要太辛苦，放在那儿吧。"

最近，清三的身体越发虚弱，成了母亲的心头大患。

总算收拾妥当了。"这么一弄，住着会很舒服的。"父亲在长方形火盆前边饮茶边说。车夫并排坐在檐廊，呼哧呼哧地吃着父亲款待的荞麦面。

清三和荻生爬上二楼聊天。南面和西北面都开敞着,所以通风良好。后面房东的庭院里,栗树、柿子树、桂花树和百日红等生长得十分茂盛。碧空中飘浮的白云携着阳光,与绿叶一起晶莹闪耀。两人伸着脚随意闲聊间,母亲已将沏好的茶端了进来,随后两人又一起吃了大福饼。

夜里,清三睡在二楼。他体会到一种久违的一家团圆的快乐。夜晚的凉风透过绿树从打开的防雨窗吹进来,蚊帐的清影微微浮动。他在房间正中铺上被褥,躺着仰望夜空中闪烁不定的星光。母亲爬上二楼,轻轻地关上防雨窗,此时的清三已悄然入眠。

翌日清三去弥勒雇了搬运工把书籍和卧具搬回了家。他将二楼的六席房间当作书斋,书桌朝北,书箱靠墙并列摆放,三尺壁龛上挂了幅旧字画。荻生带来的鸢尾花中混入几支飞燕草,插在相马产的陶瓷花瓶里。荻生环顾四周后说道:"这么一弄,比起学校的值班室,也许会好上许多吧。"好友搬来同一个镇居住,荻生看似心情愉悦,面带微笑。

在寺院正殿寄宿时,清三只把荻生看作是一个重情重义、热情开朗的朋友,觉得他在志向和学问上有所欠缺,很少与之谈论。"为何会如此没有野心呢?怎能安于平凡呢?"有时甚至认为他和自己不是同一类人。而如今清三的想法完全改变了。他在日记中写道："荻生君是吾之挚友，不能因利害、道义破坏这种关系。"此外还写道："吾之前将此朋友视作平庸，只是因吾眼力有限。与荻生君相比，吾太不知天高地厚，不解人情世故。将此朋友与小畑、加藤相比，方才明白平凡的伟大是何含义。"

前面的布袜店送来天妇罗，房东送来盐烤河鱼，放在套盒中作为乔迁之礼。都是用一种叫做"爱想"的鱼做的，这种鱼鳞片粗大腹侧发红，眼下在利根川正是捕捞此鱼的好时节。米店、木炭店、柴火铺都送来了记账本。父亲去附近的行会一间间地步行拜访。清三则从下午开始一直伏在二楼的六席房间，给东京、行田、熊谷的朋友们写迁居明信片。他还去了寺院，当时正巧在举行葬礼，住持事务繁忙，于是告知了乔迁一事后就径直回到了家里。

房东老爷是个十分有趣健谈的人。店铺转让给了儿子，自己只留下五间出租屋，与老妻两人共同悠闲度日。他爱好钓鱼和种植花木，总是大清早就戴着大大的麦秆草帽，提着鱼篓，手拿钓竿，在浓雾弥漫中，穿行在垣墙间的小道上。墙上开满了红白相间的木槿花。黄昏时分，又提着装满金色鲫鱼和鲤鱼的鱼篓返回家里。房客有时也会拿擂钵去讨些大鲤鱼吃。不去钓鱼时，他通常都弯着腰，专心侍弄花草盆栽，却并非是什么珍稀品种。虽然只是枫树、榉树、扁柏和苏铁等常见品种，他却总是搬进搬出，注目凝视，自得其乐。花坛里也种了西洋品种，盛开着天竺牡丹和三色堇，大波斯菊已长得很大。房东有时还会光着脚丫，在垣墙一隅的田地里辛勤耕作。

农忙假期又延续了几天。一周后开始行课，然而割麦、养蚕、插秧等还没结束，学生的出勤人数不到三分之一，只好再放一周假期。

清三下午总在二楼的通风处午睡，有时睡得太久，被夕阳照得大汗淋漓。难得不下雨的日子里，他时常背着画夹去街头和郊外写生。警局旁的路边有条脏水沟，沟边星星点点地开着白色小花。锈色水面上，隐隐约约地倒映着如梦般美丽的红色合欢花。山寺大门、郊外望见的日光群山、桑田里的鸡、路边的自流井、写着"宽面条"的和式拉门等等都一一出现在他的画作里。

夜里，清三走到房东中庭的檐廊与之聊天。他们总是谈论战争的话题。清三将两三天前从荻生那里借来的《战争画报》借了两三本给房东看，于是关于画报内容又出现了许多问题。"旅顺不久就能拿下吧？"房东似乎有些焦虑，"另外，陆军方面已经出动了很多吧。但是第一军攻下九连城后，为何毫无进展呢？第二军从盖平也出发很久了吧？"

清三将从报纸和杂志上看到的消息一一讲给房东听——第一

军和第二军将在最近联合起来攻击辽阳的库罗帕特金①将军的大本营。旅顺方面，海陆两军步步逼近，敌人就如瓮中捉鳖，这边会比辽阳更早结束战斗。"校长他们也说：'最迟下个月的十五号左右一定能攻下。'我认为现在可能会稍微晚一些，但也很快了。"

"不管怎么说，日本虽是小国，但全国一心因此无可阻挡。无论是农民还是无知百姓，谈到战争都会拼尽全力……天皇陛下有国民支持，想必也很放心吧。"房东颇为感慨地说，"因为日本自古就以武士立国嘛！"

房东还聊到钓鱼的事。听闻清三为肠胃病烦恼，于是邀约道："怎么样？一起出去试试吧？对于那样的病，心平气和就是最好的方法。"那个地方离家有一里左右路程，田边到处都有沟渠，芦荻生长茂密，高得能够藏人。鲫鱼、鲤鱼、鳞鱼等哪里多，哪里没有，房东都一清二楚。

两人聊天的檐廊上，年约五十、品位高雅的妻子特意为他们挂上了岐阜特产的灯笼。

有时清三会和母亲、荻生一起结伴去镇上散步。今年是"空梅"，雨水很少。六月中旬就曾升温到接近三十二度。进入七月后，暑热猛然加剧，乡村小镇的夜晚，人们将长凳搬到店外，黑

---

① 库罗帕特金（1843—1925）。曾担任沙皇俄国的陆军大臣。

夜里白底浴衣清晰可见，到处都有许多吧嗒吧嗒摇着团扇的人。母亲对镇上购物的商店还不熟悉，荻生就在夜晚散步时一一告诉她——这里是干货铺，这里是杂货店，绸缎坊中这家最可信等等。木屐店里，中年的老板娘坐在摆放整齐的木屐带中间，露出白净的脸。铁匠铺灯光微暗，里边传出说话的声音。明月如水，在白云中若隐若现，彼此相连的三个人影便也随之在路面上时隐时现。

　　水渠桥上十分凉爽，出门纳凉的人络绎不绝。冬春两季渠底扔着坏掉的滤酱筛子、废弃的木桶、陶瓷碎片等，看上去脏兮兮的很煞风景。近来，水渠的水流充盈，月光和桥边冰店外灯笼的影子映照在水里闪烁不定，水流的光影暗淡不清。对面料理店内，传出三味线的曲声。

　　三人有时会在冰店里休息。返回时母亲会顺路去蔬果店买茄子和越瓜。有时走到邮局跟前清三会让母亲先回去，然后在荻生的房间聊到十点过才离开。

五十一

七月十五的日记里他这么写道:

"德兰士瓦共和国已灭亡,今克鲁格①殁。他因肺病死于瑞士山中,遗体将葬在故乡妻子的身旁。所谓'英雄末路',言语陈腐,却屡屡在现实中上演。英雄克鲁格——原德兰士瓦共和国大总统保罗·克鲁格殁。这就是历史!"

五十二

医生仍然断言是肠胃病。然而药品却丝毫不起作用。清三咳

---

① 保罗·克鲁格(1825—1904)。德兰士瓦共和国总统(1883—1900)。生于开普殖民地,1852年出席沙河协定的签字,迫使英国承认德兰士瓦独立。1883年当选总统,任内粉碎南非公司武装警察入侵,与欧洲国家建立外交关系。1900年英军占领比勒陀利亚,他逃亡欧洲,继续寻求对布尔人的援助,最终困死于瑞士。

嗽不止，身体乏力，更为困扰的是还时常发烧。早上身体状况好转，以为病愈了，下午又开始发烧。不得已只能服下退烧药，浑身大汗，难受非常。脸上也渐渐没了血色，肤色蜡黄。他将自己苍白的手反复看了好几次。

"你真的很不对劲呢，还是找个靠谱的医生瞧瞧吧。"母亲担心地看着他的脸。

不久学校又开始上课了。离暑假还有半月左右。课程七点开始，因而早上十分忙碌。母亲最迟四点就得起床给炉灶生火。清三带着药瓶和便当，一步步地走在熟悉的大道上。他的身体已经十分羸弱——早已熟悉的一里半路程也让他感觉非常吃力。加上近来必须尽量多补充营养品，他每天喝两合牛奶，吃五个鸡蛋，还吃其他的一些肉类。搬家欠下的钱还没还清，每天又像这样花不少的钱，清三的钱包总是空空如也，即使想搭乘马车也没有余钱。

五十三

八阪神社的祭典曾经很热闹。可是今年不景气，又逢国家多事之秋，因此既无彩车，也无货摊。即便如此还是有很多人从附近赶来，穿着红色衬领和服的女子，抑或一身浅黄袖口和服、系着薄呢腰带的人们在街道上来来往往。去冰店坐坐，或是在瓜店站着吃用菜刀剥掉皮的瓜果，抑或站在堆满碎布块的布庄前这里摸摸那里揉揉。镇上的年轻人扛着朱红色的大狮子，结队走家串户，驱赶恶魔，十分热闹。清三刚坐到火盆边，一旁的小路上就响起"嗨哟嗨哟"的吆喝声，"狮子"闯了进来——穿着草鞋的年轻人，没有丝毫客气，冒冒失失地就进了屋。

"呀！""狮子"张开大口，向厨房走去。

母亲将用纸包好的喜封放进"狮子"嘴里，为了唯一的儿子一直在心里默念：恶魔退散！

五十四

二楼的壁龛前，母亲把仿若燃烧的瞿麦、淡紫的蓟、洁白的珍珠花、黄色的美兰菊混插在一起。有时她会伫立在窗边，看暮色中的浮云。清三看着她清瘦的背影，内心无比悲寂。

父亲取下了二楼的格子门，阳光一下子就溢满了整个房间。

窗下正在筑巢的长足蜂嗡嗡嗡地飞来飞去。房东院里的大树下长出一株幼竹，清晨傍晚都有微风轻拂。

五十五

五月六日，清三的体重约为四十七公斤。近日去邮局一称，连单衣不到四十公斤。荻生约有五十公斤。

一天，田园秀子来了趟学校，留下一封书信托校工转交。信中装着她亲手摘下的黄色野菊花。她在信中写道："野菊花是我的最爱。老师啊，老师，您应该也觉得这花很美吧？"

暑假前的一两日出勤让清三极为难受。头一天回家时遇上骤雨，第二天一大早就暴雨横飞。他感到疲惫不堪，每次课间不得不去值班室休息。而且仅凭当月月俸，已经付不起医药和牛奶等费用，只能勉为其难请校长通融了三元钱。

校长给了清三十五个鸡蛋，说是输的攻陷旅顺的赌约，实则抱着探病的目的。教员们也在议论："不论怎样，旅顺很快就能攻下来。到那时即便是休假，也一定要到学校集合欢呼万岁。"清三提前去拜托校长，想在这个月的二十一日领取八月月俸，随后坐上马车总算回到了家。

清三想着暑假期间无论如何都要恢复健康，于是产生了换医生的念头。这次的医生很热情，评价很高。医生说诊断结果还不完全清楚，也许是十二指肠的问题，让他过一周左右再去化验大便。当问及是否是肺病时，对方回答"现阶段看不到那样的征候。""现阶段"这个词让清三很是在意。

五十六

因为必须摄取营养，所以尽管没钱，清三也买了许多东西吃。鲤鱼、鲫鱼、鳗鱼、牛肉、鸡肉——有一次有人拿了夜鹭来卖，砍价后也以十五钱买下。浅绿色的嘴、暗褐色的羽毛上带有浅褐色的斑点，长长的脚呈美丽的浅绿色。清三将其胡乱地宰碎，剁得骨头"咚咚咚"直响。干这点活也让他感觉疲惫。

泥鳅也每次买上近八两，横七竖八地放在桶里，为了不被猫叼去还在桶上压上重重的石头。每次选十条左右剖开，取出鱼子煮着吃。

将于这年十月开通的东武铁路在寺后有个车站，从那里不断传来木工使用刨子和扁斧的声响。傍晚，清三感觉不错时便会走过去，孤零零地站在那儿看。有时也去对面的原野找些花儿回来。有狗尾草、牛筋草、泽兰、藤黄、木蓝、瞿麦等等。

大石桥战斗的详细报道见诸报端，到处可见"辽阳！辽阳！"的字眼。

一天，母亲忽然犯了急性胃病，只能停下针线活儿躺着。一吃就吐，还频繁打嗝儿。三伏过后秋风起，树叶微微摇曳。从照进客厅的阳光来看，太阳已经稍许南移。这时，戴着高等师范制帽的郁治突然出现在他面前。郁治之前寄来明信片，说是近期回家省亲，想要过来拜访新居。但今天却是来加须办事时，忽然起意过来看看。郁治看到清三瘦弱的模样和格外苍白的脸色感到十分惊讶。

曾经亲密无间的两人，在夕阳照进的二楼房间里相对而坐。语气依旧亲热，但话题却难以深入，有时甚至接不下去，相互静默。

"前段时间小畑跑日光去采集植物了。"郁治说着，把断断续续的谈话继续了下去。

"你回去后，请向你父亲拜托一件事。我身体太差，走一里半路上下班实在吃不消。这镇上或是附近哪儿有没有可以调换的工作……在弥勒我也算是老资格了，待得也不错，就是太远了。"

清三开了口，请郁治帮忙调换工作。

清三将昨晚猫没叼走的泥鳅自己剖了，当做晚餐请郁治吃。母亲卧床，所以都是父亲在舀水、煮饭、捞咸菜。

郁治目不忍视想要离开，可是奔波许久也很疲乏，最终决定留宿一晚。

"小郁你好不容易过来，我却偏偏这样，做不了好吃的请你吃，真是对不住。"母亲目不转睛地盯着郁治的脸说。

"我家清三也像你那么健壮就好了……他身体虚弱得不得了……而且你们只要能从学校毕业就会大有作为，你母亲也可以放心了……"母亲的言辞恳切。

提到美穗子，是在两人钻进蚊帐躺下以后的事。郁治说两人从学校毕业之前都不会结婚，但双方父母已有了口头约定。

"那真是恭喜你了！"清三真心地说。

"订婚什么的，毫无意义！"

"为什么？"

"因为如果互相发现了对方的弱点或是什么，中途也可能会有变故。"

"那可不行，郁治。"

"这也没办法，有那种可能。"

"别说这种不负责任的话！像你们这样，早就了解彼此的性格和理想，不会有埋怨的。我们都是朋友，打心底祝你们幸福。美穗子我也好久没见了，请向她转告我说的话。"

看清三说得十分认真，不似以往的轻浮，郁治也说：

"嗯，我会转达的。"

在蚊帐外灯光的映照下，清三的脸显得更加苍白。他咳嗽不止，又说有些发热，于是就着放在枕边的水喝下了药剂。两人的心里都不由得回忆起中学时代和《行田文学》时代的往事，可是谁都没有提及。郁治的脑海里浮现出灿烂的前景，却也对清三心生同情："可怜的朋友！"

看他咳得厉害，郁治便帮他捶背。

"好像还是不行啊。"

"嗯，治不好就麻烦了。"

汗水已湿透了睡衣。

"石川怎么样了？"过了一会儿，清三问。

"就在不久前从东京回来了。"郁治回答说，"听说因为他太不务正业，家里也没办法，这次不让他外出，就要娶新娘了。"

"新娘是哪儿的？"

"听说是川越资本家的女儿，读过迹见女校。是以容貌姿色为条件找的，想必一定是个美人。"

"他也变了啊。"

"真是变了。与做杂志时完全不同。"

之后又聊了些同窗好友的事情。凉风从窗口吹了进来……

翌日清早,郁治睁开眼的时候,清三已经在楼下的厨房给父亲帮忙了。郁治再次见到了朋友的虚弱。之前听小畑提过,可没想到竟成了这般模样。早餐的酱汤里放了鸡蛋。清三喝了一合牛奶,吃了少许面包。两人又上二楼坐了坐,却并没有什么特别的话要说。

郁治离开前,清三反复嘱托:"那么,学校的事,就请你帮忙活动活动。"

母亲病情不妙。一日三餐都不能顺利咽下。父亲出门做买卖,清三便在家熬粥,或是去街上买些母亲爱吃的东西。有时父子二人坐在檐廊上,将两三个从东京买来的瓜泡在桶里,削去厚厚的瓜皮,吃得津津有味。每当这时,无论母亲吃不吃,清三都会切上两三片放在盘子里,送到母亲的枕边。母子情意在母亲病后变得越发醇厚。母亲时常盯着清三的脸垂泪。而清三也十分担心以前很少卧床的母亲,时常劝说她去看病。母亲却说:"光你的药费就已经够呛了,我也去看病的话怎么够?我的病就快好了,明天就能下床。"

二楼的房间时而有大风刮过,差点儿把报纸都卷跑;时而可见夕月美美地斜挂在屋后的树梢。因东面被封,清三无缘欣赏朝阳。清晨的美景于他而言，不过是早起时火红的朝阳映照在北窗的云朵上。

此时弥勒的原野正是花草繁茂的时节。清三给关老师写信："近来只在家里活动，远离原野，不见花草之盛，尤感遗憾。弥勒原野、才塚原野，您采集的标本里定然添加了奇花异草吧。秋海棠今年开花少，牵牛花也无新品种，很是寂寞。"

清三每天都会腹泻两三次，常感胃里干渴。待着不动时与常人无异，一劳动就顿感精疲力竭。医生做了一周后的大便测试，没有发现十二指肠虫，只有一个鞭虫卵。可这不是寄生虫，对身体无害。健康的身体里边也常出现这种虫。医生说得很轻松。母亲的病已有十一二天，尚未痊愈。有时会请人按摩，也有邻居过来为她祷告，清三顺便也请其为自己祷告。

清三最近夜不能寐，很是困扰。医生终于发现这是失眠症的症状，而且已经越来越严重。此时正是旅顺海战——决定敌我胜负、值得铭记的十日海战——的详细报道不断出炉的时候，也是海军大将东乡[①]在世界的报刊杂志上威名远扬的时候。

一日，医生过来说："看上去会长期虚弱啊。"他语速很急，

---

① 东乡平八郎（1847—1934）。海军大将、元帅。与陆军的乃木希典并称日本明治时代的"军神"。在对马海峡海战中率领日本海军击败俄国海军，成为近代史上东方黄种人打败西方白种人的先例。

接着又说,"不要太勉强了。最重要的是即使有好转,也不能再走一里半路去学校了。最好能去海边待上一年。"此外,医生还建议清三饮用葡萄酒。

五十七

清三给郁治去信,信中写上了医嘱,并表示"希望在九月开学前能调到附近工作",还问郁治是交给他处理好,还是自己去活动。郁治回信让他直接给郡督学写信,也可以问问羽生的校长。并表示自己近期也会去帮忙问问。

秋风渐起。房东养的草蟋蟀一到傍晚便会发出清脆的鸣叫声。壁龛立柱旁的小花瓶里插着玫瑰,而透过竹帘看见的牵牛花更似友禅印花绸般优美。

一日,迎着午后四点左右的艳阳,一辆去往弥勒的车行驶在熟悉的街道上。清三坐在车里,他是特意出门去领薪水的。学校空空荡荡,也不见校工。关老师也不见踪影,据说昨天去了浦和。

夕阳照亮了半间值班室。看似没人打球,球网、球拍都随意地捆放在檐廊的一角。办公室的砚台盒盖上沾染了白灰,椅子依旧整齐地叠放在办公桌上。瘦削的清三在校园里拖着长长的影子，沿着长廊静静前行。

他走进教室，黑板上依旧保留着最后上数学课时写的数字：12+15=27。粉笔也还是当时放下的样子。清三想起在这里和学生经历的嬉笑怒骂的一幕幕，也清楚地看见那个羡慕朋友远赴东京、在不为人知的失恋痛苦中苦苦挣扎的自己，仿佛那是别人的经历。还不禁想起那个肤色白皙、体态均匀、身着红色长单衣的女子。

放在礼堂一角的风琴已染尘发白。时隔多日清三想要弹上一曲，却也只是想想而已。

不久，校工回来了。几日未见，面对甚是虚弱的清三，校工感到十分惊讶。

他有些不安地盯着清三，"你的病好像还不见好？"

"还是不行，所以想换到附近工作……下学期也许就来不了了，待了这么长时间，已经很熟悉了，可是没办法……"

"开学前应该会好吧。"

"好像很难……"清三叹了口气。

小川料理店的姑娘已经不在了，今年春天嫁去了加须的杂货铺。老婆婆端来茶水时，一下子看到了清三。

"林老师这是怎么了？"

"病老也不好,真是麻烦。"

"那是挺麻烦的。"老婆婆深感同情。

晚饭请店里煮了粥,还久违地吃到了干烧菜。庭院里的鸡冠花在夕阳下格外红艳。清三倚靠在柱旁,仰望原野里飘过的彩色晚霞。

五十八

工作调动的事,郁治也来帮忙询问。镇上的高小与普通小学也都问过,不缺老师。弥勒的校长说:"虽然不愿意,但是生病了也没办法。我会安排妥当,请放心。"然而在旁人看来,清三的身体已经不能胜任教职了。

一天,荻生对清三的母亲说:

"医生说这次的病必须得上心。肺上没有症状,但和单纯的肠胃病又有所不同。不管怎么说,脚部浮肿就不大好……医生的诊断也有可能出错,把他带到行田找原田医生看看如何?原田医生是学士,评价挺好。"

荻生还说,如果有此打算,自己也会向邮局请一天假陪同前往。

"您的热心，我们真是感激不尽……"母亲的声音有些哽咽。

去弥勒领薪水的第二天起，从脚部到大腿都出现了严重的浮肿。脚背也肿得很高，完全看不出原来的脚形。而且，阴囊也受到影响，出行起居渐渐感到不自在。医生开了湿敷剂和睾丸带。

苏铁果煎服；请人到床头祷告；去不动山替他求不动明王的护身符——但凡人家说有效的方法，母亲都一一试过，却毫无效果。随着秋风渐起，清三的病情进一步恶化了。

不久便到了盂兰盆节。小镇的街道上正举办盂兰花市。麻杆、灯芯草席、千屈菜以及各种花草并列摆放，乡下来的农家姑娘络绎不绝。寺院里的和尚身着紫色袈裟，带着小沙弥，快步走在大街上。茄子、越瓜、黄瓜做成的牛马，用田里摘下的玉米红须做尾巴。家家户户都用麻秆编上杉叶装饰佛龛，打扫祖先灵位，供上荻饼、米粉团、新芋头、玉米和梨等。

女孩们穿上新和服，兴冲冲地四处闲逛。

十三日夜晚，各家燃起迎魂火。因街上警察管制严格，不能像从前那样燃起巨大的篝火，但背街小巷中，还是有高垒柴火的人家。孩子们觉得有趣，聚在篝火边上跳来跳去。

那日父亲去了古河还没返家，家里只有母亲孤零零地蹲坐在门口。她把麻秆放在一起点燃，做了个形式上的迎魂火。房东门口刚刚焚烧过的黑色火堆上还有残留的红色火星闪烁。

屋檐挂着的灯笼上还有去年盂兰盆节时清三亲手画上的菊花图。因为如厕不便，四五天前起，他的床已经搬到了楼下的六席房间。

他凝视着那盏随风摆动的盂兰盆灯笼。房东屋檐下的风铃声也随之隐隐约约地传了过来。佛龛点着灯，莲叶上供着米粉团及茄子和越瓜做成的牛马。插在黄铜插花筒里的千屈菜像是嵌入框缘里的图画。清三觉得明亮的佛龛中间仿佛别有洞天。

这时，母亲走了过来。

"你要是没生病，还能去政一（弟弟的名字）那儿给他上个坟……今年连去献花的人都没有，他一定很寂寞吧。"

"是啊……"

"我本来想着你父亲要是得空，让他去看看的……"

"是啊，距离远了，弟弟肯定很寂寞。"

清三忆起亡弟，哀痛不已。

"明后天我去看看吧……"

"那可不行。等病好了再去吧。"

一时间，两人都没再说话，心里都在为这个月的开销发愁。药费、牛奶费——仅这两项就已经花费了不少钱。这个月父亲几乎没赚钱，加上母亲病了也没接平日里的针线活儿。刚才学仆从医生那里拿来费用清单，母亲很难为情地婉拒了。

"等他父亲回来就会有办法的，请不必担心。"母亲当时说。

然而清三知道，父亲回来也无济于事。

"要是没病就好了！"清三忽然说。过了一会儿又接着说道："如果没生这种病，今年本该让母亲您轻松些的……"

母亲有些惴惴不安。

"不要多想，养病要紧！"

"我才不会被这种病击垮呢，母亲不用担心。现在死了，就白来世上走一遭了。"

"是啊，儿子。"

"世上之事，本就不尽如人意！"

话语坚强，然而房间里却溢满了哀伤，只有佛龛前有一束光亮。

邻居们也知道，清三的病情恶化了。医生每天都拎包前来查探，荻生则经常从后门进来，一副忧心忡忡的样子。一周以前，人们还时常见到脸色苍白、双颊凹陷的清三头发乱蓬蓬地在附近溜达。可是最近，他突然卧床不起，只能从藩篱间看到他头卧高枕睡在床上，骨瘦如柴，如蚂蚱般的双手搁在棉被外。在井边问起他的情况，母亲只是说"若是稍有好转也好啊……"一副忧心如焚的样子。

大家之前就猜想过会不会是肺结核。附近布袜店的老板娘说："这么咳嗽很奇怪啊。"房东老爷也对妻子道："好像是肺病啊，年纪轻轻的真是可怜。这么风趣健谈的人……""好不容易把独生儿子养到这么大，马上就有指望了，却得了这种恶疾……"妻子也深表同情。从各方来探病的人渐渐多了。一日，房东老爷把当天钓来的鲫鱼装在擂钵里送去，病人觉得稀奇，特意起身查看。另外还有送梨送苹果来的。其中还有人把五十钱的硬币包了一包送过来。

病人自己也渐渐意识到：调动工作很难；即使能调动，自己的身体状况也无法坚持每天上班。他给郁治去信，请他代问做郡督学的父亲，倘若因病休假能拿到几个月的月俸。很快便收到回信说："根据琦玉县十号令的第十三条，六十日内的病假发全薪，之后的两个月发半薪。"

五十九

行田的镇中央有个西洋风味、涂着油漆、十分显眼的房子。

陶磁门牌上清楚地印着"医学士原田龙太郎"几个字。门上挂着的"原田医院"的招牌已经有些斑驳。

上午十时许，晴朗的日光穿过玻璃，明晃晃地照在门诊室的白窗帘上。

诊察完毕，被父亲和荻生搀扶着走出来的，正是近两三天越发虚弱的清三。荻生抱着一线希望，多番劝说并好心带其问诊，最终却徒劳无功。医生向父亲和朋友告知了绝望的结果。

荻生与医生素有交情，将其请到一边询问，医生却道：

"要是稍微早些送来或许还有希望……"

"还是肺上的毛病吗？"

"是肺病啊……两边都不行了！"

荻生也无可奈何，他将头晕目眩、站立不稳的病人近乎抱着上了车。"让他坐车过来有点辛苦啊。"荻生想起医生的话，十分后悔自己当初说："请医生过来车费太贵……五元也不够，我坐车带他去吧。"

回家的两里长路，行脚客商、运织机的货车及自行车依旧来来往往。路上依旧走着掀起后襟、露出红色内裙的乡下姑娘。原野里秋风四起，森林、茅草屋顶及远方的秩父群山都清晰可见。成熟的稻穗在凉风中摇曳。

沿街叫卖彩色气球的老爷爷身边，围满了村里的孩童。

六十

寺院的住持带着一盒鸡蛋前来探望。

住持大吃一惊：才几日未见，清三竟如此虚弱。

他特意聊起战争的话题。

"旅顺好像攻不下来。"

"为什么拖那么久呢？"

"斯特塞尔①看起来也很拼命啊。有传言说因为兵力不足，这次第八师团很快也要赶赴旅顺。"

"第九、第十二、第一……算起来这就有四个师团了……"

"那里还不快点拿下，会出问题吧。"

"真是顽强！"

说完，病人咳嗽起来。接着又问：

"辽阳方面呢？"

"听说那边可能更快些。第一军已经占领了榆树林子，目前距

---

① 斯特塞尔(1848—1915)。俄国将军，日俄战争时任旅顺要塞司令。要塞失守后，在水师营与乃木大将见面。

离辽阳还有十里。第二军占领了海城,接下来会继续进发……"

"我要是身体好,也会参战的……"清三感叹道,"有为国家流血牺牲的勇士,有居庙堂之上而心怀天下之忧的政治家,且正值千载难逢、事关国家生死存亡的危急时刻,我却像这样因病卧床,碌碌无为,实在是情何以堪……住持,人真是各有天命啊。"

"正是如此啊。"住持对着他笑了笑。

顷刻,清三又道:"原先生那儿有消息吗?"

"嗯,就快回来了。听说他在海城病了,住了一个月的医院……应该是下月初回来。"

"那他见不到辽阳就……"

"嗯。"

尽管身体虚弱,两人还是聊了挺长时间。还提到住在寺院时的事。

翌日,弥勒的校长前来探望。

"已经成这个样子了。"清三伸出瘦骨嶙峋的手给校长看。

"学校这边都安排好了,你不用担心。只要把请假条拿过来,就会发放两个月薪水。"校长说。

提到战争时他说:"之前还以为最迟暑假内能攻下旅顺,但看起来相当困难。最近不是很多人比较悲观吗,认为不可能轻易攻下来。听说常陆丸战舰装了许多必备物资。"

过了两三天，这次来的是关老师。他带来了黄花龙芽和芒草，说是在弥勒的原野上摘的。母亲在金属盆里装上水，插上花，放到了病人的枕边。清三很欣喜地看着那盆花。

过了一会儿，关老师从包袱里拿出两封用纸包起来的慰问金。一封有七元，是全体学生一起送的；另一封里有五元，下面写着一排教师的名字。

六十一

辽阳的战斗终于打响，国民的关注焦点都放到了遥远的满洲原野上。无尽的沉默中反而酝酿着无穷的期待与不安，变得神经质的人们一听到号外铃声就立刻情绪高涨。就这么过了一天又一天。本以为从鞍山站进攻很快就能拿下的首山堡却久攻不下，第一军也未能如期出动。前途莫测中又过去好几日——那种不安的情绪终于在九月一日因"占领首山堡"几个铅印大字而得以释放；紧接着，蓄积已久的欢呼声又随着"占领辽阳"的喜报，以惊人之势席卷全国。

"占领辽阳！占领辽阳！"无论是身处昏暗的陋巷，还是深山密林中的破旧瓦房，抑或置身于荒海孤岛之上，都能听到那巨大的声浪。号外的铃声在一小时内就将最新最详细的报道带到了整个日本。家家户户都在谈论这个话题——激烈的战况被添油加醋反复提及。烧掉太子河军事大桥战败而归的库罗帕特金①遇第一军追击，已被团团围住。这样的虚假消息也一时间甚嚣尘上。

有报道称整个东京到处都有国旗飘扬。人们高呼万岁的声音传到了皇城之内。据说提着灯笼游行的队伍从日比谷公园到上野公园接连不断，樱田门附近和马场先门附近几乎都人满为患。京桥、日本桥的大道上，"万炬照空白如昼"，每当花电车经过便响起的欢呼声，整夜不绝于耳。

清三已经无法完全起身了，病情一日坏过一日。昨日好不容易从厕所"爬"回到床上。尽管如此，他还是不时用瘦骨嶙峋的手拿起枕边的《国民新闻》《东京朝日新闻》翻看。一得知占领辽阳的消息，他的脸上便绽放出无穷的喜悦，"母亲！辽阳攻下啦！"他高兴地说。随后还跟母亲聊起了战局，甚至激动地聊起两千多的死伤者。一提到战争，他就仿佛忘记了病痛。苍白消瘦的脸上也有了些许血色。医生过来后却劝说不要看报。即使病人自己要逐字阅读那些细小的铅字也是十分吃力，拿在手里不到五

---

① 库罗帕特金(1848—1925)。俄国军人,陆军上将。曾任远东军总司令,指挥日俄战争,奉天(沈阳)一战后被解除职务。

分钟便累得立马放到一边。有时读到一半的报纸落在长着胡须的瘦脸上，他好一阵子都一动不动。

日本第一次以欧洲强国为对手进行的千古一战，这场在世界历史上也屈指可数的大战——作为引以为豪的国民中的一员，既不能参加这场名誉之战，也不能回报祖国于万一，甚至不能和普通人一样高呼万岁来表达喜悦之情。因这不幸的疾病久卧床榻，只能旁听国民的欢呼……想到这里，清三早已热泪盈眶。

横尸荒野之人历经痛苦，也并无名誉可图。他会思念父母、怀念祖国、难忘家乡吧。然而他们也比我幸福——与其这样毫无希望地躺卧病床，不如……清三不禁想起那些陈尸于遥远孤寂的满洲平原上的同胞。

六十二

坐在枕边的医生的身影格外引人注目。

父亲面向医生默默不语。母亲双手掩面不停抽泣。

房间中央的吊灯，灯芯过长，灯罩熏黑了一半。室内充满阴森的气息，四周一片沉寂。清三留着长须、额骨高悬、双眼微张的遗容，在昏暗的灯光中有些模糊不清。

医生的针药已没有效果。

母亲仍在频频抽泣。

这时，门口传来尖利的脚步声，身穿白底碎花和服的荻生急匆匆地赶了过来，冒冒失失地挤进医生和父亲中间，"林君！林君！你终究还是走了吗？"说着，荻生的眼泪便顺着脸颊潸然而下。

母亲又啜泣起来。

小镇正在举行占领辽阳的庆典。从刚才起，提着灯笼的游行队伍就热热闹闹地经过了好几次。家家户户的屋檐下都并排点着守护神灯笼，照亮了黑暗中的国旗。从两三天前开始就到处张贴着今日举行占领庆典的广告，从近郊乡村赶来了好几支灯笼游行队伍。荻生得到清三病危的消息后，奋力穿过国旗、灯笼与拥挤的人潮，飞奔而来。一个小时前，清三听着队伍高呼万岁的声音，喃喃自语道："今天是占领辽阳的庆典啊。"那喧闹的欢呼声还在耳畔回响……

而今，那支队伍再次游经这里，万岁的呼声听上去十分热闹。不久，医生也告辞而去，出门便遇上这群游行的队伍，孩子和年轻人手持挂着红灯笼的筱竹，簇拥着医生吵吵嚷嚷地往前走去。

"万岁！日本帝国万岁！"

六十三

白天举行葬礼的开销太高,于是定下翌日夜里十一点悄悄入葬成愿寺。

荻生帮着清三的父亲四处奔走。去了镇公所,还去棺材铺订做了棺木。住持碰巧去了东京迎接战地归来的原杏花,不在寺内;家里又拿不出那么多钱请附近寺院的高僧,只好请了清三寄宿正殿时常向他请教数学的小和尚念经。

夜空中星光闪烁,篱笆墙上虫鸣似雨。山茶树叶上露珠浮动,在房东高窗溢出的灯光映照下,熠熠闪光。树木和房屋的黑影叠合在一起。

棺木抬出巷口时,镇上已没有亮灯的人家。送葬者中有工会的三人和房东老爷,父亲和荻生跟在棺木的后面。灯笼照着这支鲜花假花俱无、冷冷清清的送葬队伍,从警局一角,顺着路边有水渠的熟悉街道缓缓向寺院行进。

水渠锈红的污水中映照着移动前行的灯笼光。生长繁茂的叶片上,灯光忽明忽暗。路旁的青草、田间、树丛里虫鸣不断。除了一行人吧嗒吧嗒的脚步声,谁也没有开口说话。

远远望去,寺院正殿敞开着大门,如来佛前供奉的烛火在夜风中闪烁不明。不久,棺木抬上了正殿,开始诵经。

小和尚个头低矮,却也穿着袈裟,手持拂尘。一行人在殿内并排站立,带来的灯笼吊挂在后面拉门的插销上。正殿开阔,虽点着烛光却仍显昏暗。在这暗光之中隐约可见父亲光秃秃的脑袋和荻生的白底单衣。诵经声并不庄重,甚至严重跑调。钲的声音尖利喧嚣。

荻生想起以前常常来这里午睡,怀里还放着竹皮包的点心,不由得在心里说:"真是做梦也不曾想到会在这里以这种方式吊唁林君!"

仪式结束,父亲走下石梯,寺院的住持夫人正站在那里。

"这次真是……实在不曾料到……而且没能去吊唁……住持恰巧不在。"她的寒暄有些断断续续。

夜里微凉。穿一件单衣会有些发冷。不久,棺木被人抬到了墓地。墓地选在农田与寺庙间的赤杨林附近。黑暗之中隐隐可见行道树细长的树影。垣墙外肆意生长的桑树阔叶在夜风中微微摆动,沙沙作响。

墓穴已经照样挖好,红土袒露,有水渗出。四周的路泥泞不堪,无处立足。工会的男人穿着草鞋率先踩了下去,抱怨自己刚买的白布袜被弄得一塌糊涂。挖坑的男子头发上全是红土,说"水太多了,舀了又渗出来,怎么都舀不尽,真是麻烦!"

父亲抢起灯笼查看墓穴。穴底的红色泥水在灯笼下微闪暗光。

荻生也去探看。

棺木终于被放进了墓穴,只听见土块落在棺木上吧嗒吧嗒的声响。转瞬之间墓已筑好,身穿袈裟的小和尚站在墓碑之前诵起了佛经,依旧不着调。黑暗之中,灯笼微暗的烛光映照在背对木槿藩篱站立的荻生苍白的脸上,也照在父亲的秃头和围成一圈的众人的身上。

六十四

大约一年之后,坟墓前立起一块天然石碑。碑面刻着"林清三君之墓",下方书"辱知有志①"四个字。这是荻生和郁治代为筹建的,捐款人中还有美穗子、雪子和繁子。

痛失唯一儿子的母亲一度痛不欲生,失去了生活的意义。然

---

① 辱知有志:谦称与自己相识的人士。

而悔恨哀叹也终究无济于事，他们即使老去也只能自食其力。母亲在儿子故去的六席房间里不停地飞针走线，街道上则依旧时常出现秃头父亲忙碌的身影。

不断有人到墓前献花。每到清明时节，爱花的母亲总会带着花来供在墓前。荻生在羽生邮局工作期间也时常过来祭扫。住持听夫人讲起，某个秋日，一个学生模样的姑娘，梳着檐发，身穿箭羽碎纹绸丝和服和绛紫色裙裤，拿着一束野山菊，打听清三的坟墓。她问寺里的厨房借了水桶，到前面水草丰茂的井边打上水走到碑前，哭了半天，全然不顾旁人的眼光。

当时夫人问："这是哪里的姑娘啊？"

那之后又过了两年，听说扫墓的姑娘已经做了羽生小学的教员。

"那个姑娘是林君在弥勒教的学生呢。"夫人把这个不知从哪里听来的消息告诉了住持。

又逢秋末，赤城落山风如往常一般刮过寺后的树林，发出潮水般的风鸣。树林旁边，连通足利的东武铁路上，早晚都有火车带着尖利的轰鸣声开往远方。

译后记

前年盛夏接到翻译任务时，正巧于日本旅行途中，美景在目，心情悦然。然正式翻译时，已是冬风萧瑟、愁云惨淡、全员宅家抗疫期间，情绪低落概不赘言。如今提笔做序，正值草长莺飞之暮春时节，国内疫情愁绪也早已烟云尽散，世事无常可见一斑。

《棉被》中青春美貌的芳子的到来给时雄"如常"的乏味生活带来了光亮，他幻想过与之在一起后的种种美好，却囿于身份与责任，不得不成为心上人芳子恋情的"守护者"，最终亲手将其送回了"千里之外"的老家。只余一席旧被怀念佳人余香。作者田山花袋虽未在文中一一细数中年人现实生活的琐碎与无趣，却在主人公时雄期盼恋爱的心理描写中写尽了中年人"求而不得"的无奈与彷徨。《乡村教师》中的主人公林清三出场时是个热爱文学、对未来充满向往的青年，一心憧憬去东京求学。然而家境的贫寒阻碍了他的求学之路，使其不能像其他好友一样追寻自己的梦想，满腹才华无处施展，只好困于乡间做了"乡村教师"。现实的打击使其渐渐消沉，以至一度沉沦。恋爱中他也几番"求而不得",虽最终有了心心相印的姑娘,却已是病体沉疴之时。乃至日俄开战,清三有心报国却因病入膏肓而不能,最终在战争的胜利庆典声中郁郁而终。终年不过二十一岁。

透过作者的笔触,我们得以暂时逃离现实生活的喧嚣,触碰一百多年前的日本,得以窥视那个时代中青年的烦恼与哀伤。也才终于发现,青年的迷茫,中年的彷徨,都无关国界与时代。希望读者能透过书中主人公的生活与遭遇,反观自我,珍惜所有,把握当下。

作为自然主义文学的代表作品,《棉被》《乡村教师》中不乏长段景物描写。《乡村教师》中有一段对利根川堤坝上的植物描述就直接提到了三十二种花名:"黄瑞香、稻槎菜、筋骨草、宝盖草、小巢菜、野豌豆、雀舌草、紫花地丁、紫花堇菜、三色堇、紫云英、蒲公英、蓴菜、鳞叶龙胆、繁缕、赤轴繁缕、连钱草、匍茎通泉草、款冬、荠菜、早熟禾草、石楠花、山茶花、珍珠绣线菊、桃花、红木瓜、雏菊、蛇莓、黄鹌菜、佛耳草、毛茛、蚕豆",让人甚至有些生疑:难道作者真对植物学感兴趣?然而最难的还是诗歌翻译。譬如书里提到的《明星》杂志刊载的和歌「椿それも梅もさなりき白かりきわが罪問はぬ色桃に見る」的翻译就颇费思量。直译太白且无趣,意译又恐离题太远,最后译作"茶梅亦如是,洁白净人心。恕吾罪之色,唯有桃中寻。"总算差强人意。类似段落还有许多,恳请读者指正。

兴许"无常"才是"常"。正是因为生活无常善变,人生才有百般滋味。在这"无常"生活中,指引我们向前走的便是"理想"。书里作者借着成愿寺住持说过这样一段话:"人不能没有理想。即使宗教也很看重理想。随波逐流,沉迷声色都是因为丧失理想之故。渴望美好恋情,这也是一种理想……不像普通人一样盲从于爱情,这便有了力量。佛讲'如是一心',讲究灵肉一致。人必须要顺其自然,然而这其中得有理想,有向往,而这正是人生意义之所在。"所言极是。任凭世事无常,愿你心中有光!

另:本书在翻译和联系出版的过程中,得到上海理工大学杨本明教授、四川外国语大学陈可冉教授以及重庆师范大学蔡春晓老师的诸多协力与帮助,在此深表感谢。编辑魏雯女士也为稿件的审核花费了大量心力,不胜感激。最后还要感谢家人的支持和理解。

董春燕

2021年4月30日